AF178665

Dino Minardi

Der tote Carabiniere

Pellegrinis zweiter Fall

Roman

Kampa

Für den Blick hinter die Verlagskulissen:
www.kampaverlag.ch/newsletter

Alle Rechte vorbehalten
Copyright © 2020 by Dino Minardi
Copyright für die deutsche Erstausgabe © 2020
by Kampa Verlag AG, Zürich
Dieses Werk wurde vermittelt durch die
Michael Meller Literary Agency GmbH, München.
www.kampaverlag.ch
Umschlaggestaltung: Lara, Flues, Kampa Verlag
Umschlagmotiv: iStock/THEPALMER
Satz: Tristan Walkhoefer, Leipzig
Gesetzt aus der Stempel Garamond LT / 230315
Druck und Bindung: GGP Media GmbH, Pößneck
Auch als E-Book erhältlich
ISBN 978 3 311 12010 0

Für
meinen Papa

Freitag, 2. Oktober

Un caffè al banco

Ein unerwartet kalter Wind empfing Commissario Marco Pellegrini vor der Tür seines Hauses und fegte ein paar Papierfetzen zu einem Kreisel zusammen. Pellegrinis Blick wanderte die Straße hinab, in der nebelige Fetzen wie unstete Gestalten entlanghuschten, und dann gen Himmel. Es war nicht auszumachen, ob die Finsternis von der frühen Tageszeit oder den düsteren Wolken herrührte. Es sah sogar ganz danach aus, als könnte es jederzeit regnen, und die Prognosen für das Wochenende waren nicht viel besser. Zu dumm, dass er seinen Regenschirm letztens in der Questura liegen gelassen hatte.

Pellegrini zog die Haustür hinter sich zu, schlug den Mantelkragen hoch und setzte sich mit langen Schritten in Bewegung. Die Räder seines Trolleys surrten hinter ihm her, ein einsames Geräusch zwischen den eng stehenden Häusern Brunates. In kaum einem Fenster brannte Licht, die meisten seiner Nachbarn schliefen noch. Pellegrini war selbst selten so früh unterwegs. An sehr heißen Sommertagen konnte es passieren, dass ihn die Hitze im Schlafzimmer seiner Dachgeschosswohnung im Morgengrauen aus dem Bett trieb. Dann joggte er durch die stillen Straßen hinunter zum See, schwamm ein paar Runden und fuhr mit der Standseilbahn wieder hinauf. Aber warum sollte man um diese Jahreszeit früher als nötig das Haus verlassen?

Nach nur wenigen hundert Metern wiesen breite Lichtstreifen in der nebeligen Suppe ihm den Weg. Die bodentiefen Fenster der *Bar della Funicolare* waren hell erleuchtet. Pellegrini erkannte eine Handvoll Männer aus der Nachbarschaft am Tresen, dazu zwei Fremde. Die erste Bahn würde erst in zwanzig Minuten hinab nach Como fahren, Zeit genug für einen *caffè*, um munter zu werden.

Wärme empfing ihn, kaum dass er die Bar betreten hatte, Kaffeearoma, vermischt mit dem Zitrusduft eines Putzmittels, schlug ihm entgegen, dazu dudelte Musik aus dem alten Radio im Regal, zu leise, um das Lied oder den Sänger auszumachen.

»*Ciao*, Marco, *padrone*!«, tönte es ihm entgegen. Paolo schwenkte ein Küchentuch und grinste ihn an, unverschämt gut gelaunt für diese Tageszeit. »Du bist viel zu früh dran.«

Pellegrini lächelte. »*Salve*, Paolo. Ich bin nicht der *padrone*, das weißt du ganz genau.« Er nickte den anderen Gästen zu, die freundlich zurückgrüßten, und stellte den Trolley in eine Ecke.

»Ist mir egal, was du sagst, du wirst den Laden eines Tages übernehmen. Ich weiß das. *Caffè*?« Ohne die Antwort abzuwarten, hielt Paolo bereits den Siebträger in der Hand und wandte sich der Kaffeemühle zu.

»Mach einen doppelten, Barista.«

»*Signorsì!*«

Pellegrini beugte sich weit vor und schielte über den Tresen. »Liegt hier ein Regenschirm, den ich mir leihen kann?« Er musste sich beherrschen, nicht einfach hinter die Theke zu gehen. Paolo schätzte das ganz und gar nicht, wobei er es dem Sohn des Hauses kaum verbieten konnte. Die einzige Ausnahme machte er morgens gegen halb acht. Dann verzog er sich meistens ins Lager und überließ Bar und Espressomaschine Pellegrini, der üblicherweise um diese Zeit auftauchte und sich gern selbst einen *caffè* machte.

»*Momento.*« Paolo tauchte ab und kramte in den Regalen. »Nein, tut mir leid. Ich kann rüber ins Hotel und an der Rezeption nachsehen.«

»Lass nur, danke. Ich muss die erste Bahn nehmen. Meine Kollegin holt mich unten an der Station ab. Wir fahren nach Bergamo.«

»Welche Kollegin? Claudia Spagnoli?« Paolo hob vielsagend die Augenbrauen.

Die Kaffeemühle brummte und knirschte.

Pellegrini lächelte breit. »Mach dir keine Hoffnungen. Sie ist seit ein paar Wochen vergeben. An jemanden, gegen den du vermutlich keine Chance hast. Einen Capitano der Guardia di Finanza.«

»Ach, es gibt genug schöne Frauen.« Paolo warf theatralisch den Kopf in den Nacken, ließ eine fließende Drehung folgen, die einem Profitänzer zur Ehre gereicht hätte, und stellte Pellegrini den *caffè* vor die Nase.

Marco zupfte ein Tütchen aus der überdimensionalen Tasse, die auf der Theke stand, und ließ braunen Zucker über die Crema rieseln. Er rührte nur kurz um und trank den *caffè* in einem Zug aus. Heiß und bittersüß rann ihm der Schluck durch die Kehle – *perfetto.*

»Paolo, du bist ein Virtuose.«

»Ach, übertreib nicht. Mit guten Bohnen und dieser *bellezza*«, er tätschelte die Espressomaschine, »kann man doch kaum etwas falsch machen.«

»Das stimmt nicht«, warf ein älterer Mann ein, den Pellegrini nicht kannte. Der staubigen grauen Kleidung mit gelben Reflektorstreifen nach war er Straßenarbeiter. »Wenn die alte Signora Pellegrini hier ist, schmeckt er nicht so gut.« Er wandte sich Pellegrini zu. »Mit Verlaub, Signore.«

Umberto Rovelli, der stämmige Inhaber der Metzgerei in Brunate, schnalzte mit der Zunge. »Dagegen kann dich der *caffè* von Valentina in Ekstase versetzen. Ich frage mich immer, wie sie das macht.«

»Das Auge trinkt eben mit.« Pellegrini wandte sich Paolo zu, der die leeren Tassen einsammelte und in Windeseile in die Spülmaschine räumte. »Auch in dieser Hinsicht hast du das Nachsehen, *caro*.«

Pellegrini wollte ihn nur ärgern. Paolo war Anfang fünfzig, ging jedoch mit seiner sportlichen Figur und der passenden Kleidung für gut zehn Jahre jünger durch. Einzig der beginnende Haarausfall machte ihm etwas Sorgen, wie er Pellegrini einmal anvertraut hatte, doch davon sah man bisher kaum etwas.

Der Barista strich sich eine dunkelbraune Strähne aus dem Gesicht. »Das werden wir ja sehen. Ich werde jeder *donna*, die heute kommt, mein strahlendstes Lächeln schenken. Die amerikanischen Touristinnen lieben mich.« Er schlug sich mit schmachtendem Blick die Hände vor die Brust.

»Einverstanden. Gute Laune ist immer gut fürs Geschäft.«

Pellegrini griff nach dem Trolley und wandte sich zum Gehen. »Ich empfehle mich fürs Wochenende!«

Ein Mann im Anzug, mit hellblauem Hemd und Krawatte ließ ein paar Münzen auf die Marmorplatte klimpern, griff nach seinem Aktenkoffer und seinem Mantel. Pellegrini hielt ihm die Tür auf und bemerkte beiläufig einen dunklen Fleck am linken Ärmel, als der Mann an ihm vorüberging. Der Straßenarbeiter folgte ihnen. Eine Staubwolke stieg aus seiner Kleidung auf, als er die Bar verließ. Pellegrini unterdrückte ein Niesen.

Er war bereit für den neuen Tag, dabei hatte er sich den *caffè* nicht einmal selbst machen dürfen. Merkwürdig, wie sehr er diese Kleinigkeit seiner morgendlichen Routine vermisste. Stattdessen blieb ihm nur ein letzter sehnsüchtiger Blick zurück auf die freundlichen Lichter der Bar.

I

Der Arbeiter steckte beide Hände in die Taschen seiner weiten Arbeitshose. »Wenn das so weitergeht mit dem Wetter, werden wir vor dem Winter nicht mehr fertig.«

Niemand antwortete ihm. Pellegrini war kein Morgenmuffel, aber um diese Uhrzeit mit Fremden über das Wetter plaudern war doch zu viel des Guten. Eine Stunde später kam er auf Touren: Sieben Uhr, das war seine Zeit.

Schweigend betraten sie die Station der *funicolare*. Die Bahn stand schon bereit, die Türen der roten Waggons waren geöffnet. Knapp ein Dutzend Personen hatte sich Sitzplätze gesucht. Niemand stand an den bodentiefen Frontscheiben, die normalerweise einen sagenhaften Blick über den Comer See boten. Pellegrini trat ans Fenster. Da war kein See, nicht einmal kleine Lichtpunkte der Straßenlaternen oder Häuser unten in der Stadt, nur bleigraues waberndes Nichts und dahinter Dunkelheit. Der Himmel schien sich bis auf das Wasser herabgesenkt zu haben.

Er blieb dennoch am Fenster stehen, die Macht der Gewohnheit. Die Fahrt hinunter nach Como dauert nur wenige Minuten, und er würde gleich im Auto noch lange genug sitzen. Der Arbeiter gesellte sich zu ihm. Pellegrini nickte ihm in freundlichem Einverständnis zu und war dankbar, dass sein Gegenüber es kein zweites Mal mit einer Unterhaltung versuchte. Der Mann grinste, kramte einen Tabakbeutel aus seiner Jackentasche und begann, sich Zigaretten zu drehen, die er anschließend wieder in den Beutel legte.

Die Türen schlossen sich, die Bahn ruckte und fuhr an. Schemenhaft tauchte nur wenige Meter hinter der Station die Straßenbrücke, die über die Gleise führte, aus dem Nebel auf und verschwand wieder. Kurz darauf gab es einen Ruck, ein hässliches Schleifen folgte. Der Arbeiter schaute auf, den Tabakbeutel noch in der Hand. Ein weiterer Stoß, der die Bahn kurz erzittern ließ. Pellegrinis Trolley schlug mit dem Haltegriff gegen die Fensterscheibe und kippte um. Im hinteren Teil des Wagens schrie jemand erschrocken auf.

Gerade als Pellegrini sich nach dem Trolley bücken wollte, kreischte Metall über Metall, und die Bahn kam mit einer letzten heftigen Erschütterung zum Stehen. Pellegrini wurde gegen das Fenster geschleudert und landete unsanft auf dem Hosenboden. Sein Gegenüber taumelte, konnte sich jedoch glücklicherweise auf den Beinen halten. Nur sein Tabakbeutel fiel auf den Boden.

Pellegrini griff danach, rappelte sich auf und strich sich den Mantel glatt.

»Danke, Signore.« Der Arbeiter nahm seinen Tabak entgegen und steckte ihn ein. Dabei zog er eine ratlose Grimasse und starrte aus dem Fenster. Die anderen Fahrgäste redeten aufgeregt durcheinander und rieben sich vereinzelt die Ellbogen oder Knie, doch niemand schien ernsthaft verletzt zu sein. Eher verwundert als besorgt blickten sie umher oder einander an.

Pellegrini reckte ebenfalls den Hals. »Können Sie irgendwas erkennen?«

»Nichts. Hat sich angehört, als ob wir irgendwo gegen gefahren sind.« Er grinste wieder. »Vielleicht ein Baumstamm. Gleich rücken die Banditen an und fordern unser Geld.«

Pellegrini brummte nur, fand den Gedanken alles andere als witzig. Es schien wirklich, als habe etwas die Schienen blockiert. Aber was und wieso? Der Hang war steil, das meiste würde einfach hinunterrollen.

Die Sekunden verrannen, dehnten sich zu Minuten. Nichts geschah. Die Fahrgäste schauten sich um, unterhielten sich leise. Jemand meinte, es müsse doch eine Durchsage geben, um sie zu informieren. Doch Pellegrini konnte weder Lautsprecher entdecken noch erinnerte er sich daran, jemals eine Durchsage in der Seilbahn gehört zu haben – was allerdings nichts bedeutete: Er konnte solches Gerede in Zügen und Flugzeugen oder auch laufende Fernseher in Bars mühelos ausblenden.

Der Straßenarbeiter hatte sich eine der selbst gedrehten Zigaretten hinters Ohr geklemmt und zupfte gedankenverloren daran herum. Immer wieder versuchte er, durch den finsteren Nebel etwas zu erkennen.

»Jetzt bräuchten wir eine Drohne«, murmelte er.

»Warum das?«

»So einen Mini-Hubschrauber mit Kamera.«

»Ich weiß, was eine Drohne ist. Aber wie könnte sie uns helfen?«

»Na, um nachzusehen.« Er machte eine kreisende Bewegung mit dem Finger in Richtung Scheibe. »Ich arbeite im Hochbau, wissen Sie? Brückenbau und -sanierung. Die Drohnen prüfen die Brücken auf Risse. Spart uns eine Menge Kletterei.« Er nahm die Zigarette, steckte sie in den Mund. Dann schien er sich bewusst zu werden, wo er war, warf Pellegrini einen verlegenen Blick zu und steckte sie wieder hinters Ohr.

Wider Willen wurde Pellegrini neugierig. »Wollen Sie mir sagen, die Sicherheit der Brücken wird kontrolliert, indem eine Kamera daran vorbeifliegt und Risse fotografiert?«

»Nein, ganz so ist es nicht.« Der Arbeiter lachte, freute sich, endlich die Aufmerksamkeit seines Gegenübers geweckt zu haben. »Sie machen sich keine Vorstellung! Das wird alles über Computer analysiert. Ingenieure überprüfen das. Im Zweifel müssen wir dann natürlich raus und nachsehen. Die Brücken werden auch akustisch kontrolliert und auf Schwingungen, wissen Sie?« Er machte mit den Händen eine Wellenbewegung. »Alle Brücken schwingen, wir merken das natürlich nicht, dabei bewegen sie sich teilweise ganz ordentlich. Und sie machen Geräusche. Wenn sich da was anders anhört als sonst, wissen die Ingenieure, dass irgendetwas nicht stimmt. Dann untersuchen wir das.«

Pellegrini nickte höflich und wurde vom Klingeln seines *telefonino* abgelenkt. Er zog es aus der Manteltasche.

»*Pronto*, Ispettrice. Die *funicolare* steckt fest.«

»*Buongiorno*, Signor Commissario!«, erwiderte Claudia Spagnoli in zackigem Ton. Dann lachte sie. »Immerhin bist du wach.«

»Geht so.« Pellegrini schätzte es nicht sonderlich, wenn sie die übertrieben gehorsame Befehlsempfängerin mimte. Gerade weil er sie als Kollegin mochte, war es ein schmaler Grat zwischen einem vertrauensvollen Umgang einerseits und der Wahrung des Machtverhältnisses andererseits.

»Wo bist du? Wann bist du da? Ich parke ziemlich ungünstig und kann hier nicht ewig stehen bleiben.«

»Ich bin in der *funicolare*.« Er schielte auf den bleigrauen Vorhang vor dem Fenster. »Wir stehen auf offener Strecke, und es geht nicht vor und nicht zurück.«

»Ich könnte hier mal nachfragen, was los ist.«

»Mach das.« Er beendete das Gespräch und seufzte genervt. »Ganz gleich, zu was Ihre Drohnen fähig sind, diese Suppe da draußen können sie auch nicht durchdringen.«

Der Arbeiter legte einen Arm gegen die Scheibe und lehnte die Stirn dagegen. »Auch wahr.«

Ein Knirschen unterbrach sie, dann ruckte die *funico-lare*. Sie fuhr rückwärts, zunächst stückchenweise, dann erreichte sie immerhin Schrittgeschwindigkeit. Wenige Augenblicke später rollte sie zurück in die Bergstation.

Die Fahrgäste wurden unruhig, standen von ihren Sitzen auf und stellten sich vor die geschlossenen Türen. Erst nach ein, zwei weiteren Minuten öffneten sie sich, und die Menschen verließen die Kabine.

Jetzt, da der kalte Herbstwind hineinwehte, bemerkte Pellegrini, wie die Anspannung von ihm abfiel. Was wäre gewesen, wenn sie noch länger hätten ausharren müssen? Solche Situationen konnten schnell unangenehm werden. Er atmete einmal tief durch und griff nach seinem Trolley. Vermutlich war er um das Schlimmste herumgekommen, doch auch so war das nicht gerade das, was er als einen guten Start in den Tag bezeichnen würde. Er verließ die Bahn. Die Leute standen unentschlossen vor der Station, ein erstes Taxi hielt an der Straße. Der Straßenarbeiter stand etwas abseits, rauchte und telefonierte.

Pellegrini sah sich ratlos um. Weder in der Station noch davor war jemand zu sehen, den er fragen konnte, ob die *funicolare* in Kürze fahren würde oder nicht. Er entschied sich, Spagnoli zu bitten, ihn in der Bar abzuholen. Immerhin könnte er dann noch einen weiteren *caffè* trinken und ein wenig mit Paolo reden. Die Aussicht versöhnte ihn etwas.

Er hatte seiner Ispettrice gerade Bescheid gegeben, da sah er einen älteren Mann eine Metalltreppe heraufkommen, die seitlich vom Bahnsteig auf die Trasse führte. Der Mann bemühte sich vergeblich um einen gefassten Gesichtsausdruck, während er die Stufen mit wankenden Schritten heraufhastete und sich dabei ans Geländer klammerte, als müsse er sich aus Treibsand ziehen.

Rasch ging Pellegrini zurück in die Station. Der Mann stand auf dem anderen Bahnsteig, und Pellegrini wagte es nicht, die Gleise einfach zu überqueren.

»Signore, was ist passiert?«

»Bitte?« Der Mann schreckte auf und winkte hektisch ab. »Tut mir leid, ich muss die Polizei rufen. Einen Krankenwagen«, war alles, was Pellegrini verstand.

Im gleichen Augenblick bemerkte er neben der Bahntrasse eine zweite Gestalt, gerade noch so weit entfernt, dass sie als Schemen im Nebel zu erkennen war. Sie stützte sich an der Natursteinmauer ab, die dort an den Gleisen entlangführte, und hielt den Kopf gesenkt. Pellegrini wandte sich wieder an den älteren Mann, der unschlüssig am Ende der Treppe stand und vergessen zu haben schien, was er gerade tun wollte.

»Commissario Pellegrini, Polizia di Stato. Vielleicht kann ich behilflich sein.« Er griff in die Innentasche des Mantels und zog seinen Dienstausweis hervor.

Der Mann nickte und tat nichts weiter.

Pellegrini zwang sich zur Geduld. »Wie komme ich zu Ihnen? Was ist passiert?«

»Selbstverständlich. Verzeihung.« Der Mann ging zu einem Sicherungskasten und drückte ein paar Knöpfe. Die Türen auf beiden Seiten der *funicolare* öffneten sich, sodass Pellegrini durch die Kabine auf den jenseitigen Bahnsteig gehen konnte. Er stellte den Trolley an einer geschützten Stelle ab und nickte dem Mann aufmunternd zu. Von Nahem sah er noch mitgenommener aus, leichenblass und mit weit aufgerissenen Augen. Doch die Anwesenheit eines Polizisten schien ihm Mut zu machen.

Er wies mit dem Kinn auf die Trasse. »Kommen Sie mit. Ich zeige es Ihnen.«

»Warten Sie. Auf den Schienen, ja? Rufen Sie die Kollegen

und einen Krankenwagen.« Da der Mann sich immer noch nicht rührte, schob Pellegrini sich an ihm vorbei. »Ich finde den Weg allein und kümmere mich um Ihren Kollegen da unten.«

Die Erleichterung des Mannes trug nur dazu bei, dass sich seine Vorahnungen weiter verdüsterten. Vielleicht ein Selbstmörder, der sich auf die Schienen geworfen hatte? Er hatte noch nie gehört, dass so etwas hier vorgekommen war, aber was hieß das schon?

Die Stufen der Metalltreppe waren nass und rutschig. Vorsichtig stieg Pellegrini hinunter, ging entlang der Gleise weiter bergab. Dabei war er erstaunt, wie steil diese Trasse war. Nach wenigen Metern näherte er sich der Gestalt an der Mauer. Der junge Mann lehnte keuchend und mit geschlossenen Augen an der Wand, mit der linken Hand umklammerte er eine Taschenlampe. Sein kreideweißes Gesicht mit der spitzen Nase und dem vergeblichen Versuch, sich einen Bart wachsen zu lassen, ließ ihn noch jünger aussehen, als er vermutlich war.

»*Buongiorno*, Signore. Ich bin Commissario Pellegrini. Ihr Kollege verständigt einen Arzt, es dauert nur noch einen Moment. Kann ich etwas für Sie tun?«

Da er keine Antwort bekam, machte er einen großen Schritt über die Lache Erbrochenes auf den jungen Mann zu. Säuerlicher Atem schlug ihm entgegen. Unruhig blickte Pellegrini sich um, doch der Nebel offenbarte ihm nichts. Das Licht der Lampen am Bahnsteig reichte gerade noch bis zur Brücke, der Hang unter ihnen lag in grauschwarz wabernder Dunkelheit.

Die Augenlider des Mannes flatterten. »Carabiniere«, murmelte er heiser und rülpste. »Verzeihung.« Er schlug die Hand vor den Mund.

Pellegrini runzelte die Stirn. »Nein, ich bin kein Carabiniere. Polizia di Stato, ich komme von der Questura in Como.«

Er hatte noch nie erlebt, dass jemand die beiden Polizeiorgane verwechselte. Die Carabinieri waren militärisch organisiert, den Rang eines Commissario gab es bei ihnen nicht, das wusste jedes Kind.

Der Mann versuchte vergeblich, seinen Blick auf Pellegrini zu richten. Er faselte vor sich hin, das einzig verständliche Wort war *Uniform*. Pellegrini unterdrückte den Impuls, an sich hinabzuschauen, ob sein Mantel den Eindruck vermittelte, zu einer Uniform zu gehören. Er verstand weder, was daran so wichtig sein sollte, noch, was dem armen Kerl derart auf den Magen geschlagen war. Seine Neugier wuchs, doch auch auf mehrmaliges Nachfragen erhielt er nur unzusammenhängendes Gestammel. Ein letztes Mal blickte er sich um, dann fasste er einen Entschluss. Sanft packte er den jungen Mann an der Schulter und zwang ihn mit freundlichem Nachdruck, die wenigen Schritte bis zur Station zu gehen.

»Enrico! Komm, gib mir deine Hand, *ragazzo*.« Der ältere Mann tauchte auf der Metalltreppe auf, beugte sich zu ihnen und streckte eine Hand aus.

Enrico blieb am Fuß der Treppe stehen. Seine Unterlippe zitterte. Pellegrini gab ihm einen Schubs, doch vergeblich.

Fluchend kam sein Kollege die Treppe herunter.

»Nun mach schon, der Commissario hat nicht den ganzen Tag Zeit, mit dir Händchen zu halten. Gleich kommt ein Arzt. Ich habe oben eine Decke, du bekommst einen Grappa, und dann vergessen wir das alles. Los!«

Dabei schob er seinen apathischen Kollegen die Treppe hinauf, der es gerade so schaffte, die Füße hoch genug zu heben, um die Stufen zu nehmen, ohne hinzuschlagen.

Der Ältere achtete nicht länger darauf.

»Tut mir leid, dass wir solche Umstände machen, Com-

missario«, sagte er, ohne sich umzudrehen. »Enrico arbeitet noch nicht lange hier. Hat so was noch nicht erlebt. Ich
auch nicht. *Madonna mia.*«

Pellegrini zwang sich zur Geduld, was ihm zunehmend
schwerer fiel. Die gesamte Situation war vollkommen absurd,
er kam sich allmählich vor wie in einem schlechten Horrorfilm. Außerdem würde Spagnoli bald an der Bar eintreffen.

»Was ist passiert?«, fragte er, so ruhig er konnte.

Die beiden Männer hielten auf der Treppe inne. Der ältere wandte sich um, betrachtete ihn grübelnd und entwand
dann dem jüngeren die Taschenlampe, um sie Pellegrini zu-
zuwerfen.

»Es ist schwer, in Worte zu fassen, Signor Commissario.
Schauen Sie selbst, ungefähr fünfzig Meter hinter der Brücke. Passen Sie auf, wo Sie hintreten.«

Pellegrini fing die Taschenlampe und ging ohne ein weiteres Wort die Bahntrasse hinab. Nachdem er unter der
Straßenbrücke hindurch war, wurde es stockfinster. Der
Lichtkegel der Taschenlampe reichte kaum zwei Meter weit.
Vorsichtig tastete er sich voran. Er hatte auf einmal das Gefühl, vollkommen allein auf der Welt zu sein, um ihn herum
nur Stille und graues Nichts. Seine Nackenhaare stellten sich
auf. Wenn das hier wirklich ein Horrorfilm wäre, tat er gerade genau das Falsche. Er erinnerte sich sehr genau an solche
Momente, in denen er am liebsten vom Kinosessel auf- und
in die Leinwand hineingesprungen wäre, um den Filmhelden
davon abzuhalten, allein loszuziehen, um die Welt zu retten
und stattdessen dem unvorstellbaren Grauen zu begegnen.

Pellegrini lachte laut auf, um sich Mut zu machen. Der Nebel dämpfte den Schall, und es verfehlte seine Wirkung. Sich
einen Idioten schimpfend, umklammerte er die Taschenlampe fester. Auf dem Metallgehäuse schlug sich die Feuch-
tigkeit nieder.

Dann sah er neben den Schienen plötzlich einen Finger. Pellegrini hockte sich hin. Zweifellos, vor ihm lag einer der mittleren Finger einer kräftigen, vermutlich männlichen Hand. Er war routiniert genug, den Fund nicht zu berühren. Sein Unbehagen war wie weggeblasen, machte konzentrierter Aufmerksamkeit Platz. Ohne sich von der Stelle zu rühren, leuchtete Pellegrini die Trasse entlang.

Die Standseilbahn wurde, wie der Name schon sagte, über ein Drahtseil den Berg hinaufgezogen, während sich die zweite Bahn, unterstützt durch den Hangabtrieb, nach unten bewegte. Das Seil verlief in zwei parallelen Strängen zwischen den Schienen, dick wie ein Kinderarm. Pellegrini erinnerte sich sehr gut daran, wie fasziniert er als kleiner Junge von der Bahn gewesen war. Er war zehn gewesen, als seine Eltern aus Deutschland nach Brunate zurückgekehrt waren, und er hatte häufig auf der Brücke vor der Bergstation gestanden, auf die Schienen gestarrt und dem gleichmäßigen Surren des Seils gelauscht, bis die Bahn lautlos in die Station einfuhr, nur um sie wenige Minuten später wieder zu verlassen.

Jetzt fragte er sich, was er sehen würde, könnte er bei besserem Licht und klarer Sicht von der Brücke aus auf die Schienen blicken. Dabei glaubte er, ein Stück weiter hangabwärts einen Arm in einem dunklen Kleidungsstück zu sehen, und hoffte, dass der Eindruck, es wäre nur ein einzelner Arm, ein Trugbild des Nebels war.

Er beugte sich tiefer über das Seil, das still und unbewegt dalag, und leuchtete daran entlang. Winzige Stofffetzen klebten am Metall, dunkle Flecken. Zwischen den Gleisen entdeckte Pellegrini eine Fingerkuppe, mehrere verbogene Metallstücke. Er erhob sich, jeder weitere Schritt fiel ihm schwer. Der Nebel hatte ihn nicht getrogen, dort lag ein einzelner Arm.

Einige Meter weiter fand er den Körper des Unglückseligen zwischen den Schienen verkantet. Die Bahn hatte ihn erfasst und einige Meter bergab geschoben, bis der Körper die Weiterfahrt endgültig blockiert hatte – was durchaus beachtlich war, denn der Hang war steil, und die Bahn hatte ordentlich Schub. So oder so, es war nur zu hoffen, dass derjenige zu diesem Zeitpunkt schon tot gewesen war.

Einen abgerissenen Finger konnte ein Mensch überleben, einen abgerissenen Arm vielleicht auch noch. Aber das hier? Die Person lag auf dem Bauch, Pellegrini konnte ihr Gesicht nicht sehen. Das silbergraue Haar am Hinterkopf war blutverkrustet. Pellegrini schluckte gegen das Gefühl an, keine Luft mehr zu bekommen. Er verstand, warum der junge Bedienstete der Bahn sich hatte übergeben müssen. Pellegrini konnte seine Übelkeit normalerweise ganz gut in Zaum halten, doch er hatte sich bis heute nicht an den Anblick verstümmelter Leichen gewöhnt, obwohl er schon einige schreckliche Unfälle gesehen hatte. Nicht erst, seitdem er für die glücklicherweise eher seltenen Morde in Como zuständig war, vielmehr hatte seine Zeit bei der Verkehrspolizei ihm alles abverlangt.

Allmählich konnte er wieder durchatmen. Er leuchtete die gespenstische Szenerie mit der Taschenlampe ab. Und dann begriff er mit einem Schlag, warum der junge Mann »Carabiniere« gesagt hatte. Das Opfer trug die dunkelblaue Uniform der Einheit. War das hier ein tragischer Unfall oder steckte mehr dahinter?

Pellegrini blickte sich um. Immer noch war die Welt um ihn herum still und verlassen. Hier konnte er nicht mehr viel ausrichten. Das war Sache der Spurensicherung und der Rechtsmedizin. Dennoch nahm er sich, wie es seine Gewohnheit war, einen Moment und blickte intensiv auf den Toten, versuchte, ihm die Achtung entgegenzubringen, die jedem Menschen gebührte. Versuchte zu verstehen, wieso dieses Leben auf tragische Weise früher als nötig zu Ende gegangen war. Die Uniformjacke war zerrissen und dreckig. Der Statur nach war das Opfer eindeutig männlich, aufgrund der ergrauten Haare vermutlich schon älter. An seinem verbliebenen Arm trug er eine Uhr, deren Zifferblatt zerbrochen war. Pellegrini verharrte und schaute genauer hin. Er kannte diese Uhr, oder nicht?

Seine Beklemmung kehrte zurück. Aber nicht, weil die Szenerie ihn abermals an einen Horrorfilm erinnerte, sondern weil er etwas vorhatte, für das die Spurensicherung ihn vermutlich vierteilen wollen würde. Allerdings hatte die Bahn, die den Körper vor sich hergeschoben und teilweise überfahren hatte, schon mehr Schaden verursacht, als er jemals anrichten konnte. Der ursprüngliche Unfallort lag etliche Meter weiter oben am Hang. Pellegrini musste Gewissheit haben, und zwar sofort. Er gab sich einen Ruck und beugte sich über den Körper. Unendlich vorsichtig schob er zwei Finger unter den Aufschlag der Uniformjacke.

Wenn Pellegrini sich nicht irrte, trug der Mann für gewöhnlich ein paar lose Münzen in der Hosentasche, mit denen er seinen *caffè* an der Theke der *Bar della Funicolare* zahlte. Sein Portemonnaie steckte in der linken oberen Brusttasche, vermutlich seit über vierzig Jahren und damit länger, als Pellegrini alt war.

Seine Fingerkuppe streifte brüchiges Leder. Er zog das Portemonnaie vorsichtig heraus und klappte es auf. Ein Dienstausweis. Ein altes Foto, der Mann darauf gut zwanzig Jahre jünger, als er heute war – zum Zeitpunkt seines Todes gewesen war.

Pellegrini ließ den Kopf hängen. Das Portemonnaie entglitt seinen Händen und fiel neben den toten Salvatore Bianchi. Warum es dort lag, würde er später erklären.

2

In der Station wimmelte es von Menschen, Blaulicht flackerte in den Himmel. Vor der Treppe hielt Pellegrini kurz inne. Nach der Stille am Hang waren seine Sinne von dem Lärm und der Hektik einen langen Moment überfordert. Offenbar hatte es sich herumgesprochen, dass es einen Unfall mit einem Toten gab, denn vor der Station, deren Zugänge geschlossen worden waren, drängten sich trotz der frühen Stunde Schaulustige. Auf beiden Bahnsteigen liefen Carabinieri, Männer von der Betreibergesellschaft der Bahn und einige Anzugträger herum. Dazwischen blitzten die roten Jacken der *Croce Rossa Italiana* auf. Der junge Enrico saß mit einer Decke über den Schultern auf einer Bank und wurde von zwei Sanitätern versorgt. Ispettrice Spagnoli stand vor dem Eingang der Bahnstation, rauchte und beobachtete das Treiben aus einiger Entfernung. Sie trug trotz der Kälte nur einen schwarzen Blazer über einer weißen Bluse und Jeans. Ihre Haare hatte sie zu einem strengen Knoten aufgesteckt. Ihr Anblick tat Pellegrini unterwartet gut, was vielleicht auch daran liegen mochte, dass sie die einzige Frau weit und breit war und ganz unaufgeregt mit einem Mann im Anzug sprach, während alle anderen um sie herum fruchtbar beschäftigt und wichtig taten. Wenn Pellegrini sich nicht täuschte, war ihr Gesprächspartner der Fremde, mit dem er zuvor die Bar verlassen hatte.

Er warf einen letzten Blick zurück auf die Gleise, die bergab im Nebel verschwanden. Wie war Bianchi dorthin gelangt? Es war möglich, aber ziemlich aufwendig, von der Seite an die Trasse zu klettern. Der einfachste Weg wäre von der Bahnstation aus, aber dort wären außerhalb der Betriebszeiten Gittertore und Metallzäune zu überwinden. War es nicht viel wahrscheinlicher, dass er von der Brücke gestürzt oder sogar gestoßen worden war? Pellegrini wandte sich wieder zur Treppe und stieg hinauf. Es war müßig, darüber zu spekulieren, das Team von der Spurensicherung würde sicherlich eine Antwort finden.

Er kam gerade mal zwei Schritte von der Metalltreppe weg.

»Halt! Wo kommen Sie her? Was machen Sie hier?«

Er fuhr herum und starrte wütend auf die Hand, die sich fest auf seine Schulter gelegt hatte. Sein Gegenüber dachte nicht daran, ihn loszulassen. Pellegrini begegnete einem strengen Blick unter dichten Brauen und schielte auf die Schulterklappe. Ein Sottotenente der Carabinieri. So einer hatte ihm gar nichts zu sagen.

Rüde schob er die Hand weg und rückte seinen Mantel zurecht. »Commissario Pellegrini. Die beiden Männer der *funicolare* haben mich gebeten, nach unten zu gehen. Dort liegt ein toter Mann.«

»Ein Carabiniere.«

»So ist es.« Pellegrini stockte. »Salvatore Bianchi aus Brunate.« Wie seltsam, da hatte er Bianchi Tausende Male in Uniform gesehen, konnte sich jedoch nicht an seinen Dienstgrad erinnern. Vielmehr sah er in Gedanken den gewaltigen Schnurrbart und das gutmütige Lächeln.

Der Sottotenente verschränkte die Arme vor der Brust. »Was fällt Ihnen ein, da einfach runterzugehen? Das ist ein Tatort! Hat man Ihnen denn gar nichts beigebracht?«

»Ein Tatort? Dann gab es Fremdverschulden? Vielleicht eine Amok laufende Bergbahn?«

»Sind Sie noch ganz bei Trost?«

»Nicht weniger als Sie. Ich verstehe nicht, warum Sie von einem Tatort sprechen. Bisher ist es der Fundort einer Leiche.«

Der Sottotenente griff sich an den Schirm seiner Mütze und rückte sie zurecht. »Ich bin nicht verpflichtet, Ihnen Auskünfte zu erteilen. Ich hoffe für Sie, dass Sie da unten nichts angestellt haben, was unsere Arbeit behindern könnte. Und jetzt machen Sie, dass Sie wegkommen, Sie haben hier nichts zu suchen. Falls wir Fragen haben, melden wir uns.« Er wedelte mit der Hand, als wollte er eine lästige Fliege verscheuchen.

Pellegrini klappte den Mund auf und wieder zu. Alles in ihm strebte danach zu widersprechen, obwohl er wusste, dass sein Gegenüber recht hatte. Die Spurensicherung stand vor einer beachtlichen Herausforderung, und er hatte ihnen die Arbeit nicht gerade leichter gemacht. Außerdem hatte ihn niemand gerufen, er war nur zufällig vor Ort gewesen, hatte keinen Ermittlungsauftrag. Wenn er es ganz genau nahm, hätte er – Aufforderung des Bahnbediensteten hin oder her – besser nicht sofort nachgesehen, sondern erst einmal Fragen gestellt. Dann hätte er festgestellt, dass keine Gefahr in Verzug gewesen war, niemand in Not. Es wäre klüger gewesen, auf die Kollegen zu warten.

Aber für solche Bedenken war es zu spät. Er erlaubte sich ein letztes boshaftes Grinsen. »Soll ich Ihnen meine Personalien geben?«

»Ich habe mir Ihren Namen gemerkt, *Commissario* Pellegrini.« Der Sottotenente betonte den Rang wie ein Schimpfwort und ließ ihn ohne ein weiteres Wort stehen. Es war offensichtlich, dass ihm ganz andere Dinge auf der Zunge lagen, allein Pellegrinis Dienstgrad hielt ihn davon ab, sie auszusprechen. Dieses Machtsystem funktionierte zum

Glück auch über die verschiedenen Polizeiinstanzen hinweg.

Er sah zu Spagnoli, ihre Blicke trafen sich durch die Menschenmenge. Er nickte und bedeutete ihr mit einer Geste, dass er zu ihr kommen würde. Sie beendete ihr Gespräch und zeigte in Richtung Straße, wo sie vermutlich geparkt hatte. Pellegrini holte seinen Trolley. Ein Carabiniere ließ ihn das Tor passieren und riegelte hinter ihm ab. Das metallene Schnappen des Schlosses gab der gesamten Situation etwas Endgültiges. Man hatte sie wortwörtlich ausgeschlossen.

»Wir sind raus«, knurrte Pellegrini ungehalten. »Der Tod eines Carabiniere ist Sache der Carabinieri.«

Spagnoli verzog kurz den Mund. »Zunächst einmal: *Buongiorno*, Commissario. Das ist ein Stück weit nachvollziehbar, oder?«

Pellegrini blieb stehen. Sie standen auf dem Vorplatz der Bergstation, in dessen Mitte einige alte Umlenkrollen der *funicolare* ausgestellt waren. Hier zwischen den Gebäuden war der Nebel nicht so dicht, sodass sie den Platz überblicken konnten, über den nach wie vor Blaulicht flackerte. Auf jedem freien Zentimeter standen Autos; Metallkisten und eine Fotoausrüstung wurden aus einem Fiat Ducato ausgeladen. Ein Team der Spurensicherung rückte an. Pellegrini glaubte, in der Ferne Dottor El Gatos Wagen zu erkennen. Der Rechtsmediziner war Frühaufsteher, es durfte nicht viel Mühe gekostet haben, ihn zu erreichen.

Mit einem unzufriedenen Brummen wischte Pellegrini sich eine nebelfeuchte Haarsträhne aus der Stirn.

»Ich kannte den Toten, es ist Salvatore Bianchi, ein Carabiniere aus Brunate.«

Spagnoli stieß einen Fluch aus und legte ihm kurz die Hand auf den Arm. »Tut mir leid, das ist übel. Und was machen wir jetzt?«

Dankbar für die zurückhaltende Geste, mit der sie ihr Mitgefühl ausdrückte, nickte er und straffte die Schultern. »Was wohl? Wenn wir um zehn auf dem Kongress in Bergamo sein wollen, müssen wir uns ranhalten.«

»Wenn du meinst.« Spagnoli schnippte die Zigarettenkippe weg und ging zu einem schwarzen Alfa Romeo 159. Fragend hielt sie den Schlüssel in die Luft, und Pellegrini streckte die Hand aus. »Ich kenne mich hier besser aus als du.«

»Es gibt Navigationssysteme.«

Pellegrini lachte gutmütig. »Mit denen du dich im Hinterland zwischen Como und Lecco garantiert in einer viel zu schmalen Gasse festfährst. Glaub mir, meine Ortskenntnis ist unschlagbar.«

»Meinetwegen.« Sie warf ihm einen Blick zu, den er nicht deuten konnte, und stieg auf der Beifahrerseite ein.

Schweigend fuhren sie los. Es dauerte eine ganze Weile, bis sie die kleinen Ortschaften hinter sich gelassen und sich auf der SP342 in eine endlose Fahrzeugschlange eingereiht hatten.

»Diese Geschwindigkeit ist atemberaubend.« Genervt ließ Spagnoli ihr *telefonino* von einer Hand in die andere wandern und starrte aus dem Fenster. Je weiter sie sich vom See entfernt hatten, desto mehr hatte sich der Nebel gelichtet, und die Dunkelheit wich allmählich trübem Tageslicht.

»Wenn wir wie geplant aufgebrochen wären, hätte ich die Autobahn genommen, das geht normalerweise schneller, obwohl die Strecke ein gutes Stück länger ist. Aber jetzt staut sich der Berufsverkehr Richtung Mailand, sodass wir hier vermutlich besser vorankommen.«

Spagnoli brummte eine Antwort, die er nicht verstand. Wieder schwiegen sie eine Weile.

»Es ärgert dich, dass du nicht ermitteln darfst, oder?«, fragte sie plötzlich.

Pellegrini stockte. Er wollte widersprechen, aber wozu? »Ich kannte ihn, und er lag praktisch vor meiner Haustür. Natürlich interessiert mich, was passiert ist. Aber die Carabinieri werden das schon hinkriegen.«

»Soweit ich mich erinnere, traust du Maggiore Visconti nicht viel zu.«

Das war diplomatisch ausgedrückt. Pellegrini hielt den Kommandanten der Kaserne in Como für einen ausgemachten Trottel.

»Hilft ja nichts«, murmelte er und bremste, weil die Blechkarawane vor einem Kreisverkehr zum Stehen kam.

Wäre Salvatore Bianchis Leiche auf dem Stadtgebiet von Como gefunden worden, hätte Pellegrini die Ermittlungen vielleicht mit etwas Geschick an sich reißen können. Aber in Brunate waren wie in den meisten ländlicheren Gemeinden eher Carabinieri vertreten, sie waren schneller vor Ort und damit zuständig. Normalerweise störte Pellegrini sich nicht daran, dass es zwei Polizeiorgane gab, deren Zuständigkeiten sich in vielen Bereichen überschnitten. Das konnte niemand so recht erklären. Manche Dinge waren über die Jahrhunderte gewachsen und hatten manch seltsame Blüte getrieben, doch es war besser, sie nicht zu hinterfragen. Die Republik Italien hatte andere Probleme, wobei die Lombardei eine Region war, die dankenswerterweise weniger davon spürte.

Dieses Mal ärgerte Pellegrini sich allerdings. Er fand, dass er den Tod aufklären dürfen müsste. Auf eine merkwürdige Weise, die er selbst nicht erklären konnte, fühlte er sich zu Unrecht von den Ermittlungen ausgeschlossen.

»Pass auf!«

Spagnoli schrie auf, gleichzeitig trat er die Bremse durch. Dann erst wurde ihm bewusst, dass der Blick aus der Windschutzscheibe komplett von einer dreckigen Lkw-Stoßstange ausgefüllt war.

»Ich war in Gedanken.« Pellegrini hatte den Motor abgewürgt und startete neu.

»Soll ich fahren?«

»Nein, nicht nötig.«

Sie quälten sich weiter durch den Berufsverkehr, der immer schlimmer zu werden schien.

»Ich bin gespannt, was mich gleich erwartet«, durchbrach Spagnoli die Stille.

Pellegrini begriff, dass sie ihn ablenken wollte, und nahm das Angebot dankbar an. »Die *Hominis et Tigris* ist eine lose zusammenhängende Gruppe von Ermittlern aus ganz Europa. Die meisten sind im aktiven Polizeidienst, aber es sind zum Beispiel auch Rechtsmediziner dabei. Wir tauschen uns schlicht gesagt über unsere Arbeit aus. Es ist nichts Offizielles, reines Privatvergnügen.«

»Warum kann es nicht als Weiterbildung anerkannt werden?« Spagnoli verschränkte die Arme. »Ich würde nämlich behaupten, dass dir dieser Blick über den beruflichen Tellerrand bisher nicht geschadet hat. Allein was deine Sprachkenntnisse anbelangt. Ich dagegen hoffe, dass mein Englisch fürs Erste ausreicht.«

Pellegrini nickte ihr aufmunternd zu. »Ich bin ein schlechter Maßstab, wirklich. Du bist schon viel besser geworden, besonders seit deiner Sprachreise im Sommer.«

»Du übertreibst.«

»Nein, ich meine das ernst.« Pellegrini sah über ihr verlegenes Lächeln hinweg und tat, als müsse er sich auf den Verkehr konzentrieren. »Du wirst sehen«, fuhr er fort. »Es sind lange nicht alle so gut, und die meisten sind trotz unseres internationalen Anspruchs Italiener.«

»Wieso eigentlich? Und wieso ausgerechnet Bergamo?«

»Weil einer der Gründer dort an der Uni Jura lehrt. Professor Ferro hat Kontakte zur *Biblioteca Civica Angelo Mai,* in der der Kongress stattfindet.« Er grinste. »Außerdem ist Bergamo eine traumhafte Kulisse, das musst du zugeben.«

»Und warum *Hominis et Tigris* – Menschen und Tiger?«

»Das ist eine Anspielung auf eine Comicstripserie, in der die Welt aus der Sicht eines kleinen Jungen namens Calvin erklärt wird, dessen Begleiter ein Stofftiger namens Hobbes ist. Ich interessiere mich eigentlich nicht für Comics, aber diese sind sehr philosophisch. Hobbes ist nicht nur ein Stofftier, sondern auch ein imaginärer Freund und natürlich viel klüger als die Menschen. Ferro sagt gern, dass wir manchmal Menschen und manchmal Tiger sind. Und dass wir die Welt häufiger aus der Sicht dieses klugen Tigers betrachten sollten.«

»Eine hübsche Weltsicht, aber ich verstehe das nicht.«

»Es ist auch nicht einfach. Es bezieht sich darauf, dass die Sicht von Calvin und Hobbes eigentlich ein und dieselbe ist, da Hobbes nicht wirklich existiert. Seine Ansichten sind eine Projektion des kleinen Jungen auf sein Stofftier. Und dennoch ist es eine neue Perspektive, die des Tigers.«

»Na gut, okay.« Spagnoli dehnte das letzte Wort und machte deutlich, dass sie es immer noch nicht begriffen hatte.

Pellegrini lächelte. »Du wirst es nach der Tagung besser verstehen. Es geht darum, den Standpunkt zu wechseln, den Blickwinkel zu verändern. Das, was du auch bei einer Ermittlung allerspätestens dann tun solltest, wenn du nicht weiterkommst.«

Spagnoli lachte. »Also gut, ich bin gespannt auf den Blickwinkel des Tigers. Danke, dass du mich mitnimmst.«

Tatsächlich hatte Pellegrini sehr lange überlegt, ob er sie einladen sollte. Er galt zwar als umgänglicher Chef, doch er legte keinen Wert auf ein engeres Verhältnis zu seinen Untergebenen. Spagnoli wusste das. Doch letzten Endes war er davon überzeugt, sie könne eine Bereicherung für die Vereinigung sein, und so nahm er in Kauf, ihr einen Teil seines Lebens zu zeigen, der mehr privat als beruflich war. Mit manch einem der Mitglieder der *HeT* verband ihn eine jahrelange Freundschaft, länger, als er bei der Questura arbeitete. In Pellegrinis Leben hatte es einen tiefen Einschnitt gegeben. Der Unfalltod seines besten Freundes Luca Camerone teilte Freunde und Bekannte in ein Davor und ein Danach. Er hatte sich damals komplett zurückgezogen und mit den meisten vollständig gebrochen, da er weder ihre Anteilnahme noch die sicherlich gut gemeinten Ratschläge ertragen konnte, wie er mit der Erkenntnis zurechtzukommen hätte, dass sein bester Freund ein Drogenschmuggler gewesen war. Die meisten Leute in der Vereinigung hatte er zwar auch vorher schon gekannt, doch als er nach einigen Jahren Pause wieder an den Treffen teilnahm, war genug Zeit vergangen, dass kaum jemand nachfragte. Außerdem hatte Pellegrini da bereits wieder zu sich gefunden und an die alten Freundschaften anknüpfen können – sie waren die Einzigen, bei denen ihm das gelungen war, und gerade das machte die Gruppe so wertvoll und besonders.

Nach einer gefühlten Ewigkeit befanden sie sich endlich auf der zweispurig ausgebauten ss671, und es ging schneller voran. Dann spürte Pellegrini das Vibrieren seines *telefonino* in seiner Manteltasche. Mit der linken Hand angelte er es heraus. Spagnolis vorwurfsvoller Blick war ihm nicht entgangen, und so reichte er es an sie weiter, als er sah, wer der Anrufer war.

»Questura. Mit denen kannst du genauso gut reden. Sag ihnen, dass du neben mir sitzt.«

Spagnoli meldete sich und hörte zu. Dann stieß sie einen merkwürdigen Laut aus, der irgendwo zwischen Verblüffung und Entsetzen lag.

»Was ist?«, fragte Pellegrini.

Sie schaute auf die Uhr und ignorierte ihn. »Gerade eben, sagst du? Sie müsste einen Moment auf uns warten – sofern er einverstanden ist.«

»Womit soll ich einverstanden sein? Mit wem sprichst du?«

Spagnoli machte eine abwehrende Handbewegung und lauschte weiter.

»Sie ist vermutlich völlig durcheinander. Hast du einen Arzt gerufen?«, fragte sie ins Handy.

»Wer?«, rief Pellegrini. Er trommelte auf das Lenkrad und spürte, wie ihn die Gelassenheit, die sich während ihres Gesprächs eingestellt hatte, wieder verließ. Hatten sich denn heute Morgen alle gegen ihn verschworen?

»Moment.« Spagnoli unterbrach das Gespräch und wandte sich ihm zu. »Eine Signora Stefania Bianchi ist in der Questura und will mit dir sprechen. Sie weigert sich, den Grund zu nennen.«

Pellegrini stieß einen saftigen Fluch aus und bremste, weil ein Motorradfahrer kurz vor ihm einscherte und ihn schnitt.

»Du hättest wirklich besser mich fahren lassen sollen«, fauchte Spagnoli. »Du bist völlig unkonzentriert!«

Er warf einen bösen Blick auf das *telefonino*.

Sie verdrehte die Augen. »Keine Sorge, ich habe das Mikrofon ausgestellt, das hat niemand gehört. Aber was soll ich denen sagen?«

»Was wohl? Dass wir auf dem Weg und in einer Stunde da sind.« Er setzte den Blinker, um an der nächsten Ausfahrt abzufahren. »Stefania und Salvatore Bianchi sind seit Anbeginn der Zeiten verheiratet. Sie sind aus Brunate nicht wegzudenken. Ich kann sie nicht auf Montag vertrösten, wenn sie mit mir sprechen will.«

*Kampa
Krimi*

Renée Ballard
Police Detective in L.A.

Es gibt viele Orte, an denen man nachts in L.A. nicht sein möchte. Der schlimmste ist die Late Show, die berühmt-berüchtigte Nachtschicht des LAPD. Hier arbeitet in der Hollywood Division Renée Ballard. Sie stammt aus Hawaii, ist jung und ehrgeizig, nicht zuletzt, weil ihr Vater schon Cop war. Ihr Chef hat sie in die Nachtschicht des LAPD verbannt, wo sie nach Schichtende jeden Fall abgeben muss. Was sie aber nicht tut. Besonders nicht, als sie einem korrupten Kollegen auf die Schliche kommt …

»Verblüffend, wie Michael Connelly
sich von Mal zu Mal steigert. Jedes
Buch ist besser als das vorige.«
Stephen King

Drei Fälle
erschienen

MICHAEL
CONNELLY

NIGHT TEAM

RENÉE BALLARD
TRIFFT HARRY BOSCH

KAMPA

448 Seiten | Taschenbuch
ca. € (D) 15,– | sFr 20,50 | € (A) 15,40
ISBN 978 3 311 15523 2

Michael »Mickey« Haller, bekannt aus der Netflix-Serie *The Lincoln Lawyer*

Illustrationen: Giordano Poloni © Kampa Verlag

Lincoln Lawyer
Anwalt in Los Angeles

Netflix 1. Staffel

MICHAEL CONNELLY

DAS GESETZ DER STRASSE

EIN FALL FÜR DEN LINCOLN LAWYER

528 S. | ca. € (D) 19,90 | sFr 26,90 | € (A) 20,50
Klappenbroschur | ISBN 978 3 311 12053 7

Netflix 2. Staffel

MICHAEL CONNELLY

DER FÜNFTE ZEUGE

EIN FALL FÜR DEN LINCOLN LAWYER

608 S. | ca. € (D) 19,90 | sFr 26,90 | € (A) 20,50
Klappenbroschur | ISBN 978 3 311 12055 1

Michael Hallers Kollege Jerry Vincent wird kaltblütig ermordet. Ist der Täter unter Vincents Mandanten zu finden?

Ein Bankangestellter wurde erschlagen, und Mickey Hallers Mandantin Lisa Trammel gilt als Hauptverdächtige.

Harry Bosch
Police Detective in L.A.

Harry Bosch ist Mordermittler des Los Angeles Police Department, wo er mit seiner ruppigen Art und seinem fehlenden Teamspirit nicht selten aneckt. Er leidet unter Schlafstörungen und Albträumen, trinkt Bier und raucht Kette. Und er arbeitet viel zu viel. Den einzigen Luxus, den er sich gönnt: sein Haus in den Hollywood Hills mit einem sensationellen Ausblick. Dort hört er am liebsten Jazz, natürlich auf Vinyl, wenn er nach Feierabend Akten wälzt – immer auf der Suche nach einem Detail, das er übersehen hat, immer im Kampf für Gerechtigkeit. In *Schwarzes Echo* erkennt Bosch bei einem Routineeinsatz in einem toten Junkie einen Kameraden aus dem Vietnamkrieg. Hat sich Billy Meadows wirklich den goldenen Schuss gesetzt?

432 Seiten | Klappenbroschur
ca. € (D) 19,90 | sFr 26,90 | € (A) 20,50
ISBN 978 3 311 12061 2

Acht Fälle
erschienen

MICHAEL
CONNELLY

ZWEI
WAHRHEITEN

DER NEUE FALL
FÜR HARRY BOSCH

Illustration © Fmusra, Black Cat, Pattern

»Der beste Detective – ever.«
Stephen King

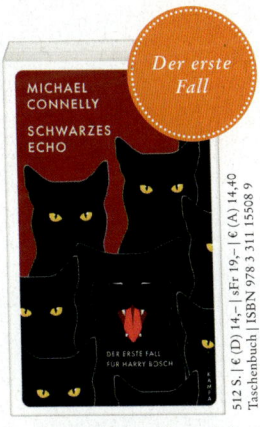

Der erste Fall

512 S. | € (D) 14,– | sFr 19,– | € (A) 14,40
Taschenbuch | ISBN 978 3 311 15508 9

Bosch, einst in der Eliteeinheit, muss wieder ganz unten beim LAPD anfangen. Viel Zeit sich zu grämen hat er nicht …

464 S. | € (D) 14,– | sFr 19,– | € (A) 14,40
Taschenbuch | ISBN 978 3 311 15512 6

Ein toter Cop in einem Motel. Bosch glaubt nicht an Selbstmord: Der Cop ermittelte wegen der Modedroge »Schwarzes Eis«.

558 S. | € (D) 14,– | sFr 19,– | € (A) 14,40
Taschenbuch | ISBN 978 3 311 15513 3

Bosch ist sicher, den »Puppenmörder« erschossen zu haben, der elf Frauen getötet hat. Bis ein neues Opfer gefunden wird.

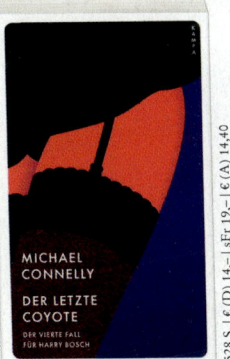

528 S. | € (D) 14,– | sFr 19,– | € (A) 14,40
Taschenbuch | ISBN 978 3 311 15514 0

Bosch stellt sich seiner Vergangenheit. Er muss den Mörder der Prostituierten Marjorie Lowe finden – seiner Mutter.

Ein Serienmörder aus einem kleinen Ort bei Regensburg. Historisch verbürgt, zum ersten Mal erwähnt um 1811.

Gemeinhin glauben die Leute, was der Bichel sagt. Er redet wie ein gelehrter Mann – und ist doch nur ein einfacher Viehhändler. Einen magischen Spiegel, der einem die Zukunft voraussagt, soll er besitzen. Vor allem junge Mädchen glauben an den Erdspiegel, hübsche und fleißige Töchter armer Tagelöhner, die naiv sein mögen, aber Träume haben. Und die eine nach der anderen plötzlich verschwindet …

»Andrea Maria Schenkel hat den Krimi für Deutschland neu erfunden.« *Die Zeit*

ANDREA MARIA
SCHENKEL

DER
ERDSPIEGEL

ROMAN

192 Seiten | Gebunden
ca. € (D) 22,– | sFr 30,– | € (A) 22,60
ISBN 978 3 311 10047 8

Illustration: Sam Ward © Kampa Verlag

Cédric Bresson
Ex-Kommissar in der Champagne

Dank seines Talents und Ehrgeizes hat Cédric Bresson sich bei der Pariser Kriminalpolizei schnell hochgearbeitet. Trotzdem zögert er nicht, seine Karriere an den Nagel zu hängen, als er die faszinierende Winzertochter Maryse kennenlernt. Bald nach der Heirat zieht er zu ihr in das beschauliche Dörfchen Lézy-le-Sec in der Champagne, um im traditionsreichen Champagnerhaus Cherriot mit einzusteigen. Doch sein Ruf als beste Spürnase von Paris holt ihn ein: Als in den Weinbergen die Leiche des mächtigen Präsidenten der Winzervereinigung Vigne d'Or gefunden wird, zwingt das Innenministerium Cédric, die Ermittlungen zu übernehmen. Wie er als werdender Vater und neben der Arbeit im Weingut einen Mord aufklären soll, ist ihm schleierhaft. Zum Glück bekommt er Unterstützung von Maryses Tante Viviane, einer ehemaligen Filmdiva, die die Ränkespiele hinter den Kulissen des Champagergeschäfts bestens kennt.

Illustration © Alexey Trofilov

CARLO FEBER

DER TOTE CHAMPAGNER-PRÄSIDENT

CÉDRIC BRESSONS ERSTER FALL

Der erste Fall

352 Seiten | Gebunden mit Farbschnitt
€ (D) 17,90 | sFr 24,50 | € (A) 18,40
ISBN 978 3 311 12555 0

Dr. Kay Scarpetta
Virginia

Die renommierte Pathologin Kay Scarpetta lebt nach vielen Jahren wieder in Virginia, gemeinsam mit ihrem Mann Benton und ihrer Nichte Lucy. Ihr Start als leitende Gerichtsmedizinerin von Virginia gestaltet sich jedoch mühsam, und es dauert keine vier Wochen, bis Scarpetta es mit einem verstörenden Fall zu tun bekommt: Eine Frau wurde brutal ermordet, ihre Leiche auf einem Bahngleis »drapiert«. Und die Ermittlungen führen Scarpetta gefährlich nah an ihr eigenes Zuhause. Noch dazu wird sie ins Weiße Haus beordert – als Mitglied einer Kommission, die mit Angriffen auf die nationale Sicherheit befasst ist. Bei einer Weltraummission scheint es eine Katastrophe gegeben zu haben, der Kontakt zu den Astronauten ist abgebrochen. Und während Scarpetta im All ermittelt, ereignet sich auf Erden ein zweiter, ganz ähnlicher Mord an einer Frau, wieder in der Nähe von Scarpettas Zuhause …

Neu

PATRICIA CORNWELL
AUTOPSIE
EIN FALL FÜR
KAY SCARPETTA

400 Seiten | Gebunden mit Farbschnitt
€ (D) 21,90 | sFr 29,50 | € (A) 22,50
ISBN 978 3 311 12567 9

Der Samstags-mörder

Die tote Schriftstellerin

Der erste Fall

448 Seiten | Taschenbuch
€ (D) 14,– | sFr 19,50 | € (A) 14,40
ISBN 978 3 311 15524 9

480 Seiten | Taschenbuch
€ (D) 15,– | sFr 20,50 | € (A) 15,40
ISBN 978 3 311 15527 0

Scarpetta erhält frühmorgens einen Anruf von Sergeant Pete Marino von der Mordkommission: »Mr. Nobody« hat wieder zugeschlagen, ein grausamer Serienkiller, der Frauen erwürgt – immer am Samstagmorgen und ohne jedes erkennbare Motiv. Scarpetta greift bei ihren Ermittlungen auf die neuesten Erkenntnisse der forensischen Forschung zurück. Und tatsächlich bringt die Analyse einer fluoreszierenden Substanz, die der Mörder an jedem der Tatorte hinterlassen hat, Scarpetta schließlich auf die entscheidende Fährte. Doch wird die Zeit reichen, einen weiteren Mord zu verhindern?

Im Kühlraum der Gerichtsmedizin liegt die Leiche einer jungen Schriftstellerin. Die Autopsie ist abgeschlossen, Beryl Madison hat siebenundzwanzig Schnittverletzungen und eine durchtrennte Kehle. Doch wie es zu dem grausamen Mord kam, ist Scarpetta ein Rätsel. Am Tatort gefundene Briefe beweisen, dass Madison vor einem Unbekannten, der sie bedrohte, geflohen ist und erst in der Tatnacht in ihr Haus in Richmond zurückkehrte – um dort ihrem Mörder offenbar widerstandslos die Tür zu öffnen. Kannte sie den Täter? Und warum ist ihr letztes Manuskript verschwunden?

Illustration: Simon Marchner © Kampa Verlag

Inspector Gamache
Three Pines in Québec (Kanada)

Eine Autostunde von Montréal entfernt, an der Grenze zu Vermont, liegt Three Pines, mitten in den Wäldern versteckt, sodass es auf keiner Landkarte zu finden ist. In dem idyllischen Dorf gibt es alles, was das Herz begehrt: eine Bäckerei, eine Pension, einen Krämerladen, ja sogar eine Buchhandlung. Aber ohne die Bewohner mit ihren Ecken und Kanten wäre Three Pines nicht komplett. Einer von ihnen ist Armand Gamache, der sich hier am Wochenende von seiner aufreibenden Arbeit erholt. Unter der Woche wohnt er in Montréal, wo er es vom einfachen Inspector bis zum Chief Superintendent der Sûreté du Québec, dem obersten Polizeichef, geschafft hat. Und das, obwohl er immer einfühlsam ist, gute Manieren hat und selten die Contenance verliert. Gamache ist ein Kommissar zum Verlieben … Nur leider ist er schon vergeben: seit über dreißig Jahren verheiratet mit Reine-Marie.

400 Seiten | Klappenbroschur
€ (D) 17,90 | sFr 24,50 | € (A) 18,40
ISBN 978 3 311 12006 3

LOUISE PENNY
Das Dorf in den roten Wäldern
DER ERSTE FALL FÜR GAMACHE

Der erste Fall

Gamache in der Stadt der Lichter

Neu

560 Seiten | Klappenbroschur
ca. € (D) 19,90 | sFr 26,90 | € (A) 20,50
ISBN 978 3 311 12050 6

Armand Gamache reist mit Reine-Marie nach Paris, um ihre hochschwangere Tochter zu besuchen. Sie genießen ihren Urlaub – bis Armands Patenonkel Stephen Horowitz nach einem gemeinsamen Abendessen angefahren und schwer verletzt wird. Gamache hat gesehen: Das war kein Unfall. Kurz darauf machen Gamache und Reine-Marie eine grausame Entdeckung in Stephens Wohnung. Welche Geheimnisse hütet der alte Herr? Um die Wahrheit herauszufinden, muss Gamache entscheiden, ~~...kann: seinen~~ ~~...n Kollegen,~~ ~~...oder seiner~~ ~~...genheit?~~

KANADAS KRIMIAUTORIN NUMMER 1

16 Fälle erschienen

LOUISE PENNY
Bei Sonnenaufgang
DER SIEBTE FALL FÜR GAMACHE

LOUISE PENNY
Unter dem Ahorn
DER ACHTE FALL FÜR GAMACHE

LOUISE PENNY
Der vermisste Weihnachtsgast
DER NEUNTE FALL FÜR GAMACHE

LOUISE PENNY
Wo die Spuren aufhören
DER ZEHNTE FALL FÜR GAMACHE

LOUISE PENNY
Totes Laub
DER ELFTE FALL FÜR GAMACHE

Foto: © IZBFH jansd···
···en von Getty Images

Simon Serrailler
Inspector in Lafferton (Südengland)

Im südenglischen Städtchen Lafferton ticken die Uhren langsamer als im nahe gelegenen London: Alles ist noch persönlicher, traditioneller. Niemals würde Simon Serrailler in die Hauptstadt wechseln, obwohl der sympathische Chief Inspector, der in seiner Freizeit liest und malt, eine rekordverdächtige Erfolgsquote hat. Aber das hat seinen Preis, denn so mühelos er seine Fälle löst, so kompliziert ist Serraillers Verhältnis zu seiner Schwester, zu seinem Vater und zu den Frauen. In *Seelenängste*, dem dritten Fall, ist ein Junge seit acht Monaten verschwunden, und die Polizei Lafferton tappt noch immer im Dunkeln.

Vier Fälle erschienen

SUSAN HILL

Seelenängste

DER DRITTE FALL FÜR INSPECTOR SERRAILLER

464 Seiten | Klappenbroschur
ca. € (D) 19,90 | sFr 26,90 | € (A)
ISBN 978 3 311 12023 0

Eduard »Ed« Koch
Kommissar auf Sylt

Nie würde Ed sein Sylt verlassen. Nachdem er aus dem Haus seiner Ex-Frau ausziehen musste, kommt er vorübergehend im Haus eines Freundes unter. Von der Dachgaube aus hat Ed einen herrlichen Ausblick über das Watt. Hier sitzt er oft und sinniert über seinen aktuellen Fall, denn der gibt ihm einige Rätsel auf: Wer ist dieser verschwundene Journalist, der niemanden in seine Recherchen einweihen wollte? Und wer ist so erpicht darauf, mehr über ihn herauszufinden, dass er sogar in der Unterkunft des Vermissten eingebrochen ist? Auch privat steht Ed vor neuen Herausforderungen: Seit seine Tochter bei ihm eingezogen ist, gerät er ständig in Streit mit seiner Ex-Frau, und die Trennung von seiner ehemaligen Vorgesetzten Elsa macht ihm zu schaffen.

ca. 256 Seiten | Klappenbroschur
ca. € (D) 16,90 | sFr 21,90 | € (A) 17,40
ISBN 978 3 311 12057 5

Zwei Fälle
erschienen

MAX ZIEGLER

Sylter Sandflut

DER ZWEITE FALL FÜR ED KOCH

KAMPA

Foto: © Xadus-Max Sandhill

Marco Pellegrini
Commissario am Lago di Como

Commissario Pellegrini ermittelt am Lago di Como – da, wo andere Ferien machen. Er wäre selbst fast Hotelier geworden, ist dann aber doch zur Polizia di Stato gegangen, statt in das Familienunternehmen einzusteigen. Ohne Espresso löst er keinen Fall, und die Kaffeemaschine bedient er mindestens so gut wie seine Dienstwaffe. Pellegrini ist kein George Clooney, macht aber immer eine *bella figura* – ob in Uniform oder in Zivil. In seinem vierten Fall muss Pellegrini in den eigenen Reihen ermitteln: Während einer Kriminalistentagung in der altehrwürdigen Bibliothek von Bergamo wurde ein Archivar erschlagen – ausgerechnet mit einem Folianten.

ca. 208 Seiten | Klappenbroschur
ca. € (D) 16,90 | sFr 21,90 | € (A) 17,40
ISBN 978 3 311 12058 2

Vier Fälle erschienen

DINO MINARDI

Biblioteca criminale

PELLEGRINIS VIERTER FALL

Johann Briamonte
Schwarzwald

Kriminalhauptkommissar Johann Briamonte weiß, warum er
seine Heimat, den Schwarzwald, verlassen hat, aber nicht genau,
warum er zurückkehrt. Er kauft einen renovierungsbedürftigen
Hof ganz in der Nähe seines Elternhauses, doch noch ehe die
Bauarbeiten beginnen, wird Briamonte zu seinem ersten Fall gerufen: Gianrico Masiero, Kellner im Hotel Zum Roten Fuchsen
in Menzenschwand, wurde unweit eines Hochsitzes durch einen
Kopfschuss getötet. Wer hatte es auf den jungen Mann abgesehen? Und was hat den Italiener überhaupt hierher verschlagen?
Briamonte nimmt die Ermittlungen auf. Jäger gibt es einige zwischen St. Blasien und Feldberg, aber keine der registrierten Waffen ist geeignet, einen derart präzisen Schuss aus einer solchen
Entfernung abzugeben. Und dann verschwindet auch noch eine
junge Frau, auch sie Aushilfe im Hotel Zum Roten Fuchsen …

224 Seiten | Klappenbroschur
€ (D) 16,90 | sFr 21,90 | € (A) 17,40
ISBN 978 3 311 12046 9

CLAUDIA
BARDELANG

*Schwarz ist
der Wald*

DER ERSTE FALL FÜR
JOHANN BRIAMONTE

Foto © Stock / Britus

Matthew Beaumont
Jay Coates
Ethan Dart
Caroline Geddes
Frank Hopkins
Alison Horne
Arthur Kruse
Jack Radebaugh
Jessica Winslow

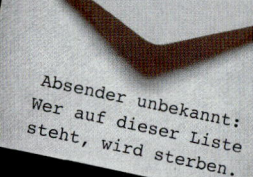

Absender unbekannt: Wer auf dieser Liste steht, wird sterben.

Neun Fremde, die nichts verbindet –
außer ihr Mörder. Ein packender
Thriller und eine überraschende
Hommage auf Agatha Christie.

»Teuflisch raffiniert.« *Daily Mail*

PETER
SWANSON

NEUN
LEBEN

Ein Brief
mit neun Namen

Steht dein Name auf der
Liste, wirst du sterben.

ROMAN

Oktopus bei Kampa
336 Seiten | Klappenbroschur
ca. € (D) 18,90 | sFr 25,50 | € (A) 19,40
ISBN 978 3 311 30045 8

Illustration: © Mathilde Crétier

Mord auf griechischer Trauminsel

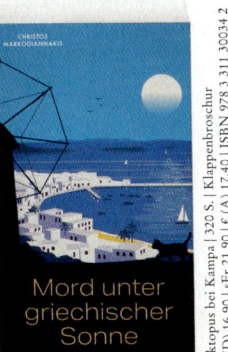

Oktopus bei Kampa | 320 S. | Klappenbroschur
€ (D) 16,90 | sFr 21,90 | € (A) 17,40 | ISBN 978 3 311 30034 2

Der Fund einer Leiche setzt dem Sommerurlaub des Athener Kriminalkommissars Christophoros Markou ein jähes Ende.

Mordserie in feinsten Kreisen Wiens

Oktopus bei Kampa | 288 S. | Klappenbroschur
€ (D) 16,90 | sFr 21,90 | € (A) 17,40 | ISBN 978 3 311 30014 4

Die gnä' Frau langweilt sich zu Tode. Da kommt ihr eine Mordserie, die Wien in Atem hält, gerade recht.

Das perfekte Drehbuch für einen Mord

Oktopus bei Kampa | 320 S. | Klappenbroschur
€ (D) 16,90 | sFr 21,90 | € (A) 17,40 | ISBN 978 3 311 30029 8

Die Schauspielerin Cora Rutherford wird vor laufender Kamera vergiftet. Ein genialer Mord für eine geniale Ermittlerin!

Ein Krimi, so schön wie die Amalfiküste

Oktopus bei Kampa | 240 S. | Gebunden
€ (D) 18,– | sFr 24,50 | € (A) 18,50 | ISBN 978 3 311 30021 2

1951: Claretta Lépore ist gerade Sekretärin des Capitano der Carabinieri geworden, schon steckt sie in ihrem ersten Fall.

Frau Helbing
Hamburg

Frau Helbing wohnt im Hamburger Grindelviertel, in einer Straße, die Rutschbahn heißt. Vierzig Jahre lang stand sie hinter der Theke ihrer Metzgerei. Ihr stets geschärftes Messerset hält Frau Helbing auch nach ihrer Pensionierung noch in Ehren, ihre stärksten Waffen sind jedoch Menschenkenntnis, Neugier und langjährige Erfahrung mit Tötungsdelikten. Wenn sie nicht in einem Mordfall ermittelt, liest sie am liebsten Krimis oder kauft auf dem Isemarkt ein. Jeden Sonntag besucht Frau Helbing Hermann auf dem Ohlsdorfer Friedhof. Schließlich waren sie 42 Jahre verheiratet. Da wäre es doch unhöflich, ihn nicht über den Stand ihrer Ermittlungen auf dem Laufenden zu halten. Und unhöfliche Menschen kann Frau Helbing gar nicht leiden.

Vier Fälle
erschienen

Der erste
Fall

240 Seiten | Taschenbuch
ca. € (D) 12,– | sFr 16,50 | € (A) 12,30
ISBN 978 3 311 15522 5

Glauser-Preis Debüt

EBERHARD
MICHAELY

FRAU HELBING
UND DER
TOTE FAGOTTIST

DER ERSTE FALL

Illustration: © iStock · pixellieble

Mina Settembre
Neapel

Gelsomina Settembre, Mina genannt, ist Sozialarbeiterin in einem der verkommensten Stadtteile Neapels. Sie selbst stammt aus besseren Verhältnissen, und so mancher wundert sich darüber, mit welcher Verve sich die »Lady« für die Armen und Kranken einsetzt. Nach dem Eheaus mit Claudio, einem distinguierten Richter, der ihr immer noch hinterhertrauert, ist die 42-Jährige eher widerwillig bei ihrer Mutter eingezogen. Doch es gibt einen Hoffnungsschimmer: den tollpatschigen, dafür umso attraktiveren Arzt Domenico. Wenn Domenico doch nur endlich in die Gänge käme ... Unterdessen ist Claudio mit einem rätselhaften Fall befasst: Ein Serienmörder macht die Stadt unsicher, nach jedem seiner Morde findet man eine Vase mit zwölf Rosen am Tatort, einige verblüht, andere frisch. Was Claudio nicht weiß: Mina bekommt nicht nur jeden Tag eine Rose, sondern hat selbst die Ermittlungen aufgenommen.

288 Seiten | Taschenbuch
ca. € (D) 13,– | sFr 18,–
€ (A) 13,30
ISBN 978 3 311 15521 8

MAURIZIO
DE GIOVANNI

ZWÖLF ROSEN
IN NEAPEL

DER ERSTE FALL FÜR
MINA SETTEMBRE

Der erste Fall

Zwei Fälle erschienen

Neue Fälle für Sherlock Holmes

272 S. | Gebunden mit Farbschnitt
€ (D) 17,90 | sFr 24,50 | € (A) 18,40 | ISBN 978 3 311 12508 2

Neue Fälle für den genialen
Ermittler aus der Baker Street
Nr. 221 B von u.a. Stephen King,
Anthony Horowitz, Anne Perry.

Eine geniale Romanvorlage!

640 S. | Gebunden mit Farbschnitt
€ (D) 24,90 | sFr 34,– | € (A) 25,60 | ISBN 978 3 311 12510 5

Vito Corleone ist Pate der
amerikanischen Mafia – bis er
sich weigert, in den Drogen-
handel einzusteigen.

Ein Krimi, so witzig wie explosiv

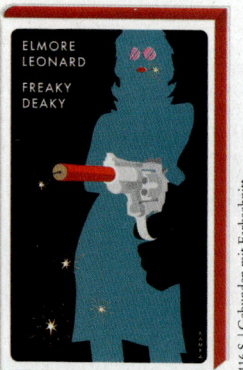

416 S. | Gebunden mit Farbschnitt
ca. € (D) 19,90 | sFr 26,90 | € (A) 20,50 | ISBN 978 3 311 12560 0

Chris Mankowski ist seinen Job
im Bombendezernat leid. Aber
mit seiner Versetzung gehen die
Probleme erst richtig los …

Wenn Luftfracht sich in Luft auflöst …

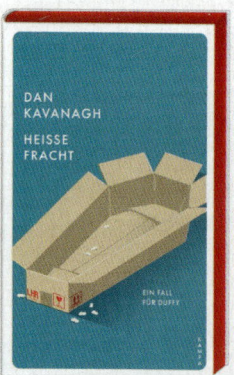

256 S. | Gebunden mit Farbschnitt
€ (D) 19,90 | sFr 26,90 | € (A) 20,50 | ISBN 978 3 311 12539 6

Duffy, der wohl ungewöhnlichste
Londoner Ermittler, bekommt es
am Heathrow Airport mit einem
üblen Schieberring zu tun.

Smaragdgrünes Meer, einsame Buchten:
Sardinien gilt als Karibik Italiens.
Doch wer sich ins Landesinnere vorwagt,
entdeckt dunkle Geheimnisse.

Zwei junge Kommissarinnen und ein
todkranker Ispettore, der nur noch einen
Wunsch hat: die Jahrzehnte zurückliegenden
Morde an zwei Mädchen auf Sardinien aufzuklären.
Dann verschwindet eine weitere Frau ...

P. G. PULIXI

DIE INSEL
DER SEELEN

SARDINIENS DUNKLE SEITE

544 Seiten | Klappenbroschur
ca. € (D) 19,90 | sFr 26,90 | € (A) 20,50
ISBN 978 3 311 12059 9

Illustration: Giordano Poloni © Kampa Verlag

Kommissar Maigret
Paris und Frankreich

Muss Maigret, laut Jean-Luc Bannalec »der Kommissar der Kommissare«, überhaupt noch vorgestellt werden? Er ist eine Legende, sofort erkennbar an seiner Pfeife und seinem schweren Mantel, seinem Büro am 36, Quai des Orfèvres mit Sicht auf die Seine und dem Kanonenofen, der nur im Sommer nicht vor sich hin blubbert. »Verstehen und nicht urteilen«, lautet die Devise Maigrets. Er sucht keine Beweise oder Indizien, sondern versetzt sich in das Opfer und die Verdächtigen, begibt sich in ihr Milieu und versucht, sie zu verstehen. Mehr braucht er nicht, um den Täter zu finden ... Doch, ab und zu ein Glas Bier oder etwas Hochprozentiges und etwas im Magen. Zum Glück gibt es in Frankreich an jeder Straßenecke ein Bistro oder Restaurant. Oder Madame Maigret hat zu Hause am Boulevard Richard-Lenoir etwas für ihren stets hungrigen Mann gekocht.

Der erste Fall

SIMENON
Maigret
Maigret und Pietr der Lette

240 Seiten | Gebunden
€ (D) 17,90 | sFr 24,50
€ (A) 18,40
ISBN 978 3 311 13001 7

75 Fälle –
bald komplett

Illustration: Mathieu Persan © Kampa Verlag

Commissaire Lacroix
Paris

Beim Spazierengehen kann Lacroix, Chef des Kommissariats im 5. Arrondissement in der Nähe von Notre-Dame, am besten nachdenken. Er liebt das alte Paris, die breiten Boulevards, die Ufer der Seine. Er ist ein Nostalgiker: Ein Handy kommt ihm nicht in die Manteltasche, er trägt Hut und raucht Pfeife, obwohl ihn sein enger Mitarbeiter, der Korse Paganelli, immer wieder ärgert, indem er ihn Maigret nennt. Lacroix' Methode ist genauso altmodisch: Er setzt auf Intuition und Menschenkenntnis. Die wichtigste Stütze in Lacroix' Leben ist seine Frau, auch wenn sie selbst Karriere macht als Bürgermeisterin im schicken 7. Arrondissement. Sein sechster Fall führt Lacroix in die Welt des Tennis: Frankreichs neues Tenniswunderkind steht im Halbfinale von Roland-Garros, doch seit sein Talisman entwendet wurde, ist der Sieg in Gefahr.

192 Seiten | Gebunden mit Farbschnitt
ca. € (D) 17,90 | sFr 24,50 | € (A) 18,40
ISBN 978 3 311 12568 6

Sechs Fälle
erschienen

Illustration: Bobby Evans © Kampa Verlag

Peter Ebuk
Uganda / Brandenburg

Weil er ein guter Polizist war, musste Peter Ebuk aus Uganda fliehen. Seit drei Jahren lebt er nun mit seiner Tochter in einem brandenburgischen Dorf in der Nähe von Rheinsberg und hofft auf Asyl. In seiner Heimat hat der ranghohe Polizist mächtige Männer hinter Gitter gebracht – und das wurde ihm zum Verhängnis: Auf der Flucht wurde seine Frau erschossen.

An einem völlig fremden Ort trägt er jetzt allein die Verantwortung für seine dreizehnjährige Tochter, die während des Osterfeuers spurlos verschwindet. Ebuk befürchtet das Schlimmste: Ist ihm der ugandische Geheimdienst gefolgt? Haben die Männer, deren schmutzige Geschäfte er aufdeckte, Viktoria entführt? Die brandenburgische Polizei prüft eine Verbindung zu dem mysteriösen Verschwinden eines anderen Mädchens einige Jahre zuvor. Und eine weitere Spur führt in die rechtsradikale Szene, zu den Bewohnern eines Gutshofs, die sich als »völkische Siedler« bezeichnen …

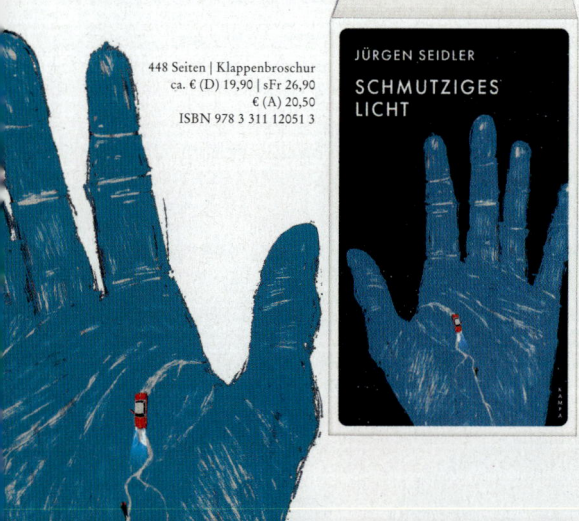

448 Seiten | Klappenbroschur
ca. € (D) 19,90 | sFr 26,90
€ (A) 20,50
ISBN 978 3 311 12051 3

JÜRGEN SEIDLER

SCHMUTZIGES LICHT

Illustration: © Elisa Baldissera

Ein virtuoser
literarischer Thriller

528 S. | € (D) 14,– | sFr 19,– | € (A) 14,40
Taschenbuch | ISBN 978 3 311 15035 0

Ein Aktenordner, ein Toter. Von
einer Sekunde auf die andere ist
Adam Kindred Hauptverdächtiger
in einem Mordfall.

Der Tod ist
sein Ressort

668 S. | € (D) 15,– | sFr 20,50 | € (A) 15,40
Taschenbuch | ISBN 978 3 311 15517 1

Als Polizeireporter Jack McEvoy
vom Tod seines Zwillingsbruders
Sean erfährt, gerät sein Leben aus
dem Gleichgewicht.

Ein Ermittlertrio
mit Bulldogge

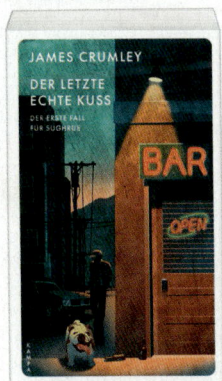

336 S. | € (D) 12,– | sFr 16,50 | € (A) 12,30
Taschenbuch | ISBN 978 3 311 15506 5

Als Privatdetektiv Sughrue
Schriftsteller Trahearne endlich
aufspürt, nimmt das Unheil erst
so richtig seinen Lauf.

Easy Rawlins'
erster Fall

272 S. | ca. € (D) 17,90 | sFr 24,50 | € (A) 18,40
Klappenbroschur | ISBN 978 3 311 12062 9

L. A., 1948: Dem Kriegsveteran
Easy Rawlins wird in einer Bar
ein Job angeboten, und er zögert
nicht lange.

Manz
Kriminaldirektor a.D. in Berlin

Hunderte Mordfälle hat er im Laufe seiner Karriere gelöst, viele Verbrecher hinter Gitter gebracht. Jetzt ist Manz pensioniert. Er hat sich behaglich eingerichtet in seinem Ruhestand, rudert auf der Elbe, kümmert sich um seine Enkelkinder. Doch dann reißt ihn ein Brief der Staatsanwaltschaft Berlin aus seinem Alltag: Manz soll vor Gericht aussagen. Es geht um einen Mord im Jahr 1990, seinen letzten Fall in Berlin, den er nicht mehr abschließen konnte, weil er nach Dresden versetzt wurde. Und es geschieht, was Manz nie wollte: Er versinkt in der Vergangenheit. Auch ein Mord in der Nähe eines Berliner Gymnasiums in den siebziger Jahren und eine Brandstiftung auf einem Bauernhof von 1961 lassen ihn nicht los. Manz, Kriminaldirektor a. D., wird wieder zum Ermittler. Auch in eigener Sache.

Drei Fälle erschienen

Nr. 1 der Krimi-bestenliste

MATTHIAS WITTEKINDT

DIE ROTE JAWA

EIN ALTER FALL VON KRIMINALDIREKTOR A.D. MANZ

224 Seiten | Gebunden mit Farbschnitt
€ (D) 19,90 | sFr 26,90 | € (A) 20,50
ISBN 978 3 311 12564 8

Kommissar Adler
Berlin 1947

Im Frühjahr 1947 liegt Berlin in Trümmern, und der Winter scheint nicht enden zu wollen. Als aus dem halb zugefrorenen Landwehrkanal eine Kinderleiche geborgen wird – das dritte misshandelte und erwürgte Kind innerhalb weniger Monate –, ist Kommissar Hans Adler fassungslos. Hat der Krieg nicht genug Grauen verursacht? Adler, der ohne seinen linken Arm von der Front zurückgekehrt ist, steht bei seinen Ermittlungen vor etlichen Problemen: Niemand kennt die Kinder; wie Hunderte andere müssen sie ihre Eltern im Krieg verloren haben. Und im Polizeipräsidium herrscht ein Klima des Misstrauens: Der Polizeipräsident scheint aus Moskau gesteuert zu werden, und auch die alten Parteigenossen sind längst wieder da. Eines Nachts wird Adler auch noch von amerikanischen GIs entführt, die sich Informationen von ihm erhoffen. Wem kann Adler noch vertrauen? Wer wird ihm helfen, den brutalen Kindermörder zu stoppen?

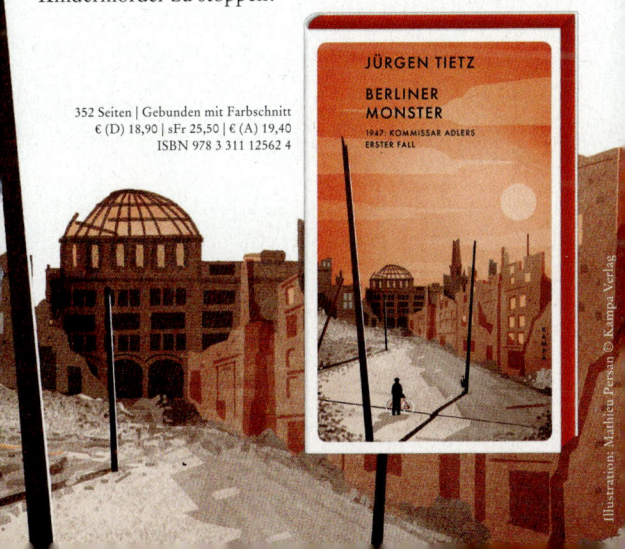

352 Seiten | Gebunden mit Farbschnitt
€ (D) 18,90 | sFr 25,50 | € (A) 19,40
ISBN 978 3 311 12562 4

JÜRGEN TIETZ
BERLINER
MONSTER
1947: KOMMISSAR ADLERS
ERSTER FALL

Illustration: Matthieu Persan / Kampa Verlag

Wer Agatha Christie mag,
wird Josephine Tey lieben.

JOSEPHINE TEY

ALIBI FÜR EINEN KÖNIG

ROMAN

Oktopus bei Kampa | 256 S. | Broschur
€ (D) 17,90 | sFr 24,50 | € (A) 18,40 | ISBN 978 3 311 30050 2

Louise Pennys Lieblingskrimi

JOSEPHINE TEY

NUR DER MOND WAR ZEUGE

ROMAN

Oktopus bei Kampa | 432 S. | Broschur
€ (D) 18,90 | sFr 25,50 | € (A) 19,40 | ISBN 978 3 311 30025 0

In England zum besten Krimi aller Zeiten gewählt: War König Richard III. wirklich ein Mörder? Inspektor Grant von Scotland Yard ermittelt 400 Jahre später – vom Krankenhausbett aus.

»Ein hinreißender Krimi.«
Denis Scheck / Druckfrisch

Eine ungeheure Anschuldigung gegen zwei Frauen. Einzige Zeugin ist ein junges Mädchen, dem alle glauben. Aber sind die Beweise wirklich eindeutig?

Cover: Ignasi Font; U4: Rui Ricardo | © 2023 Lara Flues, Kampa Verlag | ISBN 978 3 311 80183 2

NEWSLETTER ODER KATALOG

Schicken Sie eine E-Mail an newsletter@kampaverlag.ch oder eine Postkarte mit Ihrer Adresse an Kampa Verlag, Hegibachstr. 2, CH-8032 Zürich. Wir erschlagen Sie nicht mit Werbung, sondern schicken Ihnen nur halbjährlich unseren Kriminewsletter oder Krimiprospekt.

www.kampaverlag.ch

»Gut.« Spagnoli gab die Information weiter und beendete das Gespräch. »Dann tauschen wir aber. Ich fahre.«

»Das ist wirklich nicht …«

»Oh doch!« Spagnoli schrie auf, weil ihr Gurt sich bei der nächsten Vollbremsung straffte, und deutete auf einen jungen Mann, den Pellegrini beinahe angefahren hätte und der ihnen den Mittelfinger zeigte, nachdem er sich auf die andere Straßenseite gerettet hatte. »Du bist nicht nur unkonzentriert, jetzt benimmst du dich auch noch wie ein bockiges Kind! Das sieht dir überhaupt nicht ähnlich!«

Pellegrini hielt mit einem Ruck am Straßenrand und starrte sie wütend an.

»Wie bitte?« Er spürte das Blut in seinen Schläfen pochen. Zugleich ärgerte er sich über sich selbst. Zum Teil hatte er sich Spagnolis Ausbruch selbst zuzuschreiben, er hatte einen zu vertraulichen Umgangston zugelassen. Es ging ja nicht nur darum, dass er zu enge persönliche Kontakte vermeiden wollte, es ging auch um das erforderliche Maß an Respekt und Disziplin. Sie konnte eine noch so gute Kollegin sein, aber sie hatte kein Recht, ihn derart anzugehen. Er war immer noch ihr Chef. In diesen Dingen war er konservativ, und dazu stand er.

Spagnoli war feuerrot geworden. Sie biss sich auf die Unterlippe und senkte den Kopf. »Entschuldigung, Signor Commissario.«

Pellegrini stellte den Motor ab und öffnete die Fahrertür. »Entschuldigung angenommen, Ispettrice«, erklärte er beim Aussteigen.

Er ging um den Wagen herum, und weil Spagnoli sich nicht rührte, öffnete er die Beifahrertür.

»Es ist in Ordnung, wenn du mich kritisierst. Einen solchen Ton verbitte ich mir allerdings.« Er versuchte, streng zu klingen, aber im Grunde wusste er, dass sie ihren Platz in der Hierarchie genau kannte und es unnötig war, sie daran zu erinnern. Und wenn er ehrlich war, hatte ihm der Anranzer gutgetan. Ihre harschen Worte schienen das erste Authentische an diesem Tag zu sein, der ihm immer noch vorkam wie ein schlechter Traum, durch den er wie ein Schlafwandler geschlichen war, um die Ereignisse nicht an sich heranzulassen. Und so konnte er sich ein heimliches Grinsen nicht verkneifen, während Spagnoli sichtlich beschämt auf die Fahrerseite wechselte.

3

Die mollige, vollkommen in Schwarz gekleidete ältere Frau sprang auf, kaum dass sie die Questura betreten hatten.

»Marco, wie gut, dass du kommst! Ich meine …« Sie zog ihre Handtasche eng an die Brust und warf einen verlegenen Blick in die Runde. »Commissario Pellegrini, du bist, Sie sind …« Ihre Stimme verlor sich, und sie schlug hastig ein Kreuz.

Pellegrini ging auf sie zu und legte ihr einen Arm um die Schultern. Ihm wurde bewusst, dass er über einen Kopf größer war als sie, und er fragte sich, ob sie im Alter geschrumpft war. So klein hatte er sie gar nicht in Erinnerung.

»Kommen Sie, Signora Bianchi. Ich bringe Sie an meinen Platz, und dann erzählen Sie mir, was Sie auf dem Herzen haben. Es ist eine schreckliche Sache, mein tiefempfundenes Beileid.«

Sie nickte tapfer und ließ sich von ihm in Richtung Treppe und hinaufführen. Sie durchquerten das Großraumbüro, in dem am späten Vormittag nur wenige Plätze besetzt waren, und betraten einen mit Glaswänden abgeteilten Bereich, der keinerlei Privatsphäre bot, weshalb Pellegrini sich weigerte, ihn als sein Büro zu bezeichnen. Spagnoli wollte sich zurückziehen, doch Pellegrini signalisierte ihr zu bleiben. Er platzierte Signora Bianchi auf den Besucherstuhl gegenüber seinem Schreibtisch. Ohne weitere Aufforderung holte die Ispettrice eine Flasche Wasser und stellte Signora Bianchi einen Plastikbecher hin, den sie dankbar lächelnd annahm und dann durstig trank. Kaum hatte sie den Becher wieder abgestellt, fing sie an zu weinen.

Pellegrini zog seinen Mantel aus und blieb neben ihr stehen. Geduldig wartete er, bis sie sich wieder beruhigte. Er wusste im Moment ohnehin nicht, wie er mit der Situation umgehen sollte. Natürlich hatte er Mitleid, aber er stand Stefania Bianchi nicht sehr nahe. Zwar kannte er sie, seit er ein kleiner Junge war, wusste aber so gut wie nichts über sie. Daher hatte er auch keine Mühe, professionelle Distanz zu wahren.

Spagnoli hatte sich hinter sie in eine Ecke gesetzt. Sie behielt ihren Blazer an, denn es war lausig kalt im Büro. Weder im Sommer noch im Winter funktionierte die Klimaanlage, wie sie sollte.

»Es geht schon, Marco. Ich meine, Signor Commissario, danke.«

»Nennen Sie mich gerne weiterhin Marco, Signora.«

»Es ist alles so schrecklich, ich weiß gar nicht, wo ich anfangen soll.« Sie schniefte mehrmals, und ihr beachtlicher Busen hob und senkte sich bei jedem Atemzug.

»Sie wollten mit mir sprechen. Um was geht es?«

»Ja, das stimmt.« Sie hatte ihre Handtasche in den Schoß gelegt. Statt weiterzusprechen, nestelte sie ein Stofftaschentuch aus dem Inneren und tupfte sich das Gesicht ab.

Pellegrini lehnte sich an die Schreibtischkante und sah sie an. Er fühlte sich zunehmend unwohl, da er befürchtete, es könnte privater werden, als ihm lieb war. Dazu machte Stefania Bianchis Trauer den Todesfall realer als der Anblick der Leiche am Morgen. Der Nebel, die Gleise, dieser unerträgliche Sottotenente, der ihn des Bahnsteigs verwiesen hatte – das war alles in gewisser Weise Routine gewesen, der Teil seiner Tätigkeit, der das Gegenteil von angenehm war, jedoch unabdingbar dazugehörte. Sie alle lernten früher oder später, damit umzugehen, das Unerträgliche auszublenden und in die hinteren Winkel der Erinnerungen zu verbannen. Sie lernten es – oder sie wechselten den Beruf. Zu erleben, wie die Witwe eines Bekannten vor einem saß, der auf grässliche Weise zu Tode gekommen war, war dagegen beklemmend.

Pellegrini räusperte sich. »Wussten Sie, Signora Bianchi, dass Ihr Mann der Grund war, weshalb ich zur Polizei gegangen bin? Schon als Junge habe ich ihn bewundert, er war immer fair zu uns, auch wenn wir etwas angestellt hatten. Und als ich älter wurde, hat er mal zu mir gesagt, ich könne gut zuhören, hätte einen guten Blick für Zusammenhänge. Das wäre wichtig, hat er gemeint.«

»Oh ja, das weiß ich.« Sie schnäuzte sich verhalten und blickte ihn dann aus feuchten Augen an. »Er war von der Idee ganz besessen, nachdem du dich mit deinem Vater überworfen hattest. Weil du so gut mit Menschen umgehen kannst, hat er immer gesagt. Das hättest du ja auch müssen, wenn du im Albergo geblieben wärst. Salvatore war so stolz, als du bei der Polstrada angefangen hast, als wärst du sein eigener Sohn.«

Pellegrini biss die Zähne zusammen. Er hatte nur das Eis brechen wollen, stattdessen hatte er eine entschieden zu private Antwort provoziert. Er bereute kurz, Spagnoli hinzugebeten zu haben. Diese Geschichten waren oben in Brunate kein großes Geheimnis, aber sie mussten nicht in der Questura herumgetratscht werden.

»Noch lieber wäre es ihm natürlich gewesen, du wärst ein Carabiniere geworden«, ergänzte die Signora mit einem traurigen Lächeln.

Pellegrini hätte selbst nicht so genau erklären können, warum er sich damals so entschieden hatte. Vielleicht, weil er mit dem zivilen Studium, das der polizeilichen Laufbahn vorangegangen war, Zeit gewinnen wollte, falls sein Vater es sich doch noch anders überlegte und ihm einen Platz im Familienbetrieb einräumte. Vielleicht, weil sein Wehrdienst bei den Alpini ihm diese Art von militärischer Befehlsstruktur verleidet und er gehofft hatte, bei der Polizia di Stato ginge es mit weniger Drill, Gehorsam und dergleichen zu – was nicht grundsätzlich richtig war, aber seine damalige Sichtweise.

»Ich bin hier, um ein Geständnis abzulegen.« Stefania Bianchis Blick blieb an der offen stehenden Glastür hängen, die Pellegrinis Bereich vom Rest des Großraumbüros trennte.

Spagnoli schloss die Tür und blieb stehen. Die Ungeduld stand ihr ins Gesicht geschrieben. Ihr schien nicht klar, worauf das hinauslaufen sollte, und damit erging es ihr nicht anders als Pellegrini. Er beugte sich wortlos vor und nickte aufmunternd.

»Ich habe meinen Mann umgebracht.«

Schweigen.

Spagnoli zog fröstelnd die Schultern hoch und legte eine Hand auf die Türklinke.

Stefania Bianchi schaute auf. Dunkle riesengroße Augen blickten Pellegrini flehend an. Er musste an eine Kuh denken und verbannte diese Vorstellung sofort wieder.

»Komme ich ins Gefängnis?« Sie schien wieder kurz davor zu sein, in Tränen auszubrechen.

Pellegrini schüttelte hastig den Kopf und rieb sich mit Daumen und Zeigefinger über die Nasenwurzel. Warum war er an diesem völlig verdrehten Tag überhaupt aufgestanden?

»Nicht so schnell, Signora Bianchi. Bitte. Ganz ruhig und der Reihe nach. Wir gehen jetzt gemeinsam durch, was passiert ist, und falls nötig, machen Sie eine offizielle Aussage, einverstanden? Ispettrice, wir brauchen einen starken *caffè*. Danke!«

Spagnoli nickte und schien froh zu sein, einen Grund zu haben, den Raum zu verlassen.

Pellegrini wandte sich wieder Stefania Bianchi zu. »Bitte erzählen Sie. Wann haben Sie Ihren Mann das letzte Mal gesehen, wie haben Sie ihn«, er stockte kurz, zu absurd diese Vorstellung, »umgebracht?«

»Nun, es gibt nicht sehr viel zu erzählen. Gestern am späten Vormittag ist Salvatore zum Dienst gegangen. Er kam um vierzehn Uhr zum Mittagessen und ist dann gegen fünfzehn Uhr wieder zur Arbeit. Es gab Polenta mit Maronen, frischen Steinpilzen und fettem Südtiroler Speck in Sahnesoße. Es scheint ihm geschmeckt zu haben, aber er hat kein Wort gesagt.«

»Inwiefern ist das bemerkenswert?«

»Nun, du kennst ihn. Er ist ein lauter Mensch, redet ständig ungefragt und viel.«

Pellegrini wartete, dass sie fortfuhr.

Sie hatte unbewusst begonnen, mit dem Riemen ihrer Handtasche zu spielen. Sie wickelte ihn so fest um ihre Hand, dass er einen weißen Streifen hinterließ. »Wir hatten Streit.« Sie senkte ihre Stimme zu einem Flüstern. »Nein, das ist nicht ganz zutreffend. Vielmehr reden wir seit zwei Wochen kein vernünftiges Wort mehr miteinander.« Sie hielt ein weiteres Mal inne, rutschte auf dem Stuhl herum. Dann sprudelten die Worte nur so aus ihr heraus: »Morgen wäre sein letzter Arbeitstag gewesen. Er war über vierundvierzig Jahre Carabiniere in Brunate. Nächsten Monat wäre er dreiundsechzig geworden. Er hätte nach vierzig Dienstjahren aufhören können, das weißt du, oder? Er hat freiwillig noch all die Jahre drangehängt, und vielleicht hätte er noch länger Dienst geschoben, aber sie haben ihn nicht gelassen. Dieser

Visconti hat es ihm persönlich erklärt, hat ihn in die Kaserne nach Como zitiert und ihm gesagt, dass jetzt Schluss ist. Das war Anfang des Jahres. Es hat ihn verändert.«

Sie stierte an Pellegrini vorbei aus dem schlecht geputzten Fenster. »Er hat so getan, als würde er sich freuen, in Wahrheit war es eine Katastrophe. Er war abserviert, dabei war er mit Leib und Seele Carabiniere. Er hat versucht, sich etwas Neues zu suchen. Einen Tag wollte er sich einen Hund anschaffen, einen anderen Bienen züchten. Dann einen Wohnwagen kaufen und nach Norwegen fahren. Norwegen! Wir haben in unserem ganzen Leben nicht einmal über Skandinavien gesprochen. Er hat an manchen Abenden zu viel getrunken, einmal hat er Marihuana geraucht. Danach war er zwei Tage krank.« Sie schnatterte weiter und weiter.

Pellegrini versuchte, die letzten Sätze zu verdauen. Salvatore Bianchi soll gekifft haben? Weder das noch ein Besäufnis passte zu dem Bild, das er von dem Mann hatte, der zeit seines Lebens eine moralische Instanz in Brunate gewesen war, ob er dem zehnjährigen Marco und seinen Freunden das Fußballspielen auf dem Kirchplatz verbot, bei Gemeindefesten nach Taschendieben Ausschau hielt, entlaufene Katzen heimbrachte oder den Verkehr regelte. Eine Messerstecherei zwischen betrunkenen Jugendlichen musste das Aufregendste gewesen sein, das Bianchi während seiner Dienstzeit erlebt hatte, soweit Pellegrini das beurteilen konnte. Como war nicht gerade der Nabel der kriminellen Welt und Brunate – nun, Brunate war klein, übersichtlich und beschaulich.

»Wegen der Katzen habe ich dann gedacht, ich bringe ihn um.«

Pellegrini fuhr unwillkürlich zusammen, versuchte, sich nicht anmerken zu lassen, dass er ihr nicht mehr zugehört hatte.

»Was meinen Sie, Signora?«

Sie senkte verlegen den Kopf. »Seit klar war, dass der Herrgott uns keine Kinder schenkt, hatte ich immer mindestens zwei Katzen. Als kleines käufliches Glück, verstehst du?«

»Tut mir leid, nein. Was hat das mit dem Tod Ihres Mannes zu tun?«

»Na, stell dir vor, Salvatore würde wirklich einen Hund anschaffen, was soll dann aus unseren Katzen werden? Salvatore tut gerade so, als würden ihm unsere Katzen nichts bedeuten. Dabei sind sie wie Kinder für mich, da unser gütiger Herrgott mir ein Söhnchen oder Töchterchen versagt hat.« Sie bekam wieder diesen kuhäugigen Blick.

Pellegrini musste sich zusammenreißen, um nicht die Augen zu verdrehen. Kinder, Enkel – Frauen dieser Generation schienen keine anderen Gesprächsthemen zu haben. Er wollte lieber nicht weiter darüber nachdenken, wie seine Mutter Stefania Bianchi jeden Sonntag nach dem Kirchgang vorjammerte, dass ihr Sohn noch nicht einmal eine feste Freundin hatte, da er sich mit ihrer Wunschkandidatin überworfen hatte, geschweige denn an die Zeugung eines Enkels dachte.

»Also gut, Sie dachten also, wenn Salvatore wirklich einen Hund anschafft«, zwang er seine Konzentration zurück auf dieses verrückte Gespräch, »dann bringen Sie ihn um.«

»Das war das erste Mal.« Sie nickte energisch, das kräftige Kinn leicht vorgereckt.

»Wann ungefähr?«

»Vorletzte Woche Sonntag. Als unser Streit begann. Und seitdem immer wieder.« Sie stockte, knetete ihre Handtasche. »Ich schäme mich.«

»Sie haben also seit ungefähr zwei Wochen Mordgelüste gegenüber Ihrem Mann, weil Sie sich vor der Zeit fürchten, wenn er im Ruhestand ist.«

»Ja«, hauchte sie.

Pellegrini lehnte sich ein wenig zurück. Er war vollkommen ratlos, was er von diesem Gerede halten sollte. Stefania Bianchis Aussagen ließen ihn merkwürdig kalt. Vielleicht, weil das alles nicht nur zu banal, sondern vor allem völlig absurd war? Er unterdrückte ein Frösteln. Es war wirklich kalt. Wo blieb Spagnoli mit dem *caffè*?

Er legte die Handflächen aufeinander und streckte den Rücken durch. »Sie haben Ihrem Mann Schlechtes gewünscht, das habe ich verstanden. Aber was, meine liebe Signora Bianchi, haben Sie *getan*?«

Sie murmelte etwas vor sich hin.

Pellegrini wiederholte seine Frage.

»Ich habe gebeichtet. Don Volpe hat mir aufgetragen, die Kuchenspenden für den Weihnachtsbasar zu organisieren.«

Vergebung der Sünden für das Engagement in der Gemeinde, dachte Pellegrini amüsiert. So funktionierte moderner Ablasshandel. Doch einer Antwort auf die Frage, was Salvatore Bianchi zugestoßen war, brachte es ihn kein bisschen näher.

»Als ob ich das nicht schon seit Jahrzehnten mache!« Sie klang jetzt empört. »Das ist doch keine Strafe. Ich weiß wirklich nicht, was Don Volpe sich dabei gedacht hat. Außerdem hat es nicht aufgehört. Ich habe gestern Abend erst noch … Und dann ist es ja sogar passiert!« Sie verstummte und schlug eine Hand vor den Mund, sichtlich bemüht, nicht wieder in Tränen auszubrechen. Pellegrini wandte verlegen den Blick ab.

Die Tür ging auf, und Spagnoli trat mit zwei großen To-go-Bechern in der Hand ein. Sie neigte mit entschuldigender Miene den Kopf. Pellegrini nahm die Becher entgegen und reichte einen an Stefania Bianchi weiter, die ihre Handtasche losließ und stattdessen den Becher umklammerte.

»Was haben Sie gestern Abend gemacht, Signora Bianchi?«, fragte er freundlich. »Alles der Reihe nach.«

Sie atmete tief durch und streckte sich ein wenig. »Er ging nach dem Mittagessen, also gegen drei. Normalerweise ist er dann spätestens gegen acht Uhr wieder zurück. Dann essen wir zu Abend, ich hatte alles vorbereitet. Eine Minestrone mit Ciabatta, der Arzt hat gesagt, er soll abends nicht mehr so schwer und fettig essen. Aber er kam nicht.« Sie machte eine Pause.

Pellegrini wechselte einen stummen Blick mit Spagnoli, die sich wieder hingesetzt hatte und offensichtlich vergeblich zu verstehen versuchte, was hier gerade passierte. Aber warum sollte es ihr auch besser ergehen als ihm? Dieses ganze Gespräch führte zu nichts. Die Witwe war verstört, aber mit dem Tod ihres Mannes hatte sie nichts zu tun.

»Ich wurde wütend. Sehr wütend.« Sie öffnete ihre Handtasche. »Normalerweise, also früher, ist Salvatore kurz nach Hause gekommen und hat Bescheid gegeben, wenn er sich noch mit jemandem treffen wollte. Er hat nie angerufen, er kam immer vorbei. Immer!«

»Und dieses Mal nicht?« Pellegrini wurde nachdenklich. Vielleicht hatte er es nicht gekonnt, weil er zu diesem Zeitpunkt bereits tot war? Das würde bedeuten, dass jemand seinen Leichnam später am Abend auf die Schienen der *funicolare* gelegt oder von der Brücke gestoßen hatte.

»Nein, dieses Mal nicht«, wiederholte sie und griff in ihre Handtasche. »Deswegen habe ich ihn umgebracht. So!«

Mit einem aggressiven Ruck zog sie die Hand wieder aus der Tasche und richtete sie auf Pellegrini.

Spagnoli sprang auf und wollte nach der alten Frau greifen. Pellegrini zuckte instinktiv zurück und wusste im selben Moment, dass sie keine Chance hätten, eine Attacke abzuwehren. Doch zum Vorschein kam kein Messer, keine

Schusswaffe, nur ein triumphierender Ausdruck in großen Kuhaugen und …

»Eine Puppe?«

Pellegrini gab Spagnoli einen Wink, und sie entspannte sich, blieb jedoch stehen, wofür er ihr insgeheim dankbar war. Predigte er seinen Mitarbeitern nicht immer und immer wieder, dass sie niemandem ansehen konnten, ob er oder sie zu einem Verbrechen oder gar Mord imstande war? Es widerstrebte ihm, Stefania Bianchi zu verdächtigen, doch allein die Tatsache, dass sie eine respektable Angehörige der Gemeinde Brunates und Ehefrau eines Carabiniere war, schloss nicht aus, dass hinter der Fassade Abgründe lauerten. Er war unvorsichtig gewesen, und zu seinem Glück war er dafür nicht bestraft worden. Das sollte ihm eine Lektion sein. Er atmete tief durch, während sein Herzschlag sich allmählich wieder beruhigte, und versuchte, seine Schultern zu lockern. Ihm war gar nicht bewusst gewesen, wie angespannt er war.

Stefania Bianchi schnaufte entrüstet. »Nicht einfach eine Puppe. Hier, schau sie dir an!«

Vorsichtig nahm Pellegrini die Puppe entgegen. Sie war gut zwanzig Zentimeter groß, ein Männchen mit silbrigen Wollfäden als Haare und angezogen mit einer erstaunlich detaillierten Uniform eines Carabiniere. Der Puppe fehlte ein Arm, ansonsten war sie unversehrt.

Pellegrini schüttelte den Kopf. »Was soll das sein, Signora Bianchi? Eine Voodoo-Puppe?«

»Genau.«

Er starrte sie an, suchte in ihrem Gesicht nach Anzeichen, dass sie ihre Antwort – genau wie er seine Frage – als Scherz gemeint hatte.

Spagnoli schlug die Hand vor den Mund und gluckste.

Pellegrini drehte die Puppe in seiner Hand hin und her.

»Signora Bianchi, ich bin mir nicht sicher, ob ich Sie richtig verstanden habe. Bitte wiederholen Sie noch einmal, was genau Sie gestern Abend getan haben.«

»Ich habe mit dem Abendessen gewartet, bis die Minestrone kalt war. Ich war wütend, schrecklich wütend. Ich habe die Puppe vor gut einer Woche gehäkelt, aber noch nie benutzt, aber gestern ... Es kam einfach über mich. Ich habe einen Loa angerufen, der meinen Mann bestrafen sollte. Dann habe ich die Puppe genommen und ihr den Arm abgerissen.« Sie senkte den Kopf und sprach leiser. »Später habe ich mich geschämt, hätte es am liebsten rückgängig gemacht. Danach habe ich zu unserem Herrgott gebetet und mir gewünscht, dass Salvatore nach Hause käme, unversehrt. Ich wollte ihn nicht töten, das war ein Unfall. Aber so ein Loa ist wohl stärker, es hat nichts genutzt. Ich habe die halbe Nacht gewartet, irgendwann bin ich auf dem Sofa eingeschlafen. Bis heute Morgen ... einer seiner Kollegen kam und gesagt hat, dass er ... nie wieder ... nach Hause kommen wird.« Die letzten Worte stammelte sie nur noch, bis sie atemlos innehielt.

»Was ist ein Loa?«

»Ein böser Geist. Ich bin davor gewarnt worden, Loa anzurufen. Wenn ich geahnt hätte, wie mächtig und rachsüchtig sie sind, dann ...« Sie schniefte leise.

Spagnoli lehnte sich an die Wand und tippte sich mit einem Finger an die Stirn.

Auch Pellegrini hatte bei allem Verständnis endgültig genug. Er hielt die Puppe in die Höhe.

»Warum sind Sie damit zu mir gekommen? Es tut mir aufrichtig leid, Signora Bianchi, aber ich kann Ihnen nicht helfen. Die Ermittlungen liegen in den Händen der Kollegen Ihres Mannes.«

Sie schnaubte abfällig. »Ich werde Maggiore Visconti kein

Wort darüber sagen! Er würde mich doch nur auslachen.« Sie blickte zaghaft auf. »Aber du glaubst mir, oder?«

Er wollte ihr nichts vormachen und wählte seine Worte mit Bedacht. »Ich glaube, dass Sie und Ihr Mann vor einer großen Herausforderung gestanden haben. Aber dass Sie ihn umgebracht haben, indem Sie ihm einen bösen Geist auf den Hals gehetzt haben? Nein, das glaube ich nicht. Ich denke, sein Tod hat eine andere Ursache, vielleicht war es auch nur ein schrecklicher Unfall. Ich lasse Sie nach Hause bringen, und Sie ruhen sich ein bisschen aus.« Kurz überlegte er, ob er sie davon überzeugen sollte, Visconti von der Puppe zu erzählen, doch er sah keinen Sinn darin.

Sie schien noch nicht überzeugt. »Aber ich habe es mir so sehr gewünscht, das ist doch nicht richtig?«

Pellegrini legte die Puppe auf den Schreibtisch und griff nach dem Telefonhörer. »Signora, ich bitte Sie! Die Gedanken sind frei! Stellen Sie sich vor, wir müssten jeden Menschen bestrafen, der in einem schwachen Moment einem anderen die Pest an den Hals wünscht. Es heißt nicht umsonst Straf*tat*. Es sind die Handlungen, die einen Kriminellen ausmachen, nicht seine Gedanken.«

Dieses Mal widersprach sie ihm nicht. Wenige Minuten später ließ sie sich von Sergente Torriani aus dem Büro führen.

Kaum war sie verschwunden, griff Spagnoli nach der Puppe und betrachtete sie eingehend. »Sie ist toll gemacht, das muss ich zugeben. Die Uniformhose hat sogar einen roten Streifen, sie sieht richtig echt aus.«

Pellegrini zog seinen Mantel an. »Signora Bianchi hat in ihrem Leben sicherlich Dutzende, wenn nicht gar Hunderte solcher Figuren gemacht, Menschen wie Tiere. Sie werden auf den Gemeindefesten verkauft und sind ein Renner bei den kleinen Kindern.«

»Sie glaubt das wirklich, oder? Diesen Quatsch mit dem bösen Geist.«

»Darf ich dir eine private Frage stellen?«

»Nur zu.« Spagnoli grinste. »Du bist derjenige, der ungern über Privates spricht.«

»Glaubst du an Gott?«

»Gute Frage.« Sie betrachtete die Puppe. »Ich bin natürlich katholisch getauft, aber ich gehe nur in die Kirche, wenn ich muss. Das letzte Mal zu Pfingsten. Du kennst das vielleicht.«

»Nur zu gut.«

»Es ist eher eine Pflichtübung und aus Respekt meiner Mutter gegenüber, nicht aus Überzeugung. Ich kann mich nicht einmal an die Predigt erinnern.«

»Ist bei mir nicht anders. Ich frage mich nur häufig, wer dieses ›richtig‹ und ›falsch‹ in Sachen Glauben definiert. Warum soll es einen christlich definierten Gott geben, aber keine bösen Geister oder Loa? Warum nicht mehrere Götter? Das eine ist so wahrscheinlich wie das andere – beziehungsweise unwahrscheinlich, wenn du mich fragst.«

»Unwahrscheinlich, aber nicht ausgeschlossen?«

»Sozusagen.«

Spagnoli hob spöttisch die Augenbrauen. »Also der klassische Agnostiker. Du glaubst eigentlich an keine Form von Spiritualismus, lässt dir aber eine Hintertür offen, denn man kann nie wissen, ob da nicht doch ein Gott hockt, der es einem übel nimmt.«

Pellegrini ärgerte sich bereits, zu viel gesagt zu haben. »Was mich trotz aller Skepsis etwas gruselt«, erklärte er rasch, »ist der abgerissene Arm. Dem Leichnam war ebenfalls der Arm abgetrennt.«

»Ernsthaft?«

»Ja. Und in beiden Fällen ist es der linke.«

»Meinst du, der Täter hat von der Puppe gewusst?«

»Wenn es einen Täter gibt.« Pellegrini nickte grimmig. »Wir gehen schon davon aus, aber es kann auch ein Unfall gewesen sein.«

»Was glaubst du?«

»Wir ermitteln nicht«, brummte Pellegrini ausweichend, und auf Spagnolis scharfen Blick hin fügte er hinzu: »Aber ich vermute, dass es Fremdeinwirkung gab.«

»Und der Täter hat davon gewusst, dass es diese Puppe und den abgerissenen Arm gab?«

»Das klingt wenig wahrscheinlich, findest du nicht? Es muss ein dummer Zufall sein. Die *funicolare* hätte genauso gut ein Bein abtrennen können.«

»Dummer Zufall oder doch ein böser Geist.«

»Reiß dich mal zusammen, Claudia.«

»Entschuldigung. Worauf willst du denn jetzt hinaus?«

Das wusste er selbst nicht so genau. Außerdem fiel ihm auf, dass er diesen Voodoo-Zauber viel zu selbstverständlich hingenommen hatte. Wie kam eine biedere norditalienische Katholikin auf so eine Idee? Er nahm sich vor, sie bei nächster Gelegenheit danach zu fragen. Sicherlich hatte es nichts mit dem Tod von Salvatore Bianchi zu tun, aber diese tiefe Religiosität Stefania Bianchis war ihm nicht ganz geheuer.

»Worauf ich hinauswill«, sagte er stattdessen, »ist, dass Signora Bianchi sehr gläubig ist, dazu eine Säule der Gemeinde. Ja, ich denke, sie zieht die Existenz böser Geister genauso in Betracht wie die eines Gottes. *Sie* glaubt daran, was immer das in dieser Sache für Konsequenzen hatte. Die Grenze zwischen Glaube und Aberglaube ist fließend, zudem willkürlich und dem Zeitgeist unterworfen.«

»Amen.« Spagnoli legte die Puppe ab. »Was machen wir jetzt?«

»Was hältst du von einem Mittagessen in der Stadt? Wir haben ja eigentlich frei.«

»Einverstanden.«

Pellegrinis *telefonino* vibrierte in seiner Jackentasche. Das Display zeigte eine Nachricht seines Freundes Tito Matteoti aus Rom: *Wo bleibt ihr?* Dazu ein Foto von fünf Personen, die um einen Tisch voller Pizza und Pasta sitzen und in die Kamera prosten.

Er hielt es Spagnoli hin. »Schau mal. Sie vermissen uns. Lass uns Mittag essen, und dann fahren wir nach Bergamo. Hier können wir nichts mehr zu tun.«

»Und Signora Bianchi?«

»Ich werde unterwegs meine Mutter anrufen und sie bitten, sich um sie zu kümmern. Vermutlich stehen oben in Brunate ohnehin längst alle bereit, sie werden sie nicht allein lassen.«

Montag, 5. Oktober

I

Erst in dem Moment, als Emilio Folisi am Montagmorgen gegen halb acht allein die *Bar della Funicolare*
betrat, begriff Pellegrini wirklich, dass Salvatore Bianchi tot
war.

Mit einer linkischen Bewegung räumte er den dritten Unterteller vom Tresen und wandte sich zur Espressomaschine,
aus der gerade der letzte Tropfen in die Tassen fiel. Zwei
caffè, einen für Folisi, einen für sich. Pellegrini erschauderte.
Er nahm die Tassen und stellte sie auf die beiden verbliebenen Unterteller. Folisi setzte sich. Während es Pellegrini
gelungen war, die Ereignisse des vergangenen Freitags über
die Tagung in Bergamo zu verdrängen, sah Bianchis lang-
jähriger Kollege aus, als hätte er das ganze Wochenende
nicht geschlafen.

»Wieso lassen sie dich zum Dienst antreten?«, fragte
Pellegrini besorgt. Er streute Zucker in seinen *caffè*.

»Sie haben mir dringend geraten, mich beurlauben zu lassen. Aber ich will nicht. Zu Hause fällt mir nur die Decke auf
den Kopf. Wenn ich auf Streife gehe, kann ich wenigstens so
tun, als würde ich etwas Sinnvolles zustande bringen.«

»Wisst ihr denn schon irgendetwas?«

Folisi nahm seine Mütze ab und legte sie auf den Tresen.
Mit einem Kopfnicken deutete er auf die Kaffeemaschine.
Pellegrini sammelte ihre leeren Tassen ein und bereitete
zwei weitere *caffè* zu. Den ersten hatte er kaum geschmeckt.

Das war jenseits aller Routinen. Über so viele Jahre hatte
er, sofern ihn kein dringender Fall davon abhielt, morgens

drei *caffè* zubereitet. Einen für sich und zwei weitere für die beiden Carabinieri von Brunate. Ein *cornetto* für Bianchi bereitgelegt, eine Ausgabe der *La Provincia* für Folisi.

Und heute? Kein *caffè* für Bianchi, kein *cornetto*. Nie wieder. Stattdessen tranken er und Folisi eine zweite Tasse. Pellegrini starrte auf den Zucker, der wenige Sekunden auf der Crema liegen blieb und dann absank. Er rührte kurz um und trank. Dieses Mal spürte er ganz bewusst dem Geschmack nach, der sanften Bitterkeit mit einem Hauch Kakao.

Das brachte ihn wieder zur Besinnung. Dinge änderten sich, der Bruch mit seinen morgendlichen Gewohnheiten war eine Nichtigkeit im Vergleich zu den schmerzhaften Veränderungen, die Stefania Bianchi und den anderen Angehörigen bevorstanden, den Nachbarn und Freunden. Auch wenn er das Ehepaar Bianchi fast sein ganzes Leben lang gekannt hatte, hatten sie einander nicht nahe gestanden. Es war nur so, dass dieser Bruch seiner Routine alles wirklich werden ließ. Der Anblick der Leiche war – so merkwürdig das einem Außenstehenden vorkommen mochte – für ihn etwas Alltägliches gewesen, Stefania Bianchis »Geständnis« eine seltsame Anekdote, aber letzten Endes auch nichts Besonderes. Es kam immer wieder vor, dass Unschuldige Verbrechen gestanden. Und von der der Witwe war er nach wie vor überzeugt.

Pellegrini besann sich, bemerkte, dass Folisi mit gesenktem Kopf auf die Marmorplatte des Tresens starrte, und wiederholte seine Frage.

»Es gibt nichts Offizielles.« Folisi seufzte tief. »Heute Vormittag soll eine Pressekonferenz stattfinden. Aber natürlich kursieren bereits Gerüchte. Salvatore soll sturzbetrunken gewesen sein, heißt es. Er wurde angeblich mit einem zweiten Mann gesehen. Es habe einen lautstarken Streit gegeben.«

Pellegrini lächelte traurig. »Das behauptet zumindest die Bäckersfrau, die es vom Schwager ihres Nachbarn gehört haben will.«

»So ungefähr.« Folisi spielte mit einem Kaffeelöffel.

»Bin wieder da. *Ciao*, Emilio!« Paolo erschien im Durchgang, der zum Innenhof zwischen dem *Albergo Pellegrini* und der Bar führte. Er roch nach Zigarettenqualm, sodass Pellegrini unwillkürlich die Nase rümpfte.

Er hätte sich eigentlich auf den Weg machen müssen. Aber ihm war, als hinge Ungesagtes in der Luft. Er räumte die Tassen in die Spülmaschine, während Paolo die Bistrotische entlang der Fenster abwischte und die Stühle ordentlich hinstellte. Ein Gruppe Schüler betrat die Bar, kaufte ein paar Dosen Energydrinks oder Cola und verschwand wieder.

»Meistens ist was dran an solchen Gerüchten.« Folisi blickte auf. Unter seinen Augen lagen dunkle Schatten. Er fuhr sich mit einer Hand durch die Haare.

Der Satz weckte den Ermittler in ihm. »Das ließe sich leicht herausfinden«, erwiderte Pellegrini knapp. Zu gern hätte er auf das – ohne Zweifel großartige – Wochenende in Bergamo verzichtet und die Menschen in Brunate befragt. Was sie wussten. Was sie gesehen hatten. Was sie vermuteten. Das hier war sein Territorium, und einen ungelösten Todesfall hatte es hier nicht zu geben.

Folisi räusperte sich laut. »Marco.«

»Ja?«

»Kannst du mir einen Gefallen tun?«

»Jederzeit.«

Folisi ließ den Löffel auf den Tresen fallen und verschränkte die Hände. »Wenn sie den Leichnam freigeben, wird Salvatore am Freitag beerdigt. Würdest du den Sarg mittragen?«

»Das kann ich machen. Aber gibt das keinen Ärger? Ich glaube nicht, dass dein Maggiore gut auf mich zu sprechen ist.«

»Der will natürlich einen regelrechten Staatsakt. Aber Salvatore ist nicht im Dienst gestorben. Und als Erstes ist er einer von uns. Also aus unserer Gemeinde, meine ich, aus Brunate. Da bist du wichtiger als irgendein dahergelaufener Kollege aus der Kaserne da unten.«

Da unten. Manchmal hatte Pellegrini den Eindruck, Como läge auf einem anderen Kontinent.

»Wenn es auch in Stefanias Sinne ist, mache ich das gern. Soll ich auch meinen Schwager fragen?«

»Domenico? Sehr gern. Was dich betrifft: Es war sogar Stefanias Idee.«

Folisi schien sehr erleichtert. Pellegrini fragte sich, ob er von Stefania Bianchis Besuch in der Questura wusste. War sie am Ende entgegen ihrer ursprünglichen Absicht doch zu Visconti gegangen, um erneut ihr »Geständnis« abzulegen?

Mehrere Leute kamen herein. Pellegrini griff nach seinem Jackett und überließ Paolo das Feld. Er umrundete den Tresen, klopfte Folisi wortlos auf die Schulter und verließ die Bar.

Barista zu sein war immer nur ein kleiner Luxus auf Zeit. Jetzt war er wieder Commissario.

2

Der Tag schien keine Überraschungen bereitzuhalten. Es war weder warm noch kalt, kaum ein Wind regte sich. Der Himmel war zwar bewölkt, aber das Licht nicht trüb, sondern freundlich hell.

Von der Talstation der Seilbahn ging Pellegrini wie immer zu Fuß durch die Altstadt. Die Rollgitter der meisten Läden waren noch heruntergelassen. Ein Wagen der Müllabfuhr schob sich durch die engen Gassen und sammelte Papier und Kartons ein. Die beiden Müllmänner nickten ihm zu, und Pellegrini grüßte zurück, obwohl er sich nicht daran erinnern konnte, den beiden je begegnet zu sein. Er überquerte die Piazza San Fedele. Um den Platz gruppierten sich einige der ältesten Häuser Comos. Viele Gebäude hatten Grundmauern, die noch aus der Römerzeit stammten, auch das mittelalterliche Fachwerk war hier noch sichtbar. In der kleinen Buchhandlung hatten sie eine antike Fassade wieder freigelegt und in eine Innenwand integriert. Außerdem hatten sie im Keller eine Viehtränke restauriert, auf die man von einer Treppe aus hinunterblicken konnte. Jedes Mal, wenn Pellegrini durch den Laden streifte, befiel ihn ein andächtiger Schauder. Nicht zuletzt die der *piazza* ihren Namen gebende Kirche San Fedele stammte aus dem frühen 12. Jahrhundert und war ein eindrucksvolles Beispiel romanischer Architektur. Vor Weihnachten wurden die Gebäude ringsum mit bunten Mustern oder biblischen Szenen illuminiert. Dann bekam der Platz erst recht eine ganz besondere Atmosphäre.

Vor seiner *pasticceria* stellte der Inhaber Frederico dal Zovo Tische und Stühle auf. Er winkte Pellegrini ebenfalls zu.

Pellegrini blieb kurz stehen. »*Buongiorno*, Frederico. Ist es dafür nicht etwas zu kalt?«

»Ach was.« Der stämmige Mann wischte sich mit dem Handrücken über die Stirn. »Wenn die Sonne erst mal rauskommt, hält sich die Wärme zwischen den Häusern. Heute Morgen ist ein Bus mit britischen Touristen im *Cinque Stelle* abgestiegen. Du wirst sehen, heute Mittag sitzen die hier in T-Shirts.«

»Und unsere Landsleute daneben in Daunenjacken.«

»Du sagst es.«

Sie lachten. Es war wirklich faszinierend, wie leicht die unterschiedlichen Nationalitäten an der Menge ihrer Kleidung zu identifizieren waren. Pellegrini verabschiedete sich und setzte seinen Weg fort, ohne auf weitere Bekannte zu treffen oder etwas Ungewöhnliches auf den gepflasterten Straßen zwischen den eng stehenden Häusern zu entdecken.

In der Questura erwarteten Pellegrini keine Katastrophen, nicht einmal nennenswerte Neuigkeiten. Er winkte Ispettrice Claudia Spagnoli auf dem Weg durch das Großraumbüro zu. Sie hob nur kurz den Kopf und lächelte zurück, ohne ihre Arbeit zu unterbrechen. Vermutlich tippte sie einen Bericht. Spagnoli war mit solchen Dingen selten in Verzug und lieferte den ganzen bürokratischen Ballast in einer Geschwindigkeit ab, bei der Pellegrini sich immer fragte, ob er sie dafür bewunderte oder es ihn erschreckte. Seine Ispettrice behauptete, das sei mit etwas Organisation kaum Aufwand. Das fand Pellegrini erst recht seltsam. Beschweren würde er sich aber ganz sicher nicht, denn sie nahm ihm freiwillig so manche Schreibarbeit ab.

Er setzte sich an seinen Schreibtisch und schaltete den Computer ein. Es war nicht so, dass er gar nichts zu tun hatte, wirklich Dringendes gab es jedoch nicht zu erledigen. Außerdem wanderten seine Gedanken immer wieder zurück zum Tod des Carabiniere.

Er war derselben Meinung wie Folisi: Meistens war an derartigen Gerüchten etwas dran. Aufgabe der Ermittler war es, die Wahrheit aus den Behauptungen oder Übertreibungen herauszufiltern.

Sturzbetrunken soll Salvatore Bianchi gewesen sein, lautete eines der Gerüchte. Auch seine Frau hatte erzählt, er habe angesichts seines bevorstehenden Ruhestands dem Alkohol an manchem Abend zu sehr zugesprochen. Das allein lieferte keine Erklärung, wie und wann er am Freitagmorgen auf den Schienen der *funicolare* gelandet war. Sowohl ein Sturz als auch ein Schubser waren möglich. Oder mussten sie sogar einen Selbstmord in Betracht ziehen? War Bianchi so verzweifelt gewesen?

Glaubte Pellegrini, was Stefania Bianchi erzählt hatte, war das nicht unwahrscheinlich. Doch so sehr er auch in seinen eigenen Erinnerungen kramte, er konnte sich nicht entsinnen, dass Salvatore Bianchi sich in den letzten Wochen oder Monaten stark verändert, ihn gar jeglicher Lebenswille verlassen gehabt hätte. Vielleicht sollte er doch noch einmal mit Folisi sprechen, dem müsste doch etwas aufgefallen sein.

Sollte er wirklich? Pellegrini lehnte sich schwungvoll zurück, sodass die Federn seines Drehstuhls quietschten. Er würde niemanden befragen. Er ermittelte nicht. Den Alkoholgehalt im Blut des Toten zu bestimmen, gehörte zum kleinen Einmaleins der Rechtsmedizin, das ließ El Gato inzwischen vielleicht sogar einen Medizinstudenten machen. Was am Ende auch herauskam, es ging ihn nichts an. Er tippte unruhig mit den Fingerspitzen auf die Armlehnen.

Ihm passte die ganze Situation überhaupt nicht, doch ihm fiel nichts ein, wie er das ändern könnte.

Er beugte sich wieder nach vorn und surfte lustlos im Intranet der Polizia di Stato, las ein paar Personalmitteilungen und erfuhr, dass demnächst weniger Parkplätze zur Verfügung standen, weil hinter dem Gebäude gebaut werden würde. Nichts von Belang. Als ihm gar nichts mehr einfiel, machte er sich an eine Stellungnahme, die er wegen eines Gerangels bei einer Hausdurchsuchung schreiben musste.

Zwischendurch überlegte er, zur Kaserne der Carabinieri zu gehen und an der Pressekonferenz teilzunehmen. Auf der Internetseite des *Corriere di Como* hatte er gelesen, dass sie für elf Uhr anberaumt war. Einerseits würde ihn brennend interessieren, was sie zu sagen hatten, andererseits stand ihm immer noch die Rechtfertigung bevor, weil er die Leiche bewegt hatte. Es war ohnehin seltsam, dass ihn noch niemand kontaktiert hatte. Sie wussten, dass er als einer der Ersten bei der Leiche gewesen war, also würden sie ihn doch dazu befragen?

Er würde für seinen Fehler geradestehen und die Konsequenzen tragen. Aber er musste diesen Moment nicht forcieren, indem er in die Kaserne spazierte und sich Maggiore Felipe Visconti höchstpersönlich auslieferte. Sollte der doch einen seiner Schergen in *sein* Territorium schicken.

Gegen Mittag verließ Pellegrini die Questura und wanderte ziellos durch die Straßen der Altstadt, in denen nicht viel mehr Betrieb herrschte als am Morgen. Die Sommertouristen waren abgereist, und erst am Wochenende, wenn in einigen deutschen Bundesländern die Herbstferien begannen, würden die unerschrockenen Wanderer, die sich auch von schlechten Wetteraussichten nicht abhalten ließen, wieder in die Stadt kommen, dazu zum Semesterbeginn ein paar Austauschstudierende aus Übersee. In den wenigen Tagen bis dahin waren die *comaschi* weitgehend unter sich.

Vor dem *liceo* nahe der Porta Torre blieb Pellegrini stehen. Er mochte das alte klassizistische Gebäude. Einige der Fassadenelemente mit Heiligenstatuen und -büsten erinnerten noch sichtbar an die Zeit des Augustinerklosters, weshalb der Begriff »Wissenstempel« hier durchaus seine wahre Bedeutung entfaltete. Hohe Säulen, von denen einige noch Originale aus römischer Zeit waren, säumten einen überdachten Eingang. Die Schule selbst war einst von Jesuiten gegründet worden, die den Grundstein für eine humanistische und moralphilosophische Erziehung gelegt hatten, deren Geist bis heute fortlebte. Im 18. Jahrhundert hatte dann kein Geringerer als Alessandro Volta hier als Professor für Naturwissenschaften gelehrt und wurde der spätere Namensgeber der Schule.

Der Geist der Jesuiten, das ehemalige Kloster, der berühmte Volta – welcher dieser Aspekte hatte Marta Pellegrini dazu bewogen, ihren Sohn Marco und später auch ihre Tochter Alessandra auf dieses *liceo* zu schicken? Pellegrini konnte darüber nur Vermutungen anstellen, aber es hatte ihm nicht geschadet, so viel war sicher.

Zwischen den römischen Säulen luden einige Arbeiter Metallgitter und Holzplanken auf einen Lkw. Das Gebäude hatte ein wettergeschütztes Atrium, das gern für Konzerte genutzt wurde. Auch am Wochenende schien dort eine Veranstaltung stattgefunden zu haben.

»*Buongiorno*, Signor Commissario. Sie habe ich ja lange nicht mehr gesehen. Wie geht es Ihnen?«

Ein weißhaariger Mann kam auf ihn zu, streckte ihm die Hand entgegen. Automatisch griff Pellegrini zu und schüttelte sie, während er sich verzweifelt darum bemühte, das Gesicht einzuordnen. Er kannte diesen Mann zweifel-

63

los, und er wusste, dass er jünger war, als die schlohweiße Mähne vermuten ließ, dennoch …

»Dottor Fantin. Erinnern Sie sich an Ihre Italienischprüfungen?«

»Aber natürlich! Sie haben mich durch die Matura begleitet. Wie lange ist das her?«

Niccolò Fantin lachte, was Pellegrinis Erinnerungen zusätzlich auf die Sprünge half. In seinem Abschlussjahr auf dem *liceo* hatte ein Aushilfslehrer den Italienischunterricht übernommen, der nur wenige Jahre älter war als seine Schüler, aber schon eisgraue Haare hatte.

»So lange«, sagte Fantin, »dass ich in den nächsten Jahren Ihre Kinder durch die Matura bringen könnte, wenn Sie welche hätten. Ich nehme aber an, das ist nicht der Fall, denn sonst würden Sie die doch auf Ihre alte Schule schicken, nicht wahr? Oder war mein Unterricht so schlecht?«

»Im Gegenteil. Schlecht waren eher Schüler wie ich.«

»Wirklich? Nein, das stimmt doch nicht. Lassen Sie mich kurz überlegen …« Fantin legte eine Hand ans Kinn und verengte die Augen zu schmalen Schlitzen. Dann strahlte er wieder übers ganze Gesicht und zeigte triumphierend auf Pellegrini. »Sie haben sehr eifrig gelernt, aber Sie hatten bis zum Schluss Schwierigkeiten mit der Rechtschreibung und manchen Formulierungen. Weil Sie in Deutschland aufgewachsen sind, richtig?«

»Fast.« Pellegrini lächelte, fasziniert davon, was Fantin alles behalten hatte. Er hatte sich schon damals sehr für seine Schutzbefohlenen interessiert und Anteil an ihrem Leben genommen, was bei einem Haufen Pubertierender sicherlich nicht leicht und schon gar nicht selbstverständlich gewesen war.

»Ich bin in Deutschland zur Grundschule gegangen, habe auf Deutsch Lesen und Schreiben gelernt. Ich war zehn

Jahre alt, als mein *Nonno* und meine Eltern nach Brunate zurückgekehrt sind. Natürlich wurde bei uns zu Hause Italienisch gesprochen, aber bis dahin hatte ich vielleicht ein Dutzend Wörter in meiner Muttersprache geschrieben und gelesen schon gar nichts.«

»So war das, genau. Und Sie kamen hier direkt aufs *liceo* und mussten bei null anfangen. Aber Sie haben sich bis zum Schluss durchgebissen.«

Pellegrini zuckte verlegen mit den Schultern. Fantin behauptete, er sei fleißig gewesen, aber wenn er an die Schimpftiraden seiner Mutter dachte, war es nie genug gewesen. Seine jüngere Schwester Alessandra wurde ihm immer als leuchtendes Beispiel vor Augen geführt. Letzten Endes hatte es irgendwie funktioniert, und er bekam seine Matura, wobei Lehrer wie Fantin sicherlich ihren Anteil daran hatten.

Fantin wies auf die Arbeiter, die gerade die letzten Holzplanken aufeinanderstapelten. »Wir hatten gestern ein Konzert unserer ehemaligen Schülerband *Jagazzi*, die ihr fünfundzwanzigjähriges Bestehen feiert. Die Jungs und Mädels von damals sind hier in der Gegend ziemlich erfolgreich, spielen Gigs auf Festivals in Locarno und im letzten Jahr sogar in Montreux. Sie waren doch gut mit Umberto Cantù befreundet, oder nicht? Er ist auch dabei. Aber dann haben Sie keinen Kontakt mehr?«

Eine harmlose Frage, doch Pellegrini fühlte sich sofort in die Ecke gedrängt. »Nein«, murmelte er und steckte die Hände in die Hosentaschen.

Fantin nickte wortlos. Er verstand sofort, dass es besser war, nicht weiter zu fragen, das war schon damals einer seiner Stärken gewesen.

»Ich war auf einer Tagung in Bergamo, sonst hätte ich vorbeigeschaut«, meinte Pellegrini nachschieben zu müssen.

Vielleicht war das nicht einmal gelogen, er konnte es nicht sagen. Es wurde von ihm erwartet, bei solchen Anlässen Präsenz zu zeigen. Como war klein und er in gewisser Hinsicht eine Person des öffentlichen Lebens. Meistens kam er dieser Verpflichtung nach. Wie er in diesem speziellen Fall entschieden hätte, vermochte er nicht zu sagen. Seine alte Schule weckte unweigerlich Erinnerungen an eine gute Zeit mit einem schlechten Ausgang, dem Unfalltod seines besten Freundes Luca, dem Ende der Freundschaft mit dem genannten Umberto und dem vierten im Bunde, Sandro Falcone. Die Freunde von damals waren in seiner Erinnerung zu Geistern geworden, Namen, die scheinbar keine Bedeutung mehr hatten.

»Nun, ich muss zurück in den Unterricht«, erklärte Fantini. »Sie haben sicherlich auch viel zu tun. Aber es war mir eine Freude, Sie einmal wiederzutreffen.«

»Ganz meinerseits.« Pellegrini schüttelte seinem ehemaligen Lehrer abermals die Hand. »Doch wenn ich ehrlich bin, habe ich im Moment eher wenig zu tun. Ein ruhiger Tag mit ausreichend Zeit, sich in der Stadt herumzutreiben.«

Fantini lachte herzlich und nickte. Natürlich hatte Pellegrini, wie vermutlich jeder Teenager, dann und wann den Unterricht geschwänzt, um genau das zu tun: sich herumzutreiben und sich möglichst wild und unangepasst zu fühlen.

»Dann ermitteln Sie nicht im Fall des toten Carabiniere oben in Brunate? Wohnen Sie noch dort?«

»Ich lebe in Brunate, aber die Carabinieri haben das selbst in die Hand genommen.«

»Dann wünsche ich Ihnen noch viele weitere ruhige Tage.«

»Herzlichen Dank und alles Gute.« Pellegrini winkte und machte sich auf den Weg zurück in die Questura. Zwischendurch schielte er auf sein Handy. Kein Anruf, keine

Textnachricht. Offenbar wurde er im Moment tatsächlich nirgendwo gebraucht.

»Fremdeinwirkung. Ohne jeden Zweifel.« Spagnoli steckte ihr *telefonino*, auf dem sie gerade die offizielle Pressemitteilung gelesen hatte, in die Hosentasche. Pellegrini war zu ihr gegangen, nachdem er die Nachricht auf der Webseite des *Corriere* gelesen hatte. Er nickte unzufrieden.

»Es gibt Hinweise auf eine zweite Person. Bianchi wurde mit größter Wahrscheinlichkeit über das Brückengeländer auf die Schienen gestoßen. Dort lag er einige Stunden, bis die *funicolare* ihn erfasst hat. So weit alles klar. Aber das ist erschreckend vage. Wissen die wirklich so wenig? Halten wir uns auch immer so bedeckt und lassen die Leute derart im Ungewissen?«

»Ich glaube schon. Du gehörst auch zu der Fraktion: so viel wie nötig und so wenig wie möglich. Und den Presseleuten ist es ohnehin nie genug.«

»Ich hätte große Lust, El Gato anzurufen und ihn zu fragen, was bei der Obduktion herausgekommen ist. Das kann unmöglich alles gewesen sein.«

»Das solltest du besser lassen.«

»Ach, wirklich?«

»Entschuldigung.« Spagnoli lachte verlegen. »Das klang so, als ob du vorhast, dich mit ihm auf einen *caffè* in der Kantine von Sant'Anna zu treffen.«

»Ich sagte nur, dass es mich interessieren würde. Nicht, dass ich wirklich nachfragen würde.«

Spagnoli senkte die Augenlider und wich seinem Blick aus. Schon bereute Pellegrini, dass sein Tonfall schärfer gewesen war als nötig. Dabei hätte er nicht sagen können, ob es an der Zurechtweisung lag oder an der Tatsache, dass sie ihn durchschaut hatte. Ihm war selbst erst bewusst geworden, dass er darüber nachgedacht hatte, wie er es bewerkstelligen könnte, El Gato *zufällig* zu begegnen, nachdem sie es laut ausgesprochen hatte. Das war natürlich Unsinn. Er würde nichts dergleichen tun.

Dennoch, er fühlte sich schrecklich uninformiert und fragte sich, ob es den Leuten auch immer so erging, wenn er sie während einer laufenden Ermittlung nur mit kleinen Informationsschnipseln versorgte. Meistens war das sinnvoll, gerade wenn es um Täterwissen ging. Aber befriedigend war es nicht, das musste Pellegrini nun am eigenen Leib erfahren.

»Immerhin«, sagte er laut, »war er bereits tot, als ihn die *funicolare* erfasst hat. Ehrlich, das beruhigt mich, es war kein schöner Anblick. Auch kein Wort über Signora Bianchi und irgendwelche Geständnisse.«

»Du hast recht. Dabei wäre diese Voodoo-Geschichte ein gefundenes Fressen für die Presse.«

»In Brunate gehen einige Gerüchte um: Angeblich hat jemand gesehen, wie Bianchi sich mit einer anderen Person gestritten hat. Wenn sie von Fremdeinwirkung ausgehen, könnte das eine Spur sein.«

Spagnoli lächelte verhalten. »Am Ende löst du den Fall, indem du einfach in der Bar die Augen und Ohren offen hältst.«

Pellegrini starrte sie empört an. »Was willst du damit sagen?«

»Ganz ruhig.« Spagnoli hob beschwichtigend die Hände. Eine Geste, aus der er herauslas, dass sie ihn für leicht reizbar hielt. Was im Moment auch stimmte, die gesamte Situation wurmte ihn, aber das gab ihm kein Recht, es an ihr auszulassen.

»Schon gut«, brummte er versöhnlicher.

»Ich meinte das wirklich ernst«, erklärte sie unbeeindruckt. »Du kennst die Leute, ihre Gewohnheiten, ihre Beziehungen untereinander. Du kannst viel besser einschätzen, wer bei solchen Gerüchten übertreibt und wem man glauben kann. Es würde mich wirklich nicht wundern, wenn du die entscheidenden Zusammenhänge schneller rekonstruierst als ein dahergelaufener Carabiniere aus der Kaserne.«

Außerdem vertrauten die Leute ihm. Er war einer von ihnen. Stefania Bianchi war zu *ihm* gekommen, nicht zu Maggiore Visconti. Vielleicht hatte Spagnoli recht, aber er würde es nicht darauf anlegen. Er nickte ihr zu. Sie nahm eine Zigarettenpackung vom Schreibtisch und wandte sich Richtung Ausgang, während er an seinen Arbeitsplatz zurückging.

Wenn er sich einmal auf die ungeliebte Büroarbeit einließ, konnte es durchaus vorkommen, dass er sich in Berichten, Stellungnahmen und Akten verlor, abgeschlossene Fälle Revue passieren ließ oder über ungeklärte Kleinigkeiten grübelte.

Der letzte Todesfall, bei dem eine umfangreichere Ermittlung nötig gewesen war, lag ungefähr fünf Monate zurück. Ivan Pescatori, ein Student, der zu viel wollte, sich mit den falschen Leuten eingelassen und dafür mit dem Leben bezahlt hatte. Sein Mörder saß in Haft und wartete auf seinen Prozess, der aufgrund der eindeutigen Beweislage eine Verurteilung nach sich ziehen würde. Nach der Verhaftung hatte sich noch herausgestellt, dass der Mann notorisch gewalttätig war und einige Anzeigen wegen häuslicher Gewalt gegen ihn vorlagen, ohne dass es je zu einer Verhandlung gekommen war. Nachdem der Mann mit Aussicht auf einen langen Gefängnisaufenthalt einsaß, hatte eine Frau den Mut gefunden und ausgesagt, danach hatte sich eine weitere getraut und denselben Täter angezeigt. Ausgerechnet Emilio Folisis Ehefrau Felicitas, die sich ehrenamtlich für

Frauen in Not engagierte, konnte die beiden Opfer zu einer Aussage bewegen, nachdem Pellegrini ihr irgendwann im Frühsommer davon berichtet hatte. Ein paar Andeutungen waren genug gewesen, nicht einmal ein Name war gefallen, doch er und Felicitas wussten um das Vorgehen solcher Täter, und so hatte ein Wort das andere ergeben.

So etwas freute Pellegrini und gab ihm neben häufigem Frust das Gefühl, das Richtige zu tun. Und frustrierend war die andere Seite des Falls. Der Täter war zwar gefasst, aber seine Komplizen auf freiem Fuß. Bisher war es nicht gelungen, ihnen eine Mittäterschaft an dem Mord nachzuweisen. Pellegrini war selbst nicht ganz sicher, welche Rolle die anderen in diesem Fall gespielt hatten, aber sie waren keinesfalls Unschuldsengel. Das zu wissen und es ihnen nachzuweisen, waren grundverschiedene Dinge, aber es ärgerte ihn dennoch.

»Welche Laus ist dir denn über die Leber gelaufen?« Ein tiefer Bass dröhnte zu ihm herüber. In der Tür stand ein groß gewachsener Mann mit ausgebleichtem Haar, dichtem Bart und sonnenverbrannten Wangen. Die Falten um seine Augen waren etwas tiefer, als Pellegrini sie in Erinnerung hatte.

»Andrea! Ich habe gerade über unseren letzten gemeinsamen Fall nachgedacht.« Er umrundete den Schreibtisch, und sie begrüßten einander herzlich.

Pellegrini trat einen Schritt zurück. »Deiner legeren Kleidung nach bist du nicht dienstlich hier, oder? Wie geht es dir?«

»Ich sollte vielmehr fragen, wie es *dir* geht. Wie ich hörte, gab es einen Todesfall direkt vor deiner Haustür. Kanntest du diesen Bianchi?«

»Nicht mein Fall.«

Andrea Lorenzo, Capitano der Guardia di Finanza, verzog keine Miene, er kannte Pellegrini gut genug, um zu wissen, dass er besser nicht weiterfragte.

»Ich bin froh, wieder hier zu sein«, erklärte er stattdessen scheinbar gleichmütig. Doch Pellegrini entging seinerseits dieser bittere Zug um den Mund seines alten Freundes nicht.

Sie hatten einander vor gut zwanzig Jahren auf einem Sommerfest der *Canottieri Lario* kennengelernt. Lorenzo hatte damals die Gelegenheit genutzt, um Nachwuchs zu rekrutieren, und Pellegrini samt seinen damaligen Freunden überredet, es einmal mit dem Rudern zu probieren. Die vier *ragazzi* fanden Gefallen an dem Sport, und der knapp fünfzehn Jahre ältere Andrea wurde ihr Trainer und väterlicher Freund. Letzteres war er für Pellegrini bis heute geblieben, obwohl sich ihre Wege inzwischen häufiger beruflich als privat kreuzten. Lorenzo zählte zu denen, die Pellegrini nach dem Tod seines Freundes Luca auf Distanz hielt, wogegen Lorenzo sich allerdings hartnäckig wehrte. Vor einigen Monaten hatte er auf einem Boot der Küstenwache angeheuert, um die Scheidung von seiner Frau zu verarbeiten, und Pellegrini war in dieser Zeit unangenehm bewusst geworden, wie sehr er die beharrlichen Kontaktversuche seines alten Freundes vermisste. Umso glücklicher war er, ihn nun wiederzusehen.

Lorenzo versuchte sich an einem Lächeln, das seine Augen jedoch nicht erreichte. »Ferien auf einem Schiff im Mittelmeer. Sommer, Sonne, abends ein paar Drinks, was könnte ich mir Schöneres vorstellen?«

»Zwischendurch keine Flüchtlinge aus dem Wasser fischen zu müssen?«

»Ach ja.« Lorenzo wurde endgültig ernst. Er senkte die Stimme. »Du kannst dir das nicht vorstellen, Marco. Einerseits war es ein Fehler, sich freiwillig zu melden. Ich weiß nicht, wie die das aushalten, ohne komplett abzustumpfen oder durchzudrehen. Es bringt alles nichts, es ist immer zu wenig. Wie viele Tote kommen auf einen Geretteten? Ich hätte das keinen Tag länger ausgehalten. Andererseits bin ich froh, dass ich es gemacht habe.« Er hob den Kopf, und sein Blick verlor sich. »Allerdings hätte ich nie gedacht, dass sie uns, den eigenen Leuten, die Einfahrt in die Heimathäfen verweigern, so wie den ausländischen Rettungsschiffen.«

»Vor ein paar Monaten hätte ich noch gelacht, aber es wird immer verrückter.«

»Es ist mit Worten nicht zu beschreiben.« Lorenzos Blick wurde hart. »Ich wünschte, ich könnte jeden Einzelnen dieser Politiker am Nacken packen und eine Woche mit auf ein Schiff nehmen. Ach was, zwei Tage würden reichen. Vielleicht kann Europa wirklich nicht alle aufnehmen, das kann ich nicht beurteilen. Aber darum muss man noch lange niemanden ersaufen lassen!«

Pellegrini lehnte sich gegen seinen Schreibtisch und fuhr sich mit der Hand übers Gesicht. »Meine Mutter führt jedes Mal die gleiche Diskussion, wenn sie mit ihren Geschwistern auf Sizilien telefoniert, aber das ist ein Kampf gegen Windmühlen. Ich weiß ja, dass es ihnen da unten nicht gut geht. Der Staat hat den Süden im Stich gelassen, das lässt sich kaum bestreiten. Und so werden es mit jedem Flüchtlingsschiff, das in einem der Häfen einläuft, ein paar Wähler mehr für die Rechten. Viele dieser Politiker kommen ja aus dem Norden, der Süden ist ihnen völlig egal, aber die Menschen dort sind in ihrer Wut und Verzweiflung dankbare Wähler.«

Das Thema machte ihn traurig, zornig und ratlos. Erst im letzten Monat hatte er eine größere Summe an den italienischen Zweig des UNHCR gespendet, aber es schien ihm herzlich unzureichend. Den Mut, sein Leben in Como komplett hinter sich zu lassen und aktiv am Grenzeinsatz teilzunehmen, brachte er jedoch auch nicht auf.

Lorenzo streckte anklagend den Finger in die Luft und ließ ihn sofort wieder sinken, als er merkte, wie aggressiv diese Geste war.

»Es wird nicht aufhören«, sagte er stattdessen. »Die Bauern, deren Vieh verendet, weil die Weideflächen vertrocknen, die Jungs in den Großstädten ohne Ausbildung und Perspektiven, dazu Krieg und Hunger. Der Kontinent brennt, und alle sehen wir hilflos zu, haben keine Idee, wie wir das Feuer löschen können. Vielleicht haben wir Europäer es sogar angezündet, auf jeden Fall aber nähren wir es.«

Pellegrini nickte noch einmal nachdrücklich, suchte nach den richtigen Worten, doch ihm wollte nichts einfallen. Schweigen breitete sich aus, und die Stille begann, in den Ohren zu schmerzen.

Lorenzo kehrte mit seinen Gedanken zurück in den Raum, sah Pellegrini an. Dann zog er plötzlich eine verdutzte Grimasse, legte eine Hand in den Nacken und lachte laut auf.

»*Oddio*, ich rede wie ein Wanderprediger. Entschuldige, du gehörst nicht zu den Leuten, die etwas dafür können, dass es ist, wie es ist.«

»Ich würde etwas ändern, wenn ich könnte.«

»Das weiß ich. Lass gut sein.« Lorenzo senkte seine Stimme. »Die Monate auf See haben ihre Spuren hinterlassen. Aber genau so sollte es ja sein. Ich habe Abstand gewonnen, die Trennung von Veronica ist überwunden. Und das Gute ist: Ich habe in den Augen meiner Tochter an Achtung gewonnen, bin nicht mehr der Trottel, der Steuersündern hinterherjagt, sondern ein Held. Zumindest ein kleiner, man könnte unser Verhältnis fast als normal bezeichnen.«

Pellegrini erlaubte sich endlich ein Grinsen. »Und du hast eine neue Liebe gefunden.«

»Jetzt gönn einem alten Mann seinen Spaß.« Lorenzo rollte mit den Augen. »Ich weiß nicht, ob es wirklich etwas

Ernstes ist. Aber das kann ich ganz gemächlich auf mich zukommen lassen, oder nicht?« Seine Mundwinkel zuckten unwillkürlich. Er konnte schlecht verhehlen, dass er verliebt war wie ein Teenager.

»Claudia müsste wieder da sein, wir arbeiten heute beide Bürokram ab.«

»Dann mache ich mich mal auf die Suche. Und wir gehen bald mal wieder einen trinken, keine Widerrede. Zum Rudern ist das Wetter im Moment nicht gut genug.«

Was ein Glück war, wie Pellegrini fand.

Lorenzo verabschiedete sich und verließ das Büro. Pellegrini trat an die Tür und blickte ihm nach, wie er den Raum durchquerte und auf Spagnolis Schreibtisch zusteuerte.

»Was ist das denn für einer?«, hörte er eine Stimme hinter einer Trennwand. Einer der jungen Agente, die im Sommer ihren Dienst in der Questura begonnen hatten, soweit Pellegrini die Stimme richtig zuordnete.

»Capitano Lorenzo, Finanzer.« Die Antwort kam von Fabio Cunego, dem Vice Ispettore, der Pellegrini üblicherweise fest zugeordnet war. Da zurzeit keine Ermittlung lief, hatte er Cunego in der letzten Woche nur selten zu Gesicht bekommen.

»Und was macht der hier?«, fragte der Agente weiter.

Ein abfälliges Schnauben folgte. »Claudias neuer Stecher.«

»Der? Der ist doch doppelt so alt wie sie.«

»Über Geschmack lässt sich streiten.« Gift lag in Cunegos Stimme.

Pellegrini verharrte. Ging ihn das etwas an? Die Spannungen zwischen seinen beiden Mitarbeitern hatten über den Sommer zugenommen.

»Ich komm mit Spagnoli ganz gut klar. Aber du hattest mal was mit der, oder?«

»Versuch macht klug.«

»Wie bitte?«

»Es war ein Fehler, sich auf die einzulassen. Hält sich für eine gute Polizistin, weil sie mit einer Waffe herumwedeln darf.«

»Meinst du das ernst? Ich habe gehört, dass sie ziemlich gute Arbeit macht.«

»Lass dich nicht von ihrer Klugschwätzerei blenden. Hält sich für hart und kernig, aber emotional ist sie dem Job überhaupt nicht gewachsen.«

»Wie meinst du das?«

Das interessierte Pellegrini auch. Er blieb, wo er war. Das hier war ein Großraumbüro, die beiden sprachen in normaler Lautstärke und mussten damit rechnen, gehört zu werden.

»Kannst du dir das nicht denken?« Cunego sprach mit der belehrenden Arroganz des Älteren, Erfahrenen, was Pellegrini als ziemlich unangemessen empfand. Sein Ispettore war gerade einmal Mitte zwanzig und auch noch nicht trocken hinter den Ohren.

»Sie hat bisher einfach Glück gehabt. Letzten Endes ist sie eine Frau. Nennt man nicht umsonst das schwache Geschlecht. Warte ab, wenn sie mal eine Kinderleiche sieht, dann fängt sie bestimmt an zu heulen. So sind die doch alle.«

Für diese Form von *maschilismo* benötigte man offenbar keine Lebenserfahrung. Pellegrini unterdrückte ein Seufzen, ging zurück in sein Büro und schloss die Tür. Er kannte Cunegos passive Aggressivität gegenüber Spagnoli nur zu gut, vielmehr beruhte sie auf Gegenseitigkeit. Aber er hatte immer gedacht, das läge an der gescheiterten Beziehung der beiden. Hatte er sich etwas vorgemacht?

Kurz überlegte er, ob er seinen Ispettore zur Rede stellen musste. Doch was hatte er nach Stefania Bianchis »Geständnis« gesagt? Die Gedanken sind frei. Cunego durfte denken und mit Kollegen reden, was er wollte, solange es nicht gegen Gesetze, sondern nur gegen den guten Geschmack verstieß. Einer Kollegin emotionale Schwäche zu unterstellen, nur weil sie eine Frau war, war ziemlich dumm. Dazu musste er sich nur an die Reaktion des jungen Mitarbeiters der *funicolare* erinnern. Er selbst hatte bisher erst ein Mal ein totes Kind gesehen, nach einem Autounfall. Es war ihm bis heute ein Rätsel, wie er es geschafft hatte, sich zu beherrschen. Er hatte schon viele Kollegen heimlich Tränen wegwischen oder davonlaufen sehen, weil sie sich übergeben mussten, Männer wie Frauen. Manche konnten es besser wegstecken als andere, aber das war keine Frage des Geschlechts, sondern allenfalls der Erfahrung.

Pellegrini nahm sich vor, Cunego zukünftig genauer im Auge zu behalten. Mehr nicht. Dummheit war leider nicht strafbar. Und abgesehen davon, dass er keine Lust hatte, Gouvernante für die beiden zu spielen, würde das ziemlich nach hinten losgehen, sobald Spagnoli irgendeine falsche Rücksichtnahme witterte. Außerdem *war* sie besser als Cunego, ihm sogar weisungsbefugt. Er war erst Vice Ispettore und damit einen Rang unter ihr, auch wenn das in der täglichen Arbeit keinen Unterschied machte.

Pellegrini entschied sich, Feierabend zu machen. Er kam sich höchst unproduktiv vor, dabei hatte er eine Menge Berichte weggeschafft. Er nahm seinen Mantel und verließ das Büro. Bei seinem Spaziergang durch die nachmittäglich belebte Stadt überlegte er, ob er Urlaub nehmen sollte. Er könnte seine Verwandten in Köln besuchen, mit seinem Cousin Damiano ein paar nette Abende im Belgischen Viertel verbringen. Vielleicht brachte ihn das endlich auf andere Gedanken.

Mittwoch, 7. Oktober

I

Gegen elf Uhr hielt Pellegrini es nicht mehr aus. Er griff nach Mantel und Regenschirm, verließ die Questura und ging mit langen Schritten in Richtung Kaserne der Carabinieri. Er wollte nicht länger darüber rätseln, warum sich niemand bei ihm meldete. Vielleicht hatte der Sottotenente auf dem Bahnsteig seinen Namen doch wieder vergessen. Oder er hatte die Informationen einfach nicht weitergegeben. Oder er hatte es in einem Bericht vermerkt, den niemand gelesen hatte. So etwas kam vor. Es sollte nicht passieren, aber dennoch. Jedenfalls musste sich doch irgendwer für die Aussage der Person interessieren, die als eine der Ersten am Fundort gewesen war und noch dazu den Leichnam bewegt hatte. Das musste doch jemandem aufgefallen sein. Spätestens Dottor El Gato. Der sah so etwas auf den ersten Blick.

Der Wind peitschte in kräftigen Böen und trieb Wolken aus Sprühregen vor sich her. Pellegrini hielt seinen Mantel mit einer Hand zu, während er in gebückter Haltung durch die Straßen hastete und sich so nah wie möglich an den Hauswänden hielt. Der Regenschirm nutzte gar nichts. Endlich kam das schmucklose Gebäude in Sicht, in dem die Carabinieri ihren Hauptsitz hatten.

Pellegrini trat ein, schüttelte sich den Regen aus dem Mantel und wandte sich an einen Carabiniere in Uniform, der sich hinter dem Empfangstresen langweilte.

»*Buongiorno*, Signore. Commissario Pellegrini, ich müsste mit Maggiore Visconti sprechen.«

»*Buongiorno*, Commissario. Ich melde Sie an.« Der Mann griff zum Telefon. Nach nur wenigen Worten wies er auf eine Treppe am Ende des Gangs. »Zweiter Stock, erste Tür links. Tenente Agostino erwartet Sie.«

Pellegrini bedankte sich und folgte der Wegbeschreibung. Eher gemächlich lief er die Treppe hinauf. Es fiel ihm schwer, sich das einzugestehen, doch er war nervös. Wenn bei einer seiner Ermittlungen jemand aufkreuzen würde, der sich in ähnlicher Weise verhalten hätte, wie er am vergangenen Freitagmorgen, würde er vermutlich wenig Nachsicht aufbringen.

Er klopfte an und trat direkt ein. Wie er erwartet hatte, befand er sich in einem Vorzimmer, in dem zwei Schreibtische standen. Die Möbel hatten bereits bessere Tage gesehen, stählerne Aktenschränke säumten alle Wände mit Ausnahme der Fensterfront. Auf einer Fensterbank gammelte eine Drachenpalme vor sich hin, hatte mehr braune als grüne Blätter. Über allem lag der typische Mief eines Büros, eine Mischung aus vergilbtem Papier, staubiger Heizungsluft und altem Linoleum. Zu Pellegrinis Linken saß eine Frau, vielleicht Anfang zwanzig, in einem Lederblouson und mit einer blondierten Hochsteckfrisur, um die sie jeder Rockstar der Achtziger beneidet hätte. Sie schaute kurz auf, ohne ihr Getippe zu unterbrechen, nickte freundlich und heftete ihren Blick wieder auf den Computerbildschirm vor sich. Pellegrini fragte sich, ob die junge Frau Miss Moneypenny hieß.

Ihr gegenüber saß ein Mann, ebenfalls in Zivil. Er war in Pellegrinis Alter, von bulliger Statur mit kahl geschorenem Kopf. Er hatte das Gesicht eines Profiboxers, doch als er lächelte, wirkte er sofort sympathisch. Er stand auf, nachdem Pellegrini die Tür hinter sich geschlossen hatte, und kam mit ausgestreckter Hand auf ihn zu.

»Commissario Pellegrini, es freut mich, Sie kennenzulernen.«

»Tenente Agostino? Ganz meinerseits.« Er schüttelte die Hand seines Gegenübers. Ein Vorzimmer mit zwei Personen, das konnten sich heutzutage nur wenige leisten. In der Questura hatte lediglich der Questore noch ein eigenes Büro. Und seine Assistentin musste er sich mit seinem Stellvertreter teilen.

Agostino zog eine bedauernde Miene. »Wenn Sie Visconti sprechen möchten, müssen Sie sich leider noch einen Moment gedulden. Er ist gerade in einer Besprechung. Verraten Sie mir, um was es geht?«

»Nun.« Pellegrini straffte unbehaglich die Schultern. »Ich wollte eine Aussage zum Fall Bianchi machen. Ich war zufällig am vergangenen Freitag vor Ort.«

»Ich verstehe. Ich erinnere mich, dass ein Kollege so etwas erwähnt hat.«

Pellegrini stutzte. Da war ein Zucken in Agostinos Miene gewesen, eine winzige Unterbrechung des Augenkontakts. Irgendetwas war dem Mann unglaublich unangenehm.

»Dann bin ich zunächst beruhigt, dass diese Information nicht untergegangen ist«, erklärte er förmlich. »Ich war nach den beiden Bahnbediensteten am Tatort, das könnte der Ermittlung dienlich sein.«

»Da stimme ich Ihnen unbedingt zu. Wissen Sie was? Ich zeige Ihnen den Weg zu unserer Kantine, dann können Sie dort warten. Es sollte nicht mehr allzu lange dauern.« Agostino warf seiner Kollegin einen scharfen Blick zu, die nur kurz aufschaute und dann mit einem feinen Lächeln im Mundwinkel weitertippte.

Wieder konnte sich Pellegrini keinen Reim darauf machen. So folgte er Agostino, der ihm die Tür aufhielt und mit ihm den Raum verließ.

»Sagen Sie, wäre es denn vielleicht möglich, mit jemandem aus dem Ermittlungsteam zu sprechen?«, fragte Pellegrini, während sie gemeinsam zurück ins Erdgeschoss gingen. »Ich kann nicht allzu lange warten.«

»Leider nein, die sind ebenfalls alle in der Besprechung. Visconti schätzt es nicht, gestört zu werden.« Agostino hüstelte, und wieder war Pellegrini, als hörte er Verlegenheit in seiner Stimme.

Er hatte genug. »Sagen Sie mir einfach, was los ist, Tenente!« Seine Stimme war eine Spur schärfer als beabsichtigt, Agostinos Augen weiteten sich erschrocken.

Entschuldigend hob Pellegrini die Hand. »Tut mir leid.«

Er musste sich unbedingt mehr zusammenreißen, vor allem hier auf fremdem Territorium. Offenbar machte ihm die Situation mehr zu schaffen, als er geglaubt hatte.

Agostino zog ein Gesicht, als habe er in eine Zitrone gebissen. »Das ist nicht ganz so einfach. Ich denke schon, dass Sie eine Aussage machen sollten. Der Kollege hat dargelegt, was Sie auf dem Bahnsteig zu ihm gesagt haben. Das reicht natürlich nicht.«

Pellegrini verkniff sich einen sarkastischen Kommentar, dass er die Grundlagen der Polizeiarbeit durchaus beherrschte, und beschränkte sich auf ein: »Aber?«

Agostino war am Fuß der Treppe im Erdgeschoss stehen geblieben. Jetzt war ihm deutlich anzumerken, wie unangenehm ihm die ganze Sache war. Er wich Pellegrinis Blick aus.

»Visconti hat gemeint, dass Sie es hoffentlich nicht wagen würden, hier aufzukreuzen, um ihm seine Arbeit zu erklären. Er käme bestens ohne Sie klar. Und ohne, dass Sie Ihre ›esoterischen Erkenntnisse‹ zum Besten gäben.« Er malte Anführungszeichen in der Luft.

»Meine was?«

»Er meinte, Sie hätten da eine bestimmte Methode.«

Pellegrini verschränkte die Arme vor der Brust und hob amüsiert die Augenbrauen. Er konnte sich denken, worauf Agostino anspielte: seine Angewohnheit, ein Opfer einige Momente in Ruhe zu betrachten. Es steckte nichts dahinter, als dass er den Toten damit Respekt bekundete und sich auf die anstehende Ermittlung konzentrierte.

»Das hat er nicht gesagt, oder?«

»Vielmehr hat er gesagt, Sie würden da irgendeinen Schwachsinn abziehen.« Agostino hob endlich den Kopf. »Commissario, verstehen Sie mich bitte nicht falsch. Ich bin mit Emilio Folisi ganz gut befreundet. Er hält viel von Ihnen, und ich habe bisher auch nichts Schlechtes über Sie gehört. Mein Chef kann dagegen … schwierig sein.« Er schien noch mehr sagen zu wollen, beherrschte sich jedoch im letzten Moment.

Daher also wehte der Wind. Viscontis Mitarbeiter hatten längst mitbekommen, dass der Maggiore mehr Wert darauf legte, bei einer Pressekonferenz zu glänzen, als eine ernsthafte Ermittlung zu führen. Und zugleich wollten sie den Mord an ihrem Kollegen aufgeklärt wissen.

»Haben Sie denn schon irgendwelche Erkenntnisse? Einen Ansatz, in welche Richtung die Ermittlungen gehen?«, fragte Pellegrini vorsichtig.

Agostinos Blick verlor sich einen Moment, bevor er seinem Gegenüber fest in die Augen schaute. Dabei scharrte er mit einem Fuß, als wolle er am liebsten auf dem Absatz kehrtmachen. »Sie wissen, dass ich Ihnen darüber keine Auskunft geben darf.«

Pellegrini gab seit Jahren dieselben ausweichenden Antworten. Dazu der leise Unterton, die angespannte Körperhaltung, das krampfhafte Bemühen um Blickkontakt. Agostino hätte es ebenso gut aussprechen können: Sie hatten nicht den Hauch einer Ahnung, wer schuld war an Salvatore Bianchis Tod, auch nicht, warum es passiert war, ob mit Absicht oder als Folge eines tragischen Unglücks. Pellegrini hatte genug. Er wandte sich Richtung Ausgang.

»Ich danke Ihnen für Ihre Aufrichtigkeit und möchte nicht länger Ihre und meine Zeit vergeuden. Bitte richten Sie Maggiore Visconti aus, dass ich für meine Aussage jederzeit zur Verfügung stehe. Er soll sich einfach melden. Er weiß, wo er mich findet.«

»Das gebe ich weiter. Danke für Ihre Mühe, Signor Commissario.«

Pellegrini durchquerte mit wenigen Schritten den Empfangsraum. Draußen blies ihm der Wind ins Gesicht, als wollte er alle schlechten Gedanken aus seinem Kopf pusten. Wenigstens regnete es nicht mehr.

Pellegrini klemmte sich den Schirm unter den Arm und vergrub die Hände in die Manteltaschen. So viel zu seiner Bereitschaft, Viscontis Arbeit zu unterstützen. Wütend lachte er auf. Immerhin konnte er sich nun nicht mehr vorwerfen, seine Aussage aus Stolz oder Feigheit zurückzuhalten. Wenn der Maggiore der Meinung war, Pellegrini hätte nichts zu dem Fall beizutragen und wollte sich nur wichtig machen, konnte er ihm nicht helfen.

Der Tag unterschied sich nicht von den vorangegangenen, sodass Pellegrini die Questura früh verließ. Der nach wie vor kräftige Wind hatte die grauen Regenwolken auseinandergetrieben und ein paar blaue Flecken am Himmel freigelegt. Hin und wieder blitzte die Sonne hervor, und das nasse Straßenpflaster glitzerte in ihrem Licht. Gemächlich bummelte Pellegrini durch die Straßen und dachte darüber nach, ob er ausnahmsweise etwas kochen sollte. Normalerweise aß er in der Stadt. Bis vor ein paar Monaten hatte er meistens im Albergo gegessen. Warum sich die Arbeit machen, wenn es in der elterlichen Restaurantküche immer ein reichhaltiges Angebot gab? Doch seit einem größeren Familienstreit fühlte er sich dort nicht mehr willkommen. Und ebenso lange war es her, dass er das letzte Mal gekocht hatte, zusammen mit Franca. Der Gedanke versetzte ihm einen Stich. Nach wie vor bemühte er sich, so selten wie möglich an sie zu denken. Wer war sie denn schon? Eine Frau, die ihm einmal sehr, sehr wichtig gewesen war? Er hatte sogar ihre Nummer gelöscht, was Unsinn war, da es die einzige war, die er auswendig kannte. Und natürlich hoffte er immer noch, dass sie sich trotz ihres Streits irgendwann wieder meldete. Er traute sich längst nicht mehr, sie anzurufen, denn er hatte viel zu spät eingesehen, dass er sich wie ein Trottel benommen hatte. Zugleich war es ihm auch jetzt, Monate später, ein Rätsel, wie sie sich wieder annähern könnten, zu verschieden waren ihre Standpunkte gewesen. Inzwischen ging er ohnehin nicht mehr davon aus, dass ihr noch irgendetwas an ihm lag oder daran, sich mit ihm zu versöhnen. Er war sicher, dass er sich lächerlich machte, wenn er ihr hinterhertelefonierte.

Er kam am Schaufenster eines Blumengeschäfts vorbei, nahm beiläufig die aufwendig gestalteten rot und grün leuchtenden Gestecke wahr und wäre beinahe mit einer molligen kleinen Frau zusammengestoßen, die den Laden mit einem großen Strauß weißer Lilien verlassen hatte.

Er sprang einen Schritt zurück. »Verzeihen Sie, ich war ganz in Gedanken.«

»Entschuldigung! Ich habe nicht aufgepasst.« Die kleine Signora war ebenfalls zurückgewichen und hielt einen Arm schützend vor die Blumen. Jetzt erst erkannte Pellegrini Stefania Bianchi. Er entschuldigte sich nochmals, aber sie winkte ab.

»Ist ja nichts passiert, ich hätte auch besser aufpassen müssen, wo ich hinlaufe. Bist du auf dem Weg nach Hause?«

»Ja. Sie auch? Darf ich Sie begleiten?«

»Sehr gern.« Schüchtern hob sie den Blumenstrauß. »Die möchte ich mir ins Wohnzimmer stellen. Als kleine Erinnerung.«

Pellegrini lächelte aufmunternd. Er hatte den Eindruck, Stefania Bianchi habe nur auf eine Gelegenheit gewartet, ihn wiederzusehen. Und richtig, schon nach wenigen Metern fing sie an zu reden, wobei sie stur geradeaus blickte, die Handtasche über dem einen, den Strauß Blumen im anderen Arm.

»Ich habe am Freitag mit Maggiore Visconti gesprochen. Aber die Puppe habe ich nicht erwähnt.«

Das war vermutlich auch besser so, dachte Pellegrini mit einem grimmigen Lächeln. Wenn Visconti schon an seiner Aussage so wenig Interesse hatte, würde er für die abergläubischen Überlegungen der Signora erst recht keine Geduld aufbringen. Allerdings erinnerte er sich an eine andere Frage, die er sich nach ihrem Gespräch in der Questura gestellt hatte.

»Wie sind Sie überhaupt darauf gekommen, eine Voodoo-Puppe zu nähen?«

»Madame Dorier hat mir davon erzählt, eine Freundin von Flavia Bertini. Sie ist eine Französin mit afrikanischen Wurzeln, sehr bewandert.« Stefania Bianchi legte ganz kurz die Hand auf Pellegrinis Unterarm, ihre Augen leuchteten. »Du hättest sie erleben sollen! Eine große und imponierende Frau mit einer lauten, klaren Stimme. An ihr ist eine Predigerin verloren gegangen. Flavia hat sie vor einigen Wochen zu unserem Handarbeitskreis mitgebracht.«

Pellegrini kannte diese Treffen, auch wenn seine Mutter nicht daran teilnahm. Regelmäßig trafen sich die unterschiedlichsten Leute im Gemeindehaus, sei es die Ortsgruppe der ehemaligen Alpini, Planungskomitees für Gemeindefeste, Jugendgruppen und so weiter. Seine Schwester Alessandra besuchte regelmäßig einen Lesezirkel.

»Wir häkeln zur Zeit im Akkord die Figuren und Tiere, die wir auf dem Winterbasar verkaufen. Du weißt vielleicht noch, wie groß die Nachfrage ist?«

»Aber ja. Alessandra und ich haben auch solche Tiere gehabt.«

»Nun, Madame Dorier war fasziniert und zugleich etwas besorgt wegen der menschlichen Figuren«, fuhr Stefania Bianchi ernst fort. »Sie meinte, so etwas könne die Seelen stören und ungebetene Loa auf den Plan rufen.«

»Verzeihen Sie, ich bin da nicht so bewandert. Wirkte das auf Sie denn glaubwürdig?«

»Na ja. Erst nicht.« Sie senkte den Kopf über den Blumenstrauß. »Aber als Don Volpe davon hörte, wurde er fuchsteufelswild. Er bekreuzigte sich, bezichtigte Madame

Dorier der Blasphemie. Sie wehrte empört ab, er habe kein Recht, sich in diese Dinge einzumischen, sie sei eine gottesfürchtige Frau. Es ging hin und her, am Ende warf Don Volpe sie hinaus. Da Flavia an diesem Tag nicht dabei war, bin ich der Madame gefolgt, um mich zu entschuldigen, und habe sie nach Hause, also zu den Bertinis begleitet. Es war mir unangenehm. Ich habe versucht, sie abzulenken, mich nach den Seelen und den Puppen erkundigt. So ergab ein Wort das andere, und noch in der Nacht habe ich angefangen, meine Puppe zu häkeln.«

Kurz lief Pellegrini eine Gänsehaut über den Rücken. Mehr noch als bei ihrem ersten Gespräch begriff er, wie verzweifelt Stefania Bianchi gewesen war. Sie hatte es bei dem Gedanken an den Ruhestand ihres Mannes mit der Angst zu tun bekommen, überreagiert und sich auf die absurdesten Ideen gestürzt. Offenbar war diese französische Madame überzeugend genug gewesen, ganz gleich, ob ihre Ausführungen nun wahrhaftig Teil der Voodoo-Religion waren oder frei erfunden. Zum Glück hatte sie keine Rituale empfohlen, die das Schlachten von Hühnern bei Vollmond unter einer alten Eiche verlangten oder Liebestränke aus Tollkirsche.

»Die Sache hatte noch ein kurzes Nachspiel«, fuhr sie fort. »Flavia Bertini hat sich, so hörte ich, hinterher bei Salvatore und Emilio beschwert, weil ihr Gast so rüde behandelt und sogar hinausgeworfen worden war. Die Carabinieri konnten natürlich nichts machen, Don Volpe hat das Hausrecht, und es war ja keine Straftat, nicht wahr?«

»Nein, soweit ich das beurteilen kann, nicht.«

»Trotzdem hat Salvatore Don Volpe am Sonntag nach der Messe darauf angesprochen. Ich konnte die beiden nur von Weitem beobachten. Mein Mann blieb die Ruhe selbst, das ist eine seiner Stärken.« Sie stockte und verbesserte sich.

»Das war eine seiner Stärken. Don Volpe hat sich dagegen sehr echauffiert, sogar aus der Entfernung war ihm die Wut anzusehen.« Sie bekreuzigte sich. »Er ist in den letzten Monaten zunehmend fahrig und aufbrausend. Dann mischte sich Flavia auch noch ein, und es hätte nicht viel gefehlt, dass Don Volpe ihr auch Hausverbot erteilt.«

Pellegrini merkte auf. Es gab also Meinungsverschiedenheiten in der Gemeinde.

»Am Ende gingen sie alle auseinander, und niemand hat mehr darüber gesprochen.« Stefania Bianchi schnaufte tief durch.

So war es vermutlich jedes Mal, wenn es innerhalb der Dorfgemeinschaft Differenzen gab – was nicht bedeuten musste, dass die Angelegenheiten wirklich aus der Welt geschafft waren. Aber hatte das etwas mit Bianchis Tod zu tun? Hatte die Sache weitere Kreise gezogen und war eskaliert? Pellegrini konnte keinen Zusammenhang oder gar ein Motiv erkennen, so unerfreulich es für die Beteiligten auch sein mochte.

Sie hatten die Talstation der *funicolare* erreicht. Das kleine Häuschen, in der der Ticketschalter untergebracht war, hob sich merkwürdig von den umliegenden Gebäuden ab. Mit seinen gemauerten Backsteinwänden und den geschnitzten Holzverzierungen sah es eher wie eine Berghütte im Schwarzwald aus als wie ein norditalienisches Wartehäuschen. Häufig nahm Pellegrini sich vor zu recherchieren, wie es zu diesem Stilbruch gekommen war, doch kaum war er in der Bahnkabine angelangt, vergaß er es wieder.

Sie gesellten sich zu den wenigen Wartenden auf dem Bahnsteig.

Pellegrini räusperte sich. »Signora Bianchi, bitte erlauben Sie mir diese Nachfrage: Könnte dieser Streit etwas mit dem Tod Ihres Mannes zu tun haben?«

»Ich weiß nicht, es war ja nicht einmal ein richtiger Streit. Flavia war wütend auf Don Volpe, Salvatore konnte ja nichts machen.«

»Sind Sie da ganz sicher?«

»Na ja.« Sie starrte nachdenklich auf die Natursteinmauer gegenüber dem Bahnsteig, in deren Ritzen sich kleine Farne und gelber Mauerpfeffer festgesetzt hatten. »Streit? Also nein. Aber Flavia war empört, weil sie sich mehr Unterstützung erhofft hatte. Ich habe Madame Dorier ein paar Tage später kurz vor ihrer Abreise noch einmal getroffen. Da machte sie sich ein wenig darüber lustig, weil Flavia das Thema nicht losließ.« Stefania Bianchi blickte auf. »Ihr hingegen war sehr daran gelegen zu betonen, dass sie weder Salvatore noch mir etwas nachträgt. Er habe getan, was er konnte, indem er Don Volpe zur Rede gestellt habe. Der sei nun einmal gestrig und engstirnig, sagte sie zu mir. Menschen wie er könnten mit Dingen, die nicht in ihr Weltbild passen, einfach nicht umgehen.«

»*Capito*.« Pellegrini überlegte kurz. »Signora Bianchi, Sie sollten diese Geschichte Maggiore Visconti oder jemandem aus seinem Team erzählen. Vielleicht ergibt sich irgendein Hinweis auf den Tathergang.« Er drückte sich bewusst vage aus, denn es passte ihm gar nicht, Visconti auf diese Weise indirekt zu helfen. Aber alles andere verstieß gegen seine Pflichten als Commissario.

Stefania Bianchi sah ihn zweifelnd an. »Glaubst du wirklich?«

»Ich weiß es nicht. Das sollen die Ermittler entscheiden. Aber das können sie nur, wenn sie davon wissen.«

»Soll ich wirklich alles erzählen?«

»Lassen Sie die Sache mit der Puppe weg. Aber alles andere: ja. Erzählen Sie, was zwischen den Beteiligten vorgefallen ist.«

Stefania Bianchi schlug sich plötzlich die Hand vor den Mund. »Meinst du etwa, Flavia hat etwas mit Salvatores Tod zu tun?«

»Ich meine gar nichts.« Pellegrini lächelte sanft. »Ich rate Ihnen nur, den Ermittlern die Wahrheit zu erzählen. Was sie herausfinden, liegt weder in Ihren noch in meinen Händen.«

Vielleicht hatte es weitere Streitereien gegeben, weitere Beteiligte oder ähnliche Vorfälle, in die Salvatore verwickelt war und von denen seine Frau nichts wusste. Scheinbar harmlose Empörung konnte zu unangemessener Wut führen, und wenn ein böses Wort das andere ergab, ging es manchmal sehr schnell. Und das war etwas ganz anderes als die noch immer nicht zu Protokoll genommene Aussage, dass er selbst die Leiche bewegt hatte. Die führte nämlich ziemlich sicher zu nichts, schließlich war er weder der Täter noch hatte er irgendwelche Motive oder Absichten gehabt. Er hatte lediglich wissen wollen, wer der Tote war.

»Gut.« Endlich nickte Stefania Bianchi energisch. »Das mache ich.«

Dennoch ärgerte Pellegrini die ganze Angelegenheit. Es fühlte sich ein wenig so an, als mache er gerade Viscontis Arbeit. Falls der Maggiore und sein Team noch nicht selbst herausgefunden hatten, mit wem Bianchi welche Differenzen gehabt hatte, wäre das schon ganz schön traurig.

Die rote Standseilbahn traf ein und öffnete mit einem Zischen die Kabinentüren. Stefania Bianchi setzte sich, die Blumen auf dem Schoß. Pellegrini verabschiedete sich und stellte sich an das Panoramafenster. Viel gab es nicht zu sehen. Die Luft war dunstig, die Landschaft verschleiert wie beim Blick durch eine schlecht geputzte Brille, dazu hingen tiefe Wolken über dem See. Die Berge am gegenüberliegenden Ufer waren vollständig verhüllt. Pellegrini sah hinaus, während seine Gedanken in die Vergangenheit abwanderten. Als kleiner Junge war das für ihn ein Wetter für Kakao und Geschichten gewesen. Seine Eltern hatten durch den Aufbau des Hotelbetriebs viel zu wenig Zeit; auch die Mutter seines besten Freundes Luca war abends oft arbeiten. Doch wenn sie zu Hause war, erzählte sie den Kindern, auch Alessandra und weiteren Freunden, gern Märchen oder selbst ausgedachte Geschichten. In dem Alter hatte er an Bergköniginnen mit Kronen aus Eis geglaubt oder Ritter, deren Pferde sich aus dem Nebel über dem See formten. Doch irgendwann waren diese kindlichen Überzeugungen der Realität gewichen, seine heutige Sicht auf die Welt war sachlich, wenn nicht gar manchmal kühl.

Er wandte sich Stefania Bianchi zu. Sie hatte ihr *telefonino* hervorgeholt und tippte konzentriert. *Sie* glaubte an das Übernatürliche. Warum? Und auch wenn es für die Ermittlungen hinderlich wäre, war es grundsätzlich falsch? Gab es ihr nicht einen gewissen seelischen Halt, gerade jetzt?

Pellegrini schüttelte den Kopf. Er wurde das Gefühl nicht los, dass Stefania Bianchi ihm in dieser Hinsicht etwas voraus hatte: die Möglichkeit, in ihrem Glauben inneren Frieden zu haben, den er, der rationale Grübler, niemals finden würde.

3

Pellegrini entschied sich, zu Hause zu kochen, und wandte sich von der Bergstation der *funicolare* aus nach rechts und ging über die Via Alessandro Volta zur Metzgerei. Umberto Rovelli stand persönlich hinter dem Tresen und säuberte eine der beiden Schneidemaschinen.

»*Buonasera*, Marco. Seltener Besuch in meinen bescheidenen Hallen.« Er lachte breit, sein unrasiertes Doppelkinn bebte.

»Mein Vater kocht zu gut.« Pellegrini fiel in das Lachen ein. Umberto war untersetzt, mit Armen, die viel zu kurz wirkten, doch er bewegte sich erstaunlich behände. Er lachte häufig, erzählte gern Anekdoten über seltsame Kundenwünsche oder – vermutlich frei erfundene, auf jeden Fall maßlos übertriebene – Missgeschicke beim Schlachten. Es war fast unmöglich, in seiner Gegenwart keine gute Laune zu bekommen.

»Heute habe ich früh Feierabend gemacht und wollte mir ein *ragù* kochen. Ich brauche also Rindergehacktes, *pancetta* und Hühnerleber. Mach, dass es für drei reicht, dann kann ich mir zwei Portionen einfrieren.«

»Kommt sofort.«

Umberto wog die Zutaten ab und reichte Pellegrini eine Tüte über die Theke. Als er das Geld entgegennahm, hob er den Zeigefinger. »Mir fällt da gerade etwas ein. Schaut deine Mutter vielleicht in nächster Zeit bei Stefania Bianchi vorbei?«

»Sicherlich. Warum?«

»Ich habe Salvatores Bocciakugeln hier. Die hat er letzten Sonntag im Club vergessen. Könntest du sie mitnehmen? Dann liegen sie hier nicht mehr herum.«

»Vorletzten Sonntag.«

»Wie bitte?«, Umberto hielt inne und drehte sich zu ihm um.

»Letztes Wochenende war Salvatore bereits tot.«

Umberto runzelte verdutzt die Stirn. »Du hast recht. Seltsam. Ich hätte schwören können, dass die Kugeln erst seit letztem Wochenende im Clubhaus lagen. Aber dann muss ich mich ja irren.«

Pellegrini nickte verständnisvoll. »Die Zeit vergeht einfach wie im Flug. Aber warum bringst du die Kugeln nicht selbst bei Stefania vorbei?«

»Ich habe keine Zeit. Und meine Frau ist ein paar Tage in Mailand bei ihrer Schwester. Ich will es einfach erledigt haben.«

Pellegrini fragte nicht weiter und nahm den kleinen schwarzen Koffer entgegen. Es war offensichtlich, dass Umberto Rovelli der Witwe aus dem Weg gehen wollte. Manche Menschen waren bei einem Todesfall so peinlich berührt, dass sie nicht in der Lage waren, eine einfache Beileidsbekundung auszusprechen, lieber wechselten sie die Straßenseite.

In dem kleinen Lebensmittelgeschäft kaufte er noch Zwiebeln, Mohrrüben, Dosentomaten, Rinderfond und Butter. In ein traditionelles *ragù*, außer in Italien überall in der Welt als Bolognese bezeichnet, gehörte eigentlich auch Sellerie. Doch vor vielen Jahren gab es im Albergo einen unangenehmen Zwischenfall. Ein deutscher Gast hatte *Spaghetti Bolognese* – für die internationalen Gäste so auf der Karte – bestellt und danach einen allergischen Schock erlitten. Es gab eine große Diskussion darüber, wer Schuld habe, da der Gast darauf bestand, in einer Fleischsoße nicht mit Gemüse rechnen zu müssen. Er wurde schließlich mit einigen Gratisübernachtungen beschwichtigt, doch seither verzichtete Amerigo Pellegrini bei seiner Version des *ragù* auf Sellerie, und er blieb auch nach der Einführung der EU-weiten Kennzeichnungspflicht für Allergene dabei. Es gab ohnehin unzählige Varianten, jede Familie hatte ihr eigenes Rezept – genau wie Südtiroler für ihren Apfelstrudel oder Deutsche für ihren Kartoffelsalat. Daran änderten auch Veröffentlichungen angeblicher Originalrezepte nichts. Und so war das Hausrezept der Pellegrinis ohne Sellerie, ohne Milch oder Sahne, dafür mit viel Butter, wenig Olivenöl und mit Hühnerleber. Die gab dem *ragù* eine herbe Note und eine herrliche dunkelbraune Farbe.

Pellegrini ließ den schweren Koffer mit den Bocciakugeln in dem winzigen quadratischen Flur seines Apartments stehen und legte die Lebensmittel auf dem Tresen ab, der die Küchenzeile optisch vom Wohnraum trennte. Die Wohnung war klein, das Schlafzimmer gerade so groß, dass ein breites Bett und ein Kleiderschrank hineinpassten, aber mit der Küche war Pellegrini zufrieden. Er konnte sich beim Gemüseschnippeln auf dem Tresen ausbreiten, und der moderne Gasherd hatte vier Kochstellen, nicht die Sparvariante mit zwei Platten, die es üblicherweise in kleinen Wohnungen gab.

Er zog sein Jackett aus, putzte und zerkleinerte das Gemüse. Erst als es in der Butter dünstete, ging er sich umziehen. Danach fügte er die *pancetta* hinzu, das Gehackte und die Hühnerleber folgten. Geduldig rührte er, bis alles fein zerkleinert war, dann fügte er den Fond, die Dosentomaten sowie Weißwein hinzu, schmeckte mit Salz und Pfeffer ab und stellte den Timer der Küchenuhr auf eine Stunde. Eines der großen Geheimnisse eines guten *ragù* war die Kochzeit. Je länger, desto besser. Im Albergo wurden die Pastasoßen morgens zubereitet und köchelten zwei bis drei Stunden vor sich hin. Ganz so lange wollte Pellegrini mit dem Abendessen heute nicht warten. Er goss sich den restlichen Weißwein in ein Glas und setzte sich auf das Ecksofa. Seine Gedanken wanderten zu den Informationen zurück, die er im Laufe des Tages erhalten beziehungsweise nicht erhalten hatte. Seit Montag hatte Visconti zwei weitere Pressekonferenzen gegeben, in denen er umständlich und ausführlich erklärt hatte, dass die Carabinieri nichts wussten. Aber würde es Pellegrini anders ergehen, stünde er den Ermittlungen vor? Immerhin hatte er einen guten Draht zu Stefania Bianchi. Allerdings hatte er bislang nicht das Gefühl, dass ihre Aussage wirklich irgendwohin führen könnte. Flavia Bertini mochte empört gewesen sin, weil Don Volpe ihren Gast schlecht behandelt und sie sich mehr Hilfe von Salvatore Bianchi erhofft hatte, aber war das ein Motiv? Und ihr Ehemann? Wie hieß er noch, Fausto? Frederico? Fabio? Wie auch immer, von Signor Bertini war bisher nicht die Rede. Warum sollte er Wochen nach diesem Vorfall, der seine Ehefrau so empört hat, losziehen und mit Salvatore Streit anfangen?

Was hatte Salvatore in seiner Freizeit noch gemacht? Boccia gespielt, aber sonst? Pellegrini hatte keine Ahnung. Und Boccia spielte von den Männern über sechzig so ziemlich jeder in Brunate, zumindest gelegentlich. Sein *Nonno* Carlo war auch aktiv gewesen, bis seine Gelenke ihm einen Strich durch die Rechnung gemacht hatten. Aber er schaute noch zu, sooft er konnte. Die Bahn und ein winziges Clubhaus, mehr ein Geräteschuppen mit Toilette, befanden sich am Ende einer Straße unterhalb des Faro Voltiano. Im Sommer verging kaum ein Abend, an dem dort nicht jemand spielte, Ausnahmen waren allenfalls Übertragungen von Fußballländerspielen oder dem Champions-League-Finale mit italienischer Beteiligung. Was sagte das also in Hinblick auf einen möglichen Verdächtigen?

Nichts. Es war frustrierend. Vermutlich wäre er auch nicht weiter als Maggiore Visconti, dachte Pellegrini bei sich. So gesehen sollte er vielleicht sogar froh sein, dass er die Ermittlung nicht leiten musste und sich stattdessen auf ein gutes Abendessen freuen konnte. Er stellte das Weinglas auf dem niedrigen Couchtisch ab und stand auf, um nachzusehen, welche Pasta er kochen konnte. Am liebsten hätte er Spaghetti, aber so wie er sich kannte, würde der Vorratsschrank ihm die Auswahl abnehmen. Und so war es. Erleichtert, an diesem ungemütlichen Herbstabend nicht noch einmal vor die Tür zu müssen, hielt er eine Packung Fusilli in der Hand. Immerhin keine Farfalle, die passten einfach nicht zu *ragù*.

Freitag, 9. Oktober

I

Pellegrini gähnte verstohlen hinter vorgehaltener Hand, während Don Alberto Volpes brüchige Stimme durch das Kirchenschiff von Sant'Andrea Apostolo klang. Erstaunlich, wie wenig Stimmvolumen dieser groß gewachsene Mann hatte. Die Tage mitreißender Predigten, sofern es sie je gegeben hatte, denn Pellegrini konnte sich nicht erinnern, waren für den alten Priester jedenfalls längst vorbei. Allerdings passte seine Stimme zu seinem ausgemergelten Äußeren, das Pellegrini an ein Skelett denken ließ.

Müßig ließ Pellegrini seinen Blick durch die Reihen gleiten. Wie erwartet war die Kirche zum Bersten voll. Ganz Brunate schien sich eingefunden zu haben, dazu Dutzende Carabinieri, die meisten in Uniform. Die überwiegend schwarz gekleidete Menge bildete einen dunklen Kontrast zu den Gold- und Pastelltönen, die in der barocken Kirche vorherrschten. Die Wände waren roséfarben und weiß gehalten, dazu roter Marmor am Hochaltar mit dem Bildnis des Heiligen Andreas, flankiert von zwei weißen Statuen. Spätestens die aufwendigen und detailreichen Deckengemälde, antiker Freskenmalerei nachempfunden, versetzten insbesondere asiatische Touristen in Verzücken. Pellegrini fand sie überladen und kitschig. Einerseits. Andererseits stellte er gerade fest, dass er sich entspannte, dass das eintönige Gerede Don Volpes ihn einlullte, er sich in diesem Moment dieser Gemeinschaft zugehörig fühlte, was nicht immer der Fall war. Die Touristen sahen nur den Prunk und die goldverzierten Säulen. Er dagegen spürte, dass hier seine Wurzeln lagen, seine Vorfahren väterlicherseits seit Jahrhunderten zu diesem Altar geblickt, auf diesen Bänken gekniet und gebetet hatten. Auch er selbst war letztendlich hierher zurückgekehrt.

Ein lauter Orgelakkord setzte ein, und Pellegrini wäre vor Schreck beinahe zusammengezuckt. Er hatte gar nicht mitbekommen, dass die Predigt zu Ende war. Er stand auf, zupfte die Manschetten seines Hemdes gerade und nahm seinen Platz zwischen seinem Schwager Domenico und Emilio Folisi ein. Zu sechst trugen sie den mit einer grün-weißen lombardischen Flagge bedeckten Sarg aus der Kirche. Es war ein kühler, aber sonniger Tag mit wenig Wind, sodass Pellegrini den Mantel zu Hause gelassen hatte und nur im Anzug zur Kirche gegangen war. Jetzt war er froh darum, denn der Sarg war schwerer, als er erwartet hatte, und er kam ins Schwitzen.

Die Prozession überquerte den Kirchplatz und ging die Via Beata Maddalena Albrici entlang zum Friedhof. Zu beiden Seiten säumten hüfthohe Mauern und Metallzäune ihren Weg, dahinter lagen gepflegte Parks um liebevoll restaurierte frei stehende Villen, für die Brunate bekannt war. Es waren gerade mal zweihundert Meter, aber Pellegrini kam der Weg endlos vor. Nicht nur die Atmosphäre drückte ihm aufs Gemüt, sondern vielmehr die Tatsache, dass der Mord an Salvatore Bianchi noch nicht aufgeklärt war. Es gab nicht einmal Verdächtigungen oder Hinweise.

Maggiore Felipe Visconti schien dieser Umstand nicht allzu sehr zu beschäftigen. Während Pellegrini gemeinsam mit den anderen Trägern den Sarg in die vorbereitete Wandnische schob, stellte sich der Kommandant der Kaserne von Como in Positur und begann eine salbungsvolle Rede über den Verstorbenen. Don Volpe stand daneben, die Hände in seinem Gewand versteckt. Sein schwarzes schulterlanges Haar wehte im Wind, und passend zu den Worten des Maggiore umspielte hin und wieder ein trauriges Lächeln seine dünnen Lippen. Unauffällig schob Pellegrini sich durch die Menge in die hinteren Reihen. An der Grabnische begann ein Maurer bereits, die Lücke mit Mörtel und einer Marmorplatte zu verschließen. Pellegrini blinzelte in den klaren Himmel.

»So sehen wir uns endlich. *Buongiorno*, Signor Commissario«, vernahm er eine leise Stimme an seinem Ohr. Pellegrini wandte sich um und stand Dottor El Gato gegenüber. Er trug einen Hut auf seinem blank polierten Schädel, den er jetzt, wie in einem alten Film, mit kurzer Geste lüftete.

Pellegrini lächelte erfreut und tippte sich grüßend an die Stirn. »Sie hier?«, flüsterte er zurück. »Ich hätte nicht erwartet, dass Sie persönlichen Anteil an diesem Fall nehmen.«

»Sie unterschätzen mich. Ich nehme an jedem Todesfall Anteil. Nur weil ich eine Leiche seziere, heißt das nicht, dass mir der Mensch, der sie zuvor war, gleichgültig ist.« Er musste Pellegrinis verblüffte Miene gesehen haben, denn er fügte sofort hinzu: »Aber Sie haben schon recht, normalerweise nehme ich nicht an den Beerdigungen teil. Offen gestanden hatte ich gehofft, Sie hier zu treffen.«

»Mich? Wieso?«

»Warum ermitteln Sie nicht?«

Pellegrini verschränkte die Arme und warf einen spöttischen Blick auf den Maggiore, der immer noch schwadronierte.

El Gato stieß ein leises Knurren aus. »Der hört sich viel zu gern reden. Seit ich die Obduktionsergebnisse abgeliefert habe, hat der sich nicht mehr gemeldet. Keine Nachfragen, keine Ergänzungen. Dafür jeden Tag eine Pressekonferenz. Das ist doch lächerlich.«

»Ich nehme nicht an, dass es eine einfache Untersuchung war.«

»Die *funicolare* hat den Leichnam fast hundert Meter den Abhang hinuntergeschleift. Die gesamte Strecke wurde kriminaltechnisch untersucht, und ich musste die ganze Zeit dabei sein.« Seine Augenbrauen senkten sich zu einer finsteren Grimasse. »Und dann hat irgendein Trottel an der Leiche herumgefummelt. Würde mich schon interessieren, ob die inzwischen wissen, wer das war.«

Pellegrini hielt einen Moment lang verlegen inne. Dann gab er sich einen Ruck. »Das war ich.«

»Wie bitte?«

»Pst! Was fällt Ihnen ein!«

»Haben Sie denn gar keinen Respekt?«

»Ruhe dahinten!«

Sie ernteten böse Blicke von den Umstehenden. El Gato winkte beschwichtigend mit der Hand und zog Pellegrini ein paar Meter zur Seite.

»Was meinen Sie damit, Signor Commissario? Das kann doch nicht Ihr Ernst sein.«

»Es ist mir ausgesprochen peinlich.« Pellegrini erzählte dem Rechtsmediziner in knappen Worten, wie er an dem Morgen die Leiche entdeckt und das Portemonnaie aus der Jackentasche gezogen hatte. »Und bevor Sie jetzt fragen, Dottore: Ein Sottotenente weiß, dass ich am Fundort war. Außerdem war ich am Mittwoch in der Kaserne und habe Visconti um ein Gespräch gebeten. Vergeblich. Sie haben mich nicht vorgelassen, wollten mich nicht einmal mit jemandem aus dem Ermittlerteam sprechen lassen. Seitdem warte ich, dass sich einer von denen meldet, dann werde ich selbstverständlich alles erklären.« Vielleicht sollte er sogar ein weiteres Mal selbst die Initiative ergreifen. Nach dem, was der Rechtsmediziner andeutete, waren die Ermittler bisher keinen Schritt weitergekommen.

»Ich verstehe«, sagte El Gato nur.

Sie schwiegen, da Visconti seine Rede endlich beendet hatte und sie sich in die Schlange der Kondolierenden einreihen konnten. Dabei warf der Maggiore ihnen beiden einen misstrauischen Blick zu. Pellegrini und El Gato lächelten unverbindlich zurück.

»Er war beliebt, oder?«, fragte El Gato ganz leise, während sie zu Stefania Bianchi vorrückten.

»Ja. Das macht es so unvorstellbar. Wenn es meine Ermittlung wäre, hätte ich bisher auch nicht den geringsten Ansatz für ein Motiv.«

»Es muss ein Gerangel da oben auf der Brücke gegeben haben. Der Täter hat ihm mit einem stumpfen Gegenstand auf den Hinterkopf geschlagen und ihn dann auf die Gleise gestoßen. Ich gehe davon aus, dass der Aufprall ihn getötet hat oder er in den folgenden Minuten verblutet ist. Sicher ist, dass er seit Stunden tot war, als die *funicolare* ihn erfasst hat.«

»Sie haben der Öffentlichkeit bisher nicht gesagt, um was für einen Gegenstand es sich handelt. Weil es Täterwissen ist?«

El Gato lachte belustigt. »Sie wissen es selbst nicht. Rund, ungefähr faustgroß und vermutlich aus Metall, so viel konnte ich sagen.«

»Ist das Ihr Ernst?«

»Ja. Ich vermute eine Kugel, wie manche sie als Deko im Garten herumliegen haben, oder ein Teil von einem Metallzaun. In der Wunde waren einige Sandkörner, die nicht von der Bahntrasse stammen. Ich habe außerdem einige Faserspuren gefunden. Ein Knopf seiner Uniform wurde abgerissen, als er fiel. Die Spurensicherung hat ihn in einer Rille im Asphalt gefunden.« Er klang beeindruckt. »Dazu Fasern unter den Fingernägeln des Opfers. Dicker Stoff, gute Qualität.« Er ließ einen bedeutungsschweren Blick über Pellegrinis Anzug wandern. »Hochwertige Schurwolle, Farbe anthrazit. Ein Anzug, Mantel, eine Uniform.«

»Verdächtigen Sie mich?« Pellegrini unterdrückte ein Lächeln.

El Gato schnaubte empört. »Ich verdächtige Sie nur der Untätigkeit. Sie hätten den oder die Täter längst.«

»Ihr Wort in Gottes Ohr.«

»Ich habe Ihnen übrigens nichts gesagt, nicht wahr?«

»Das versteht sich von selbst, Dottore.«

Sie hatten sich der Witwe so weit genähert, dass sie es vorzogen zu schweigen.

El Gato kondolierte und verabschiedete sich mit einem Kopfnicken. Pellegrini gab Stefania Bianchi die Hand und murmelte ein paar Worte. Sie starrte so verzagt zu ihm auf, dass er ihr unbeholfen auf die Schulter klopfte und sich abwandte. Er machte zwei Schritte zur Seite und hätte beinahe seine Mutter umgelaufen.

Sie musterte ihn mit offener Wut. »Dass du dich nicht schämst. Habe ich dir denn keinen Funken Anstand beigebracht?«

»Was ist denn jetzt los?«

»Du bist wirklich unmöglich! Was für ein schrecklicher Tag, erst diese missratene Predigt und dann auch noch dein Benehmen. Mach, dass du mir aus den Augen kommst, Marco Pellegrini!«

Sie ließ ihn stehen und ging zum Ausgang des Friedhofs. Dort half bereits sein Vater Amerigo *Nonno* Carlo die Stufen hinauf. Oben unter dem Torbogen stand Maggiore Visconti, die Mütze unter den Arm geklemmt, und verabschiedete die Leute, als verließen sie gerade seine Dinnerparty. Pellegrini blieb stehen. Er hatte getan, was er konnte, und es nicht weiter eilig, dem Kommandanten zu begegnen.

»Ja wirklich, Marco, schäm dich!«, erscholl eine Stimme hinter ihm. Er fuhr herum.

Seine Schwester Alessandra kam mit dem kleinen Paolino an der Hand auf ihn zu. »Was sollen die Leute denn nur denken? Ausgerechnet Marta Pellegrinis Sohn, der sich danebenbenimmt, indem er bei dieser anrührenden Rede dieses feschen Maggiore dazwischenquatscht. *Mannaggia!*« Sie küsste ihn zur Begrüßung auf beide Wangen.

»Ach, das ist es? Ich hatte keine Ahnung, was sie meint.«

»Keine Sorge, *Mamma* wird es dir mindestens eine Woche nachtragen. Sie hat mich übrigens heute Morgen ernsthaft gefragt, ob du auch eine Gardeuniform hast. Ich glaube, sie war ein wenig enttäuscht, als sie dich in diesem grauen Anzug gesehen hat.«

Pellegrini sah ihr verstohlenes Grinsen. Manchmal wünschte er sich, er könnte die Erwartungshaltung seiner Mutter so lässig beiseiteschieben wie Alessandra, wobei seine Schwester natürlich mit Heirat, Kind und dem Engagement im Hotel weit weniger enttäuschend war als er.

»Ich glaube aber, in Wahrheit ist sie noch entsetzter über Don Volpe. Er hat angeblich über die Hälfte des Textes vergessen.«

»Das ist mir gar nicht aufgefallen.«

»Mir auch nicht. Aber *Mamma* weiß natürlich Wort für Wort, was er mit Stefania besprochen hat. Ich vermute, es kam ihr ganz gelegen, dass sie ihre Empörung ein wenig an dir auslassen konnte.«

»Dann bin ich ja doch nicht ganz der nutzlose Sohn.« Pellegrini beugte sich zu seinem Neffen und hob ihn mit Schwung auf den Arm. »Na, Paolino? Dir kann das alles egal sein, was? Für dich ist es einfach aufregend.«

Der Kleine quietschte bestätigend.

Alessandra hakte sich bei ihm unter, und gemeinsam folgten sie den anderen.

»Wo ist Domenico?«

»Schon zurück im Hotel. *Papà* wollte bei *Nonno* bleiben. Irgendwie geht es ihm nicht gut.«

»Wirklich? Das wusste ich nicht.«

»Wie auch?« Alessandras Ton wurde wieder spöttisch. »Du lässt dich ja kaum blicken.«

»Weißt du, wer das vorhin war?«, fragte er rasch, um dieses Thema nicht vertiefen zu müssen. »Dottor Giovanni El Gato, der Rechtsmediziner.«

»Was wollte der denn hier?«

»Ihn beunruhigt, dass es noch keine heiße Spur zum Täter gibt.«

Alessandra warf ihm einen strengen Blick zu. Dann verlangsamte sie ein wenig ihre Schritte, sodass sie etwas zurückfielen, weit genug weg von neugierigen Ohren. »Marco, ehrlich? Mich beunruhigt das auch. Ich meine … klar, das kann alles ein Zufall sein oder was Persönliches zwischen Signor Bianchi und wem auch immer. Aber mir ist nicht wohl bei dem Gedanken, der Mörder könnte einer von uns sein.«

»Täter. Vielleicht war es ein schrecklicher Unfall. Wenn du von einem Mörder sprichst, unterstellst du Absicht und ein Motiv.«

»Jetzt lenk nicht mit irgendwelchen Spitzfindigkeiten ab. Du weißt genau, was ich meine.«

»Ja.« Pellegrini atmete tief durch. »Tut mir leid, Lexi.«

Sie drückte seinen Unterarm. »Was denkst du eigentlich über die ganze Sache? Hast du keine Idee?«

Er schüttelte den Kopf. »Ich weiß nicht mehr als alle anderen. Ich kann mir nur schwer vorstellen, dass es ein *brunatese* gewesen sein soll. Wenn Salvatore mit jemandem

Streit gehabt hätte, dann wüsste das jemand. Meinst du nicht?«

»Doch, ich glaube schon. *Mamma* weiß über jede und jeden hier Bescheid.«

»Die Bianchis hatten Eheprobleme.«

Alessandra runzelte überrascht die Stirn. »Hat sie dir das erzählt? Ich sollte es für mich behalten, habe ich auch. Da hast du es: Das weiß bestimmt auch schon halb Brunate, obwohl niemand offen drüber spricht. Aber was bringt es, darüber zu spekulieren?« Sie stockte. »Es sei denn, die Bianchi hat ihren Mann auf dem Gewissen.«

»Stefania war Freitagmorgen bei mir in der Questura, direkt nachdem sie erfahren hatte, was passiert war. Ich bin sicher, dass sie nichts mit der Sache zu tun hat.«

Er setzte Paolino auf dem Boden ab. Alessandra nahm ihren Sohn an die Hand und ließ den Blick nachdenklich über den Friedhof schweifen. Ein paar Leute standen noch in kleinen Gruppen zusammen und unterhielten sich leise, doch die meisten hatten sich zerstreut. Maggiore Visconti hatte die Uniformmütze wieder aufgesetzt und sah aus wie ein Feldmarschall auf dem Weg zur Lagebesprechung. Um ihn herum wimmelte es von Carabinieri.

»Eins ist mir jedenfalls heute klar geworden, Marco.«

»Das wäre?«

»Dieser Visconti … *Mamma* findet ja, er macht was her.«

»Er macht eine gute Figur, das muss ich schon zugeben.«

Alessandra schnaubte abfällig. »Ich habe eher den Eindruck, das ist ein Blender.«

»Ich möchte mich dazu nicht weiter äußern.«

»Eine glänzende Uniform und gutes Aussehen machen noch keinen guten Ermittler.«

Mit gespielter Entrüstung strich Pellegrini sich über die Aufschläge seines Sakkos. »Willst du damit sagen, gutes

Aussehen und ein guter Ermittler zu sein, schließen sich gegenseitig aus? Was trifft da auf mich zu? Oder hast du am Ende auch etwas an meinem Anzug auszusetzen?«

»Im Gegenteil.« Sie schlug spielerisch nach ihm. »Klär diesen verdammten Fall auf, damit wir wieder ruhig schlafen können.«

2

Am Abend stieg Pellegrini aus der *funicolare*, verließ die Station und ging auf die erleuchteten Fenster der Bar zu. Noch auf der Straße blieb er stehen und schaute in den Raum. Hinter der Theke polierte Boris Gläser. Der junge Mann war ein Austauschstudent aus Deutschland, der vor zwei Jahren in der Bar angefangen hatte, um sich etwas Geld dazuzuverdienen. Pellegrini hatte nicht ganz verstanden, wieso Boris nach so langer Zeit immer noch da war, aber er studierte nach wie vor und war eine zuverlässige Aushilfe, die vor allem gern Spätschichten übernahm. Zu Beginn hatten die Einheimischen dem hellhäutigen Blondschopf nichts zugetraut, manchmal in Zeichensprache bestellt und ihn bei der Kaffeezubereitung misstrauisch beobachtet, aber inzwischen hatten sie kapiert, dass er fließend Italienisch sprach und mit der Espressomaschine perfekt umzugehen wusste.

Zwei Tische waren mit jungen Leuten, vermutlich Touristen, besetzt, und an der Theke erkannte Pellegrini Emilio Folisi, der, immer noch in Uniform, in sich zusammengesunken auf dem Barhocker hing und Löcher in die Marmorplatte stierte. Mit der rechten Hand umklammerte er ein halb volles Glas Weißwein.

Pellegrini steckte die Hände in die Hosentaschen seines Anzugs. Es war kühler als am Morgen, ewig könnte er hier draußen nicht ohne Mantel herumstehen. Aber das hatte er auch nicht vor. Er hatte in die Bar gehen, noch einen letzten *caffè* trinken und sich dann zu Hause gemütlich vor den

Fernseher setzen wollen. Ihm war heute Abend nicht nach Gesellschaft.

Als er Folisi so sah, kam ihm das wie Verrat vor. Wie würde es ihm selbst ergehen, wenn er einen Kollegen verlöre, mit dem er fast zwanzig Jahre so eng und vertrauensvoll zusammengearbeitet hatte?

Nach der Sache mit dem Unfall seines Freundes Luca hatte er sich zurückgezogen, alle Kontakte abgebrochen, war sogar in die Welt hinaus geflohen, hatte in halb Europa vergeblich nach seinem Seelenheil gesucht. Aber das war etwas anderes gewesen. Neben der Tatsache, dass es seinen besten Freund erwischt hatte, nagte an Pellegrini die Enttäuschung, dass Luca Camerone kurz vor seinem Tod als Straftäter entlarvt worden war, ein Drogenschmuggler und vielleicht Schlimmeres. Es war ein doppelter Verlust: der eines geliebten Menschen und der einer Gewissheit, diesen Menschen gekannt zu haben. Lucas Leben war eine Illusion gewesen, mehr noch: eine Lüge.

Pellegrini ging nicht davon aus, dass eine vergleichbare Lüge im Nachlass Salvatore Bianchis zu finden wäre. Oder war das mehr eine Hoffnung denn eine begründete Vermutung? In Wahrheit hatte er den Mann kaum gekannt, keinesfalls gut genug, um beispielsweise auszuschließen, jemand habe sich an ihm rächen wollen.

Pellegrini schüttelte den Kopf über sich selbst. Wie oft hatte er in der letzten Woche solche und ähnliche Gedanken verfolgt?

Niemals hätte er gedacht, dass der Drang, die Wahrheit aufdecken zu wollen, so stark in ihm war. Er hielt sich weder für einen fürchterlich guten noch für einen schlechten Ermittler, und er machte seine Arbeit im Großen und Ganzen gern. Doch die vergangenen Tage hatten gezeigt, dass mehr dahintersteckte. Er wollte den Täter überführen.

Mit entschlossenen Schritten betrat er die Bar. Erst einmal einen *caffè*. Und vielleicht machte er sich umsonst Gedanken, und Folisi erzählte ihm gleich, dass der Fall gelöst sei.

»*Buonasera!*«

Boris prostete ihm mit dem leeren Glas zu, das er gerade poliert hatte. »*Salve*, Marco! *Long time no see.*«

Folisi drehte sich zu ihm um. Er sagte nichts. Pellegrini erschrak beim Anblick seiner Augenringe. Bei der Beerdigung hatte der Carabiniere besser ausgesehen. Offenbar war es nicht sein erstes Glas Wein.

Pellegrini zögerte kurz, unterdrückte den Wunsch, hinter die Theke zu gehen und sich selbst den *caffè* zuzubereiten. Stattdessen setzte er sich neben Folisi und klopfte ihm freundschaftlich auf die Schulter. »Noch im Dienst?«

»Nein. Du?«

»Eigentlich nicht. Was für eine Woche.«

»Wem sagst du das?« Folisi schnaubte abfällig und trank einen Schluck. Dabei umklammerte er den Stiel seines Glases so fest, dass Pellegrini damit rechnete, er würde ihn durchbrechen.

Boris stellte Pellegrini unaufgefordert eine Untertasse vor die Nase und legte einen Beutel mit braunem Zucker daneben.

»Kann ich dich gleich kurz sprechen?«, fragte er.

»Sicher. Nach dem *caffè*.«

»Hat keine Eile.« Boris lächelte, nahm den Siebträger aus der Kaffeemühle und wechselte zur Espressomaschine.

»Tut mir leid. Die Crema ist eine Katastrophe.« Boris schob Pellegrini die volle Tasse zu. »Irgendwer hat an der Kaffeemaschine herumgefummelt. Mit dem Druck stimmt was nicht, aber ich krieg's nicht richtig eingestellt.«

»Es kann auch an der Luftfeuchtigkeit liegen.«

»Ich weiß.«

Boris' Beschreibung war untertrieben. Missmutig gab Pellegrini der schwarzen Tinte Zucker bei und trank. Immerhin schmeckte es nicht ganz so schrecklich, wie es aussah.

»Marco.«

Pellegrini sah auf. Er hätte Folisis leise Stimme beinahe überhört. Der sah ihn hilflos an, als suche er verzweifelt nach seelischem Halt.

»Was ist?«

»Kannst du nicht irgendetwas machen?«

»Was denn? Wie meinst du das?«

»Ich meine …« Folisi stockte und ballte die Hand zur Faust. Dann schüttelte er den Kopf. »Ich bin ein einfacher Carabiniere. Von diesen ganzen Dingen habe ich wirklich keine Ahnung. Aber Viscontis Team macht nichts. Sie haben einmal mit Stefania gesprochen, mit mir und Felicitas und mit den Nachbarn der Bianchis. Das war alles. Müssten sie nicht viel mehr tun?«

Pellegrini war derselben Meinung. Aber er wusste nicht, ob das Team nicht vielleicht Hinweise hatte und diesen nachging. Es konnte durchaus den Anschein haben, dass sich nichts bewegte, und sie in Wahrheit mit Hochdruck einer Spur folgten.

Folisi setzte das Weinglas mit Wucht ab. Das Glas erzeugte ein hässliches Schaben auf der Marmorplatte. Sanft entwand Boris es dem Carabiniere und hatte in der anderen Hand bereits einen Lappen, um ein paar Tropen aufzuwischen.

Pellegrini schob die Tasse von sich. »Von außen betrachtet sieht es immer so aus, als wäre die Arbeit des Ermittlerteams nicht ausreichend.«

»So ein Quatsch. Ich weiß, dass du nichts von Visconti hältst.«

Pellegrini schwieg diplomatisch.

»Ich doch auch nicht«, fuhr Folisi mit für ihn untypischer Bitterkeit fort. »Wie ein Gockel in der Gardeuniform herumstolzieren, das ist sein Ding. Hast du heute Morgen seine Ansprache gehört? Voller Pathos und dramatischen Floskeln, als ginge es um Giuseppe Garibaldi höchstpersönlich. Der hört sich furchtbar gern reden. Aber er ist doch kein Ermittler!«

Wieder war da dieses vage Unbehagen, die *brunatesi* im Stich zu lassen. *Seine* Leute, die Gemeinschaft, deren Teil er war, ob er nun wollte oder nicht.

Die Touristen verließen die Bar, und sie blieben zu dritt zurück.

Folisi verlangte von Boris einen weiteren Wein, den der ihm jedoch verweigerte. Stattdessen stellte er ihm ein Glas Leitungswasser vor die Nase. Der Carabiniere akzeptierte das ohne Widerspruch und begnügte sich wieder damit, auf den Tresen zu starren.

Schweigend saß Pellegrini neben ihm. Er blickte sich um, der Anblick vertraut, der Blickwinkel ungewohnt. Er saß selten an der Bar. In der Regel kam er nur kurz herein und trank im Stehen einen *caffè*. Blieb er länger, stand er normalerweise hinter dem Tresen und fühlte sich dort oft viel wohler, als er sich eingestehen wollte.

Auf einmal bemerkte er, dass Boris offenbar darauf wartete, endlich mit ihm reden zu können. Pellegrini nickte ihm zu, und sie zogen sich in den schmalen Zwischenflur hinter der Theke zurück, der zum Lager und weiter auf den Innenhof führte, den sich die Bar mit dem angrenzenden *Albergo Pellegrini* teilte.

»Du wolltest mich sprechen?«

»Deine Mutter hat mich gefragt, ob ich nächste Woche für Valentina einspringen kann. Ihr Kind muss für ein paar Tage ins Krankenhaus. Ich habe zugesagt, und erst danach ist mir aufgefallen, dass mein Semester wieder losgeht und ich eigentlich gar keine Zeit habe.« Boris rieb sich verlegen über das Kinn. »Ich würde kommen, wenn es gar nicht anders geht. Aber vielleicht hast du eine Idee?«

Pellegrinis erster Impuls war, Boris zu erklären, er solle sich an Marta Pellegrini wenden, die die Schichten in der Bar und an der Rezeption des Hotels einteilte. Aber dann fiel ihm auf, dass sich ihm hier vielleicht gerade die Gelegenheit bot, auf die er gewartet hatte.

»Um welche Tage geht es?«

»Montag, Mittwoch und Donnerstag tagsüber. Freitag schaffe ich, an dem Tag habe ich keine Vorlesungen.«

»Ich kann die Schichten übernehmen. Mach dir keine Gedanken, ich wollte sowieso ein paar Tage Urlaub nehmen. Das passt wunderbar.«

»Großartig.« Boris lächelte erleichtert. »Ich sage deiner Mutter wirklich ungern ab.«

»Schon gut.« Pellegrini erwiderte sein Lächeln. Ihm fiel das Gespräch mit Spagnoli auf der Fahrt nach Bergamo ein, als er ihr von der Idee hinter *Hominis et Tigris* und den verschiedenen Blickwinkeln auf eine Sache erzählt hatte. Er durfte in diesem Fall nicht ermitteln, aber niemand konnte ihm verbieten, Augen und Ohren offen zu halten. Es war Zeit, der imaginäre Tiger zu werden und eine neue Perspektive einzunehmen. Und welcher Ort wäre dafür besser geeignet als die familieneigene Bar nahe dem Fundort der Leiche?

Montag, 12. Oktober

I

»Denkst du an unser Familienessen heute Abend? Du kommst doch?«

»Natürlich, *Mamma*.« Pellegrini unterdrückte den Impuls, die Augen zu verdrehen. Es war erst halb neun, und er fragte sich bereits, warum er es für eine gute Idee gehalten hatte, für Boris einzuspringen.

Marta Pellegrini stemmte die Fäuste in die Seiten und schaute sich mit kritischem Blick um. Die unbesetzten Bistrotische standen in Reih und Glied an den Fenstern und waren sauber gewischt, die Espressomaschine war am Wochenende von Paolo wieder korrekt eingestellt worden und fabrizierte eine vernünftige Crema. Die Vitrine war mit frischen *cornetti, cannoli* und anderem Gebäck gefüllt. Die *cannoli* waren eine sizilianische Spezialität. Marta Pellegrini war zwar schon als kleines Kind mit ihren Eltern nach Deutschland gezogen und dort aufgewachsen, das hielt sie jedoch nicht davon ab, auf sizilianische Traditionen zu bestehen. Sie nannte das von ihr verwendete Rezept *original*, aber Pellegrini wusste, dass es mit den *cannoli* nicht anders war als mit dem *ragù*: Jede Familie hatte ihr eigenes Rezept.

Cannoli stellte seine Mutter nur her, wenn sie Lust und Zeit dazu fand. Irgendwie hatte Pellegrini geahnt, dass es an diesem Morgen der Fall sein würde. Geduldig wartete er, was sie an seiner Arbeit zu bemängeln hatte. Er empfand den Zustand der Bar als makellos, doch seine Mutter würde etwas finden.

Ihr Blick fiel auf ihn. »Ein hellblaues Hemd, findest du das nicht ein wenig zu schick für die Bar?«

»Was ist daran auszusetzen? Ich trage Jeans und ein Hemd. Wenn ich sonst morgens hier bin, habe ich einen Anzug an.«

»Das ist etwas anderes, da bist du auf dem Weg zur Arbeit und nicht den ganzen Tag hier. Hattest du nichts Schlichteres?«

Pellegrini wandte sich demonstrativ ab und griff nach dem Siebträger, um sich einen *caffè* zuzubereiten. Über das Alter, in dem seine Mutter ihm vorschrieb, was er anzuziehen hatte, war er deutlich hinaus; eine solche Unterhaltung war schlicht überflüssig.

»Marco.«

»Ja?«

»Ich möchte, dass du dich bei Don Volpe für dein Benehmen entschuldigst.«

Er hielt mitten in der Bewegung inne. »Wie bitte?«

»Du hast mich sehr wohl verstanden!«

Er wandte sich zu ihr. »Ich habe nicht die geringste Ahnung, wovon du redest.«

»Dein Betragen auf dem Friedhof. Dass du bei der Rede dieses Maggiore dazwischengeredet hast. Das gehört sich ganz und gar nicht.«

Er war immer noch nicht sicher, ob er verstand, wovon sie sprach. »Falls du mein Gespräch mit Dottor El Gato meinst«, begann er vorsichtig, »dem Herrn mit der Glatze und dem Hut, das war dienstlich.«

»Genau das meine ich. Wirst du dich entschuldigen?«

Pellegrini schaute sie mit gerunzelter Stirn an. Sie stand immer noch mit den Händen in den Hüften vor ihm, die Lippen geschürzt, die Wangen gerötet vor Empörung und im Blick diese scheinbare Bitte. In Wahrheit war es ein Befehl.

»Wenn es sich ergibt«, murmelte er unverbindlich. Er würde ganz sicher nicht dafür sorgen, dass es sich ergab.

Erstaunlicherweise gab sie sich damit zufrieden und verschwand im Durchgang zum Albergo.

Pellegrini schaltete das Radio ein. Ein uralter Song von Gianna Nannini klang ihm entgegen. Das war in Ordnung für einen Montagmorgen. In aller Ruhe bereitete er sich einen dritten – oder war es schon der vierte? – *caffè* zu und blickte hinaus in den Tag, der ausgesprochen sonnig zu werden versprach. Er konnte sich ganz der Routine hingeben, bediente Einheimische wie Touristen, verkaufte Rubbellose und Zeitungen und plauderte unverbindlich mit den Leuten über das Wetter, die Baustellen in Brunate oder Salvatore Bianchi. Der Tod des Carabiniere war auch nach zehn Tagen immer noch das Thema, das die meisten Gespräche beherrschte, sodass Pellegrinis Fragen niemanden irritierten. Die meisten Gäste der Bar fingen sogar von selbst an, darüber zu sprechen, äußerten Vermutungen oder stellten die anderer Leute infrage.

Gegen Mittag hatte Pellegrini die wüstesten Verdächtigungen zu hören bekommen, ohne dass sich eine Idee oder auch nur der kleinste Anhaltspunkt ergab, in welche Richtung es sich zu denken lohnte. Es blieb das Bild des unbescholtenen Carabiniere, streng, aber freundlich und stets präsent. Pellegrini erinnerte sich an einen deutschen Slogan aus seinen Kindertagen: *Die Polizei, dein Freund und Helfer.* Treffender ließ sich die kollektive Erinnerung an Salvatore Bianchi nicht in Worte fassen.

Gegen Mittag betrat ein Mann in einem dunkelgrauen Anzug mit fliederfarbenem Hemd und dunkelblauer Krawatte die Bar. Er nahm eine Ausgabe der *La Provincia* aus dem Ständer, setzte sich an den Tresen und bestellte einen *caffè*, dazu ein Wasser mit Kohlensäure.

Pellegrini war mit einem Schlag hellwach. Das war kein *brunatese*, doch er hatte den Mann schon mal gesehen. Nur wann und wo? Er hatte das Gefühl, es könnte wichtig sein.

Als er dem Fremden seinen *caffè* hinstellte, hatte der die Zeitung bereits durchgeblättert.

»Noch keine Spur vom Mörder dieses Carabiniere, oder?«, fragte er.

Pellegrini konnte sich gerade noch verkneifen, ihn mit einem *Täter, nicht Mörder* zu verbessern. Er war jetzt Barista, kein Commissario. »Wie es aussieht, tappen die Ermittler im Dunkeln.«

»Schlimme Sache. Ich war in der *funicolare*, die die Leiche erfasst hat. Habe dadurch meinen Zug nach Mailand verpasst.«

Das war der entscheidende Hinweis, endlich erkannte Pellegrini den Mann wieder. Er hatte denselben Anzug getragen – Pellegrini erinnerte sich an einen dunklen Fleck am linken Ärmel –, eine etwas dunklere Krawatte und ein hellblaues Hemd. Sie hatten gemeinsam mit dem Straßenarbeiter die Bar verlassen. Offenbar erkannte der Fremde ihn nicht, was nur zu seinem Vorteil war. Denn der Anzug, den der Mann trug, erfüllte die Merkmale, die El Gato genannt hatte.

Pellegrini nahm ein Handtuch und begann, die Spülmaschine auszuräumen, um den Mann von den Fragen abzulenken, die er zu stellen gedachte.

»Keine schöne Sache, den Zug zu verpassen. Hat Ihren Tag sicherlich ordentlich durcheinandergebracht.«

»Ich kann es verkraften. Die Angehörigen des toten Carabiniere haben da ganz andere Sorgen. Schrecklich! Wissen Sie, ob er Familie hatte?«

»Er war verheiratet, hatte aber keine Kinder. Wenn Sie so wollen, ist der gesamte Ort seine Familie gewesen.«

Der Mann nickte. »Wirklich tragisch. Ich fürchte, es wird sich auch auf meine Arbeit auswirken.«

»Dann sind Sie beruflich hier?«

»Ich bin Berater der örtlichen Pfarre.«

Pellegrini war ehrlich erstaunt. »Die Kirche lässt sich beraten? Das müssen Sie mir erklären.«

Der Mann schien eine solche Reaktion gewohnt zu sein. Schmunzelnd griff er in die Innentasche seines Jacketts und legte eine Visitenkarte auf den Tresen. »Luciano Cesari. Ich bin freier Berater. Ich werde häufig von Bistümern oder auch karitativen Einrichtungen beauftragt. Vielleicht haben Sie davon gehört, dass es vielen Pfarreien heutzutage an Nachwuchs fehlt? Nicht nur in den Kirchenbänken, sondern auch hinter dem Altar.«

»Ja, davon habe ich gehört. Meine Mutter erwähnte, dass unser Don Volpe eigentlich auch schon den Ruhestand genießen würde, wenn es einen Nachfolger gäbe.«

»Sehen Sie? Gerade für kleine Gemeinden ist es schwierig, einen passenden Kandidaten zu finden. Und da komme ich ins Spiel. Ich besuche die Gemeinden, analysiere ihre Stärken und Schwächen. Anschließend erstelle ich ein Profil mit den Potenzialen. Im nächsten Schritt vermarkte ich das gesamte Angebot. Ich gehe an Universitäten und werbe bei den Studenten, ich besuche Priesterseminare und mache dort Workshops. So kann ich sogar für schwierige Gemeinden passende Kandidaten begeistern.«

Amüsiert zog Pellegrini die Augenbrauen in die Höhe. »Sie erlauben sich einen Scherz.«

»Ganz und gar nicht.« Cesari tippte nachdrücklich auf seine Visitenkarte.

Neben dem Namen las Pellegrini ein schlichtes *consulente* und eine Mailänder Adresse. Er steckte die Karte ein. »Ein Headhunter für Pfarrer. Schon verrückt.«

»Die Kirche geht mit der Zeit, die haben Twitter-Accounts, Facebook-Seiten, Zeitschriften, Fernsehsender, Popmusik in Messen. Warum nicht auch Berater?«

»Was qualifiziert Sie denn zu so einer Beratung?«

»Ich wollte selbst Priester werden, doch während des Studiums habe ich meine jetzige Frau kennen- und lieben gelernt. Kurz habe ich erwogen, Religionslehrer zu werden, doch mir liegen Zahlen, und so habe ich mich für Volkswirtschaft entschieden. Ich verrate Ihnen sicherlich nichts Neues, wenn ich Ihnen sage, dass die katholische Kirche nicht nur seelsorgerisch tätig, sondern auch ein gigantischer Wirtschaftsbetrieb ist. Die bewegen Milliarden.«

Pellegrini bemerkte, dass er unbewusst nickte. »Ich habe meine ersten Lebensjahre in Köln verbracht. Das Bistum ist eines der reichsten der Welt, einige der besten Grundstücke in der Innenstadt gehören der Kirche.«

Cesari hob den Zeigefinger. »Ein hervorragendes Beispiel. Und da ist es nur konsequent, wenn sie Geld in die Hand nehmen, um das Nachwuchsproblem anzugehen. Ich bin in eine Marktlücke gestoßen und kann mich über mangelnde Aufträge nicht beklagen. Außerdem lerne ich wunderschöne Orte in ganz Italien kennen. Bis letzte Woche habe ich mir keine Sorgen gemacht, dass ich Brunate schnell an den Mann bekomme. Wobei es allgemein in den nächsten zehn Jahren schwieriger wird. Die Zahl der offenen Stellen übersteigt schon bald die der Studenten.«

»Vielleicht sollten Sie Ihren Auftraggebern Frauen für das Priesteramt vorschlagen. Oder sich für die Abschaffung des Zölibats engagieren.«

Cesari grinste. »Ich ziehe Herausforderungen vor, die ich bewältigen kann. Die Wunder überlasse ich dem Chef ganz oben.« Er zeigte mit dem Finger in die Höhe und danach auf seine Tasse. »Kann ich noch einen bekommen?«

»Sicher.« Während Pellegrini den *caffè* zubereitete, bemerkte er aus den Augenwinkeln eine Bewegung. Als er sich umdrehte, war Cesari gerade in der Toilette verschwunden. Sein Jackett hatte er auf einem Barhocker liegen lassen.

Pellegrini blickte sich in der menschenleeren Bar um und zögerte keine Sekunde. Er schnappte sich ein Messer und umrundete die Theke. Vorsichtig schabte er unten am Saum ein paar Fusel vom Stoff. Erfreut entdeckte er sogar einen losen Faden, der aus einer Naht hervorlugte. Er zupfte ihn ebenfalls heraus, eilte zurück hinter den Tresen und verstaute alles in einen Gefrierbeutel.

Er gestattete sich den Gedanken, dass sein Vorgehen nicht gerade seriöser Polizeiarbeit entsprach. Luciano Cesari hatte kein Motiv. Aber er war am Morgen der Tat in Brunate gewesen. Hatte Bianchi dem *consulente* möglicherweise Steine in den Weg gelegt, sodass dieser keinen anderen Ausweg sah, als den Carabiniere zu beseitigen?

Es dauerte eine ganze Weile, bis Cesari von der Toilette zurückkehrte.

»Es tut mir leid, der *caffè* ist kalt«, sagte Pellegrini. »Ich mache Ihnen einen neuen.«

»Danke, wirklich nicht. Ich muss los und meinen Abschlussbericht schreiben.«

»Sie sagten, dass die Tat Ihre Arbeit beeinflussen könnte?«

Cesari zog sein Jackett an. »Möglich wäre es. Ich persönlich halte die Aussicht, in einer Gemeinde zu arbeiten, in der jemand ermordet wurde, für wenig attraktiv. Es hat diesen Ruch von verschworener Dorfgemeinschaft, Ungesagtem und dunklen Geheimnissen, finden Sie nicht?«

»Ich bin Teil dieser verschworenen Gemeinschaft. Ich wohne hier.«

Cesari neigte den Kopf und musterte Pellegrini so intensiv, dass der befürchtete, er könne ihn doch wiedererkennen.

Obwohl sein Gegenüber unmöglich wissen konnte, dass er in Wahrheit Commissario war, wäre ihm das nicht recht.

Dann schüttelte er energisch den Kopf.

»Mag sein, aber Sie wirken … weltoffener als viele andere Menschen, die ich hier kennengelernt habe. Wie soll ich sagen? Als ob Sie ein wenig außerhalb stünden. Kommen Sie, Sie wissen, was ich meine.«

»Ich gebe Ihnen recht, sofern der Täter einer aus den eigenen Reihen ist. Es könnte auch ein Fremder gewesen sein.« Jetzt war es an Pellegrini, sein Gegenüber vielsagend anzustarren.

Cesari verstand und lachte auf. »*Capito*. Aber wie gesagt, mir macht es die Vermarktung eher schwerer als leichter. Ich könnte es natürlich umkehren und vom morbiden Charme Brunates erzählen. Aber auch wenn ich die Möglichkeiten des Marketings ausreize, um alles im bestmöglichen Licht dastehen zu lassen, ich bin nicht skrupellos.«

»Heißt das, Sie achten darauf, ob die Gemeinde zu dem Kandidaten passt?«

»Nicht nur. Ich denke in beide Richtungen. Beispielsweise gibt es Gemeinden, in denen es leichter ist, Pfarrer mit nicht weißer Hautfarbe unterzubringen, als in anderen. Ich versuche, die bestmögliche Lösung für beide Seiten zu finden. Haben Sie mitbekommen, dass vor ein paar Jahren ein bayerisches Dorf seinen aus dem Kongo stammenden Pfarrer mit rassistischen Morddrohungen verjagt hat? So etwas möchte ich vermeiden.« Er grinste breit. »Dass die Schäfchen als Hirten zurückkehren, hätten sich die Missionare von einst vermutlich nicht träumen lassen.«

»Was finden Sie daran lustig? Ich finde das Kapitel der Kolonialisierung und Missionierung eher beschämend.«

Cesari zuckte zurück, als sei er geschlagen worden.

Pellegrini biss sich auf die Zunge. Er war zu weit gegangen. Sein Gegenüber hatte ein belangloses Thekengespräch mit einem Barista erwartet, keine tiefschürfende moralische Diskussion.

Der Berater setzte sich wieder an den Tresen. »Machen Sie mir doch noch einen *caffè*.«

Dankbar, einen Grund zu haben, sich abwenden zu können, bereitete Pellegrini zwei *caffè* zu und stellte sie auf die Theke. Der *consulente* legte einen Euro daneben.

Pellegrini schob ihm die Münze zu. »Geht aufs Haus.«

Cesari schlürfte den *caffè* und schloss für einen Moment genießerisch die Augen. Dann bedachte er Pellegrini mit einem stechenden Blick.

»Solche Gespräche sind Teil meiner Arbeit, deshalb nehme ich mir die Zeit und erkläre es Ihnen. Die europäischen Kapitel über Kolonialisierung und Missionierung *sind* beschämend, darüber müssen wir gar nicht diskutieren. Und genau darum geht es: Ich lote aus, wie die Menschen in einer Gemeinde ticken, welche Einstellungen sie haben, wie offen sie gegenüber solchen Themen sind.« Er hielt inne.

Pellegrini war wider Willen beeindruckt. Der Mann konnte reden, das stand fest. Aus ihm wäre sicherlich ein überzeugender Prediger geworden.

»Inzwischen ist es so«, fuhr er fort, »dass die Menschen in Asien oder Afrika, denen das Wort Gottes vor einigen Jahrhunderten aufgezwungen wurde, voller Überzeugung glauben. Dagegen wenden sich die, die auszogen, den wahren Glauben zu verbreiten, von ihm ab. Die Schäfchen werden zu Hirten. Darin sehe ich eine amüsante Ironie.« Cesaris Lächeln wurde ein wenig gezwungen. »Seelsorgerische Kompetenz ist keine Frage der Hautfarbe und, weil Sie es vorhin erwähnten, auch nicht des Geschlechts. Ich weiß, dass ich mit dieser liberalen Haltung nicht allein bin. Es gibt auch einige Gemeinden mit modernen und zeitgemäßen Ansichten. Bis die Männer in den entscheidenden Positionen das begreifen, wird allerdings noch viel Zeit vergehen, weshalb ich meine Meinung gegenüber meinen Auftraggebern meistens indirekter formuliere.«

Pellegrini nickte zustimmend. »Immerhin werden Sie für Ihre Ansichten nicht mehr als Häretiker auf dem Scheiterhaufen verbrannt.«

»Sehen Sie, es gibt bereits Fortschritte.« Er zwinkerte Pellegrini zu. »Und ein Barista ist eben manchmal auch nichts anderes als ein Beichtvater. Ich danke Ihnen sehr für dieses erfrischende Gespräch.« Mit diesen Worten verließ er die Bar.

Nachdenklich blickte Pellegrini ihm nach. Der Mann schien von sich und seiner Tätigkeit überzeugt, offen und arglos. Aber keine dieser Zuschreibungen reichte aus, um ihn als möglichen Verdächtigen auszuschließen.

2

Nachdem Pellegrini am Nachmittag von Paolo abgelöst wurde, entschied er sich, die Zeit für eine Joggingrunde zu nutzen. Die Luft war nach dem Regen der vergangenen Woche milder, das herbstliche Wetter wie geschaffen für etwas Sport. In gemächlichem Tempo folgte er der *Strada Regia*, einem alten Maultierpfad, der noch bis in die 1960er-Jahre der einzige Weg auf die Halbinsel des Comer Sees nach Bellagio gewesen war. Nach dem Bau der Küstenstraße *Lariana* verlor der Weg seine Bedeutung und wurde erst Anfang der 2000er als Wanderweg wieder hergerichtet. Nicht alle Abschnitte entsprachen dem Bild des antiken Handelspfades oder gar unberührter Natur, sondern verliefen auf asphaltierten Wegen oder sogar der *Lariana* selbst. Letzteres empfand Pellegrini, der während seiner Jahre bei der Polstrada zu viele Unfälle gesehen hatte, als kriminell; die *Lariana* war schmal und weder für monströse SUVs noch für Wohnmobile ausgelegt. Dazu gab es häufig keinen Fußweg, sodass sich die Wanderer die Fahrbahn mit allen anderen Verkehrsteilnehmern teilen mussten, Konflikte und riskante Manöver inklusive. Pellegrini wusste sehr genau, dass längst nicht an jedem Unfall Touristen schuld waren. Seine Landsleute waren keinen Deut besser, vor allem die Linienbusfahrer und Lieferanten mit Transportern fuhren häufig viel zu schnell oder schnitten die Kurven.

In Brunate, dem Startpunkt der *Strada Regia*, war Pellegrini von diesen Querelen glücklicherweise weit genug entfernt, und bevor er die *Lariana* erreichte, würde er umdrehen und denselben Weg zurücklaufen. Bis zum Montepiatto säumten riesige Findlinge und alte Natursteinmauern den Weg. Und die Wanderer, die weiter Richtung Norden liefen, wurden für die verkehrsreichen Abschnitte mit romanischen Kirchen, malerisch engen Gassen in Pognana Lario und einer antiken Rundbrücke in Nesso entschädigt, bevor sie sich viele Kilometer später in den Touristenrummel von Bellagio stürzen konnten.

Unterwegs dachte Pellegrini weiter über den Tod Salvatore Bianchis nach. Was hatte ihm der Tag in der Bar gebracht? Außer, wie er verwundert feststellte, ein hohes Maß an innerer Ruhe, das vermutlich noch weitaus größer hätte ausfallen können, wenn er nicht so viel *caffè* getrunken hätte.

Das Gespräch mit Luciano Cesari war durchaus interessant gewesen. Vielleicht sollte er doch auch noch mit Don Alberto Volpe sprechen. Der alte Pfarrer wusste eine ganze Menge über die *brunatesi*, nicht nur über diejenigen, die seine Messe besuchten. Alles in Pellegrini sträubte sich dagegen, so sehr, dass er fröstelte. Wo der *consulente* zeitgemäße Einstellungen zum Ausdruck gebracht hatte, stand Don Volpe auf der anderen Seite der Skala: despotisch, mitunter offen frauenfeindlich und dazu ein langweiliger Prediger. Auch mit Stefania Bianchi sollte er noch einmal sprechen. Mit Emilio Folisi sowieso, doch das würde sich spätestens am Mittwochmorgen ergeben.

Am *sasso del lupo*, einem Findling, der einer alten Sage nach ein versteinerter Wolf war, der Jagd auf ungehorsame Kinder machte, drehte Pellegrini um und lief zurück.

Verschwitzt und glücklich schloss er die Tür zu seinem Apartment auf, stolperte und konnte sich gerade noch am Türrahmen festhalten. Laut fluchend fand er sein Gleichgewicht wieder und betrat die Wohnung. Der kleine schwarze Koffer mit Bianchis Bocciakugeln war ihm unter die Füße gekommen. Pellegrini schloss die Tür und hob den Koffer auf. Er war schwer, sechs und mehr Kilogramm waren nicht ungewöhnlich für ein Profiset. Und etwas anderes wäre bei Bianchi nicht zu erwarten. Gerade als Pellegrini den Koffer wieder zur Seite stellen wollte, fielen ihm die Worte El Gatos ein: rund, faustgroß und vermutlich aus Metall. Mit solch einem Gegenstand sei Bianchi auf den Hinterkopf geschlagen worden.

Er trug den Koffer zum Küchentresen. Am Griff waren mindestens seine und Rovellis Fingerabdrücke, daran ließ sich nichts mehr ändern. Zum Öffnen nahm er jedoch ein Stück Küchenkrepp, drückte vorsichtig die Schnallen und hob den Deckel. Fünf silbern glänzende Edelstahlkugeln lagen in einem dunkelroten Samtfutteral, die kleinere Kugel in der Mitte. Ein Mulde war leer.

Pellegrini wurde ganz schwach. Mit großer Sorgfalt klappte er den Koffer wieder zu, griff nach *telefonino* und Schlüssel und verließ die Wohnung. Bis zur Brücke, von der Bianchi auf die Schienen gestoßen worden war, waren es nur wenige hundert Meter. Pellegrini blieb schnaufend stehen und sah sich um. Die Straße war abschüssig. Angenommen, der Täter hatte die Kugel fallen gelassen, dann musste sie ein Stück bergab gerollt sein. Langsam ging er die Straße hinunter. Zunächst lief er an einer Betonmauer mit einem Maschendrahtzaun entlang. Dort wäre die Kugel aufgefallen. Hoffentlich hatte sie nicht dort gelegen und ein paar Kinder hatten sie mitgenommen …

Am Ende des Zauns gab es einen Streifen Gras, dahinter war eine steile Böschung. Pellegrini ging in die Hocke, bog die Zweige eines Oleanderstrauchs auseinander, dann die des nächsten.

Da lag sie.

Vom Regen der letzten Tage verdreckt und ein klein wenig in den weichen Boden unter dem Strauch eingesunken, aber matt glänzend. Pellegrini erhob sich und sah sich um. Die Kugel war mindestens hundert Meter weit gerollt, kein Wunder, dass die Spurensicherung sie nicht gefunden hatte. Mit einem gehässigen Grinsen wählte er die Nummer von Maggiore Visconti. Mal sehen, was der dieses Mal von seiner Aussage hielt.

3

Pellegrini verfluchte sich innerlich für seine Dummheit, die verschwitzten Sportklamotten nicht gewechselt zu haben. Obwohl die Carabinieri im Handumdrehen vor Ort waren, fror er entsetzlich. Niemand Geringeres als Maggiore Visconti persönlich in Begleitung von Tenente Agostino tauchte kurze Zeit später auf. Visconti ließ sich die Kugel zeigen, presste ein schmallippiges »Danke!« hervor und fügte nach ein paar Sekunden Bedenkzeit »Gut gemacht« hinzu, wobei Pellegrini sich vorkam wie ein Hund, der für ein Kunststück gelobt wurde. Während Visconti blieb und die Spurensicherung anrief, bat er Agostino, Pellegrini zu begleiten, um die übrigen Kugeln zu holen.

»So etwas verstehe ich nicht«, erklärte Pellegrini kopfschüttelnd. »Nichts gegen Sie, Tenente, aber ich hätte Sie dort warten lassen und den Koffer selbst geholt. Auf dem Weg hätte ich mir eine Menge Fragen gestellt: Woher ich den Koffer habe, wie ich auf die Idee gekommen bin, es könnte sich um die potenzielle Mordwaffe handeln, und so weiter.«

»Ganz so blind und taub ist der Maggiore nun auch nicht, Commissario.« Agostino grinste. »Er hat sehr wohl bemerkt, dass Sie während der Beerdigung mit El Gato gesprochen haben. Und mit der Frage, wie Sie in den Besitz des Koffers gekommen sind, sind Sie mir zuvorgekommen.«

Pellegrini erzählte ihm alles, was er wusste, und Agostino bedankte sich überschwänglich. Ihm war die Erleichterung, dass sie endlich einen Schritt vorangekommen waren, deutlich anzumerken.

Danach konnte Pellegrini duschen und sich rasieren. Er hatte gerade noch genug Zeit, um nicht zu spät zum Abendessen zu kommen und bei seiner Mutter erneut in Ungnade zu fallen. Vor dem Kleiderschrank war er einen Augenblick lang versucht, ein älteres Poloshirt und Jeans auszuwählen, doch er sah keinen Sinn darin, seine Mutter zu provozieren. Das Familienessen war nicht einfach eine gemeinsame Mahlzeit, es war ein hochheiliges Ritual, tief in den sizilianischen Genen Marta Pellegrinis verankert. Im Gegensatz zur Arbeit in der Bar erwartete sie bei diesem Anlass etwas feinere Kleidung. Er entschied sich für ein dunkelblaues Hemd und eine passende Stoffhose.

Im Vorbeigehen griff er noch schnell nach dem Beutel mit den schmutzigen Hemden, um sie im Albergo dem Wäscheservice mitzugeben. Das war eine Annehmlichkeit, für die es sich lohnte, in der Nähe des elterlichen Betriebs zu wohnen.

Das Gebäude des *Albergo Pellegrini* war eine von vielen umgebauten Villen aus dem frühen 20. Jahrhundert. Bei der Sanierung in den Neunzigern hatte die Familie großen Wert darauf gelegt, die prägenden Elemente des Jugendstils zu erhalten. Die Fassade war in sanften Erdtönen gehalten, Mauerfriese und Fenster in Weiß abgesetzt. Dazu dunkelgrün gestrichene Fensterläden, die allerdings nur noch der Dekoration dienten. Die Fenster konnten von den Gästen mit dichten Vorhängen oder elektrischen Rollos abgedunkelt werden. Das Hauptgebäude des Albergo war in den Hang hineingebaut, sodass es von der Straße viel kleiner wirkte, als es tatsächlich war. Pellegrini ging durch ein hohes Gittertor über die kiesbedeckte Einfahrt, die nach links zum Parkplatz zwischen Albergo und der *Bar della Funicolare* führte. Er ging weiter über eine schmale Zufahrt, die an einer von pseudoklassizistischen Säulen gesäumten Treppe endete. Der Treppenabsatz war überdacht, und im Frühjahr ergoss sich Gold- und Blauregen über das Sims. Vor den Stufen war gerade genug Platz, um ein Fahrzeug zu entladen. Kamen zwei Gäste gleichzeitig an, wurde es bereits eng. Pellegrini stieg die Stufen hinauf und betrat die Lobby. Der Raum war in dunklen Rot- und Brauntönen gehalten. Marta Pellegrini sorgte stets für frische Blumen oder sonstiges Grün in mehreren Bodenvasen. Der Jahreszeit entsprechend hatte sie Astern angeordnet, deren weiße und gelbe Blüten vor tiefgrünen Blättern leuchteten.

Da niemand zu sehen war, legte Pellegrini seinen Wäschebeutel in der Kammer hinter der Rezeption ab und ging durch einen Flur weiter zum Restaurant im hinteren Teil des Hauses. Erst hier offenbarte sich der wahre Schatz des Hotels. Das Restaurant lag oberhalb des terrassenförmigen Gartens samt kleiner Liegewiese, Pool und dem ungenutzten Gartenhaus. Die Panoramascheiben boten einen überwältigenden Blick auf den See und die Berge. Es hatte Carlo Pellegrini zwei Jahre gekostet, das leer stehende Haus nach der Rückkehr der Familie aus Deutschland in das heutige Anwesen zu verwandeln, und weitere drei Jahre, bis er alle erforderlichen Genehmigungen hatte, um seinen Lebenstraum, ein Restaurant mit eben diesem Ausblick, endgültig zu vollenden. Aber, und darin waren sich alle einig, Gäste wie Nachbarn und die Familie, die Geduld und Mühen hatten sich gelohnt.

Pellegrini durchquerte den Speisesaal, in dem nur zwei Tische besetzt waren. Lediglich Esteban, einer der jungen Aushilfskellner, hielt ein Auge auf die Gäste und würde gleich auch die Familie bedienen. Offiziell war im Restaurant montags Ruhetag, doch Hotelgäste mit Vollpension bekamen selbstverständlich ein Abendmenü. Die Tische im hinteren Bereich waren bereits mit cremefarbenen Tischdecken und blauem Steingutgeschirr für das Frühstück eingedeckt.

Ganz rechts in der Ecke vor dem Durchgang zur Küche und mit mannshohen Zimmerpflanzen optisch abgetrennt befand sich der Tisch der Pellegrinis. Hier aßen die Familienmitglieder und häufig die Angestellten. Pellegrini könnte jederzeit herkommen und sich dazugesellen. Das hatte er viele Jahre getan, auch nachdem er vor knapp sechs Jahren in sein Apartment umgezogen war. Doch seit einigen Monaten, nachdem es wieder einmal zu einem größeren Familienstreit gekommen war, aß er hier eher selten. Nur um den Montagabend kam er nicht herum, wenn er es sich nicht endgültig mit seiner Mutter verscherzen wollte.

Er trat ans Fenster. Inzwischen dämmerte es, und unten am Seeufer in Como gingen die Lichter an. Der Dom wurde von Scheinwerfern angestrahlt und leuchtete in Weiß und Kupfergrün. Im Hafen warfen schaukelnde Boote Reflexionen aufs Wasser, Leuchtspuren zogen sich die Hänge der Berge hinauf, wo Straßen entlangführten.

Pellegrini atmete tief durch und spürte, wie er zur Ruhe kam. Es war nicht still, hin und wieder klirrte einer der Gäste mit einem Teller, und aus der Küche klang das typische Zischen von Bratfett oder Dampf, der irgendwo entwich, dazu metallisches Klappern. Und doch war es kein Lärm. Diese Geräusche gehörten hierhin, eine akustische Untermalung, die aus einem Restaurant nicht wegzudenken war, angenehm wie das Schnurren einer schlafenden Katze oder das Summen einer Hummel auf einer Sommerwiese.

Es klang nach … Zuhause.

Ein regelmäßiges Klacken auf dem Terrazzoboden näherte sich.

»Marco. Wie schön, dass du da bist«, erklang eine vom Alter brüchige Stimme hinter ihm.

Pellegrini wandte sich um und ging seinem *Nonno* entgegen. »Ich habe gerade darüber nachgedacht, was für ein Juwel du hier geschaffen hast.« Er bot dem alten Mann seinen Arm an und führte ihn zum Tisch.

»Vielen Dank. Aber das ist nicht allein mein Werk, das weißt du.« Carlo hängte seinen Gehstock über die Stuhllehne und setzte sich mithilfe seines Enkels ans Kopfende des Tischs mit Blick auf den See. Dann bedeutete er Pellegrini mit einem entschiedenen Nicken, sich zu seiner Rechten zu setzen.

»Wieso hier? Was ist mit Tante Beata?«

»Hat Besuch«, knirschte Carlo in einem Tonfall, als handele sich um eine schlimme Krankheit.

Pellegrini setzte sich und verzichtete auf weitere Nachfragen. Er war mit Carlos Halbschwester nie richtig warm geworden, in seiner Erinnerung war sie schon alt gewesen, als er ihr als kleiner Junge zum ersten Mal begegnet war.

Ein schrilles Kreischen gefolgt von einem mahnenden Zischen erfüllte den Raum und zerstörte endgültig die friedliche Atmosphäre. Aber sein Neffe durfte hier fast alles. Pellegrini stand auf, um Alessandra und seinen Schwager Domenico zu begrüßen.

»Was ziehst du für ein Gesicht?«, flüsterte er seiner Schwester zu. »Hat *Mamma* sich über meine unangemessene Kleidung beschwert oder hält sie mir gleich eine weitere Standpauke, weil ich auf dem Friedhof meine Klappe nicht gehalten habe?«

Alessandras Miene verdüsterte sich, als habe sie gerade alles Unglück der Welt auf sich geladen. »Schlimmer.«

»Was …« Pellegrini blieb das Wort im Hals stecken, weil gerade seine Mutter das Restaurant betrat. Und sie war nicht allein.

Er zwang sich zu einem Lächeln, wobei er lieber auf dem Absatz kehrt- und sich aus dem Staub gemacht hätte.

»Franca! Was für eine Überraschung.« Er ging auf sie zu und streckte die Hand aus.

Francesca Segnieri zögerte den Bruchteil einer Sekunde. Dann schüttelte sie seine Hand – wie einem Geschäftspartner, als wären sie ihr ganzes Leben lang nie etwas anderes gewesen. Pellegrini begrüßte seine Mutter mit einem Kuss auf jede Wange. Er spürte ihre Anspannung, ihr Mund war zu einem schmalen Strich zusammengepresst. Kein Wunder, was kam sie auch auf die Idee, seine Ex-Freundin unangekündigt zum Familienessen mitzubringen?

»Ich muss mit dir reden«, zischte sie und zog ihn ein paar Meter zur Seite, während die anderen sich setzten. »Flavia Bertini hat mir vorhin erzählt, sie sei verhört worden. Kannst du mir bitte erklären, was das soll?«

Pellegrini stutzte. »Wieso ich? Ich habe keine Ahnung.«

Marta Pellegrini hob spöttisch die Augenbrauen. »Ach nein? Wer hat denn Stefania geraten, von diesen albernen Streitereien wegen dieser Französin zu erzählen?«

Pellegrini brummte unwirsch. »Was hätte ich ihr deiner Meinung nach sonst sagen sollen?«

»Flavia Bertini hat nichts mit Salvatores Tod zu tun!«

»Woher willst du das wissen?«

»Ich weiß es einfach! So wenig wie ich oder dein Vater. Das ist lächerlich!«

»Hör zu, *Mamma*, Stefania Bianchi hat mir von dieser Sache erzählt, und ich habe ihr gesagt, was ich auch dir raten würde: bei der Wahrheit bleiben und den Ermittlern nichts verschweigen.«

Seine Mutter warf ihm einen mörderischen Blick zu, blieb ihm aber eine Antwort schuldig. Pellegrini hielt den Blickkontakt. Er hatte nichts falsch gemacht, da konnte sie sich auf den Kopf stellen. Er wollte nur nicht daran denken, was los sein würde, wenn auch noch die Bocciaspieler befragt werden. Sekunden verstrichen, dann atmete er tief durch und straffte die Schultern. »Willst du, dass Salvatores Tod aufgeklärt wird?«

»Was soll die Frage? Selbstverständlich!«

»Dann lass die Carabinieri ihren verdammten Job machen. Es wird weitere Befragungen geben. Und finde dich besser schon jetzt damit ab, dass es jemand sein könnte, den du gut kennst oder sogar schätzt.«

Marta Pellegrini zuckte angesichts seiner rüden Ausdrucksweise zusammen, und genau das hatte er beabsichtigt. Er wollte ihre Empörung auf etwas lenken, worüber sie sich zu Recht nach Herzenslust aufregen durfte. Seine Mutter setzte zu einer Erwiderung an, doch zum Glück wurden sie von Amerigo Pellegrini gestört, der im Durchgang zur Küche auftauchte. Vermutlich hatte er letzte Hand an den ersten Gang angelegt und es sich außerdem nicht nehmen lassen, dem zweiten Koch Sergio Anweisungen zu geben. Pellegrini unterdrückte ein grimmiges Lächeln. Das würde ihm ähnlich sehen. Schließlich war Sergio gelernter Pizzabäcker und kein Koch. So jemandem war nach Amerigos Meinung nicht einmal zuzutrauen, einen Topf Spaghetti zu kochen.

Sie setzten sich, und alle taten, als sei nichts gewesen. Pellegrini würde sich hüten, auch nur ein Wort über den Fund der Bocciakugel zu verlieren.

»Nun, liebe Familie«, begrüßte *Nonno* Carlo sie alle, nachdem sein Sohn zu seiner Linken Platz genommen hatte, »es ist schön, dass ihr alle diesen Montag Zeit finden konntet, denn es gibt etwas Geschäftliches zu besprechen.«

Pellegrini sah ihn verdutzt an, und sofort hob Carlo beschwichtigend die Hand. »Es betrifft auch dich, Marco.«

Esteban erschien, und Amerigo Pellegrini bat den Kellner mit einem Nicken, die Vorspeise zu servieren. In Butter gebratene Polenta mit Gorgonzolasoße.

»Lass uns erst einmal essen, *Papà*«, meinte Marta Pellegrini.

Ihr Lächeln machte Pellegrini endgültig misstrauisch. Keine Gespräche über geschäftliche Angelegenheiten des Albergo war eine Bedingung gewesen, die er gestellt hatte, um nach dem Streit mit seinem Vater und seinem Auszug überhaupt wieder am Familienessen teilzunehmen. Über die Jahre war ein fragiler Burgfrieden entstanden. Wenn *Nonno* bereit war, diesen aufs Spiel zu setzen, konnte es nur um das Gartenhaus gehen. Das würde auch Francas Anwesenheit erklären.

»Ermittelst du im Fall des toten Carabiniere?«, unterbrach Franca seine Gedanken.

Pellegrini musterte sie verstohlen. Sie verbarg ihre Nervosität sehr geschickt. Doch schon zum dritten Mal strich sie sich eine Haarsträhne hinters Ohr, und statt wie üblich ihre Stoffserviette zu ignorieren, hatte sie diese geziert über dem Schoß ausgebreitet.

»Nein, die Ermittlung liegt in den Händen der Carabinieri. Ich habe mir ein paar Tage Auszeit genommen.«

»Marco ist für Boris eingesprungen«, mischte Marta Pellegrini sich ein, mit mehr mütterlichem Stolz in der Stimme, als der Sache angemessen war. »Das ist unser deutscher Student, erinnerst du dich an ihn? Der Arme hatte sich völlig übernommen, dabei muss er doch irgendwann mal mit seinem Studium fertig werden. Und Valentinas Kleiner ist mal wieder krank.«

»Valentina fällt sehr oft aus.« Franca schenkte Pellegrini ein verschwörerisches Lächeln.

Er war beinahe versucht, es zu erwidern. Sie kannte ihn nicht weniger gut als er sie. Sie wusste, dass mehr dahinter steckte als der Wunsch, ein paar Tage den Barista zu mimen. Vielleicht würden sie das Thema später vertiefen. Er hätte nichts dagegen und fürchtete sich zugleich vor der Vorstellung, mir ihr allein zu sein. Sie hatten seit einigen Monaten nicht mehr miteinander gesprochen. Seit einem Streit, der im Mai, nach der Aufklärung des Mordes an dem Studenten, seinen Anfang genommen und sich über Wochen hingezogen hatte, bis Pellegrini den Kontakt vollständig abgebrochen hatte. Und der gleich seine Fortsetzung nehmen könnte, wenn nicht noch ein Wunder geschah.

Amerigo Pellegrini verschwand in der Küche, und nach kurzer Zeit folgte der Polenta Barschfilet mit glasierten gelben und roten Mohrrüben. Pellegrini staunte immer wieder, wie gut sein Vater es verstand, die regionale Küche mit neuen Inspirationen weiterzuentwickeln. Mohrrüben waren eher ein Erbe seiner Ausbildung im Rheinland, doch sie passten hervorragend zu dem gebratenen Fisch, nicht zuletzt weil beides mit Petersilie abgerundet war. Wieder einmal dachte Pellegrini darüber nach, dass sein Vater sich durchaus einen Michelin-Stern oder *forchette* im entsprechenden italienischen Restaurantführer *Gambero Rosso* erkochen könnte. Er war Mitglied in einer regionalen Slow-Food-Vereinigung und legte Wert auf Qualität. Bei den Zutaten machte er wenige Kompromisse, was sich in etwas höheren Preisen niederschlug. Zugleich weigerte er sich, diese Kompetenzen voll auszuspielen. Eine Sterne-Küche und ein Familienhotel passen nicht zusammen, behauptete er, außerdem würde sich das kaum jemand leisten können und wollen. Und so blieb es für die Gäste des Restaurants bei Pizza und traditionellen Menüs. Nur die Familie bekam jeden Montag einen Eindruck von Amerigo Pellegrinis Kochkunst, und Pellegrini bedauerte einmal mehr die sture Haltung seines Vaters.

Die Mahlzeit verlief friedlich und wurde vor allem von einem Lamento Marta Pellegrinis bestimmt, die sich über Don Volpes Predigt vom vorangegangenen Sonntag echauffierte. Als sie alle eine leichte Joghurt-Mascarpone-Creme vor sich stehen hatten, richtete sich Carlo ein wenig auf und schlug sachte mit der flachen Hand auf den Tisch. Pellegrini versuchte weiterhin, sich gelassen zu geben, und hoffte, dass es ihm besser gelang als seinem Vater, der sich mehrfach nicht vorhandenen Schweiß von der Glatze wischte.

»Es geht um Marcos Gartenhaus.«

Pellegrini unterdrückte ein wütendes Knurren. Er hatte es geahnt.

»Kostet es Geld?«, rief sein Vater sofort dazwischen.

Carlo bedachte ihn mit einem milden Blick aus seinen wässrigen Augen. »Es kostet in jedem Fall Geld, ob dir das passt oder nicht.« Er richtete sich an den Rest der Familie. »Wie wir im Mai festgestellt haben, muss mit dem Haus etwas passieren. Es ist baufällig. Weil mir niemand glauben wollte, habe ich Franca Segnieri damit beauftragt, die Bausubstanz prüfen zu lassen und zu überlegen, was wir mit dem Haus machen könnten.«

Pellegrini presste die Lippen aufeinander, um nicht sofort etwas zu sagen, das er später bereuen könnte. Gegen das Vorgehen war wenig einzuwenden. Im Gegenteil – er sollte seinem *Nonno* dankbar sein, dass er sich darum kümmerte.

Seine Eltern hatten nach ihrer Rückkehr aus Deutschland den Besitz aufgeteilt, weil es irgendwelche steuerlichen Vorteile hatte. So gehörte die Bar samt Grundstück Alessandra und Domenico; da seine Schwester und ihr Mann jedoch zu hundert Prozent im Betrieb arbeiteten, hatte das keinerlei Auswirkungen. Pellegrini gehörte das Gartenhaus und ein Teil des Hotelparks. Doch er könnte niemals allein bestimmen, was damit passieren sollte. Alle Entscheidungen, die den *Albergo Pellegrini* betrafen, wurden von den Familienangehörigen an diesem Tisch getroffen – nur war er normalerweise nicht dabei.

Franca strich sich zum zigsten Mal eine Haarsträhne hinters Ohr. Immerhin, das musste Pellegrini ihr zugutehalten, war sie nun sichtlich nervös.

Sie räusperte sich. »Ich habe von einem Ingenieur und einem Maurer die Bausubstanz prüfen lassen. Das Haus ist insgesamt in einem besseren Zustand, als der äußere Eindruck vermuten lässt. Aber es verfällt, und beide Fachleute rieten dringend, innerhalb der nächsten fünf Jahre, besser schneller, Maßnahmen zu ergreifen, ansonsten droht der Abriss.«

»Und der ist auch nicht umsonst«, fügte Carlo mit einem warnenden Seitenblick auf seinen Sohn hinzu. Der nickte grimmig, widersprach jedoch nicht.

Franca hatte ein Tablet aus ihrer Handtasche geholt und wischte über das Display. »Ich habe mehrere Alternativen berechnet, wie das Haus genutzt werden könnte. Es sind insgesamt hundertdreißig Quadratmeter auf drei Etagen. Diese ließen sich problemlos in vier bis fünf weitere Superiorzimmer oder zwei bis drei Ferienapartments umbauen.«

»Ohne mich!«, fuhr Amerigo Pellegrini dazwischen. »Das rechnet sich doch niemals!«

»Die Kosten für den Umbau ließen sich reduzieren, wenn ihr euch für eine klimaneutrale Sanierung entscheidet. Dafür können Fördermittel beantragt werden, dazu ließe sich das bei der entsprechenden Klientel gut vermarkten. Luxus *und* ein gutes ökologisches Gewissen.«

Verblüfft starrte Pellegrini sie an. Es gehörte schon einiges an Mut dazu, einen Zwischenruf des *padrone* so souverän zu kontern. Doch dann bemerkte er das beifällige Nicken seiner Mutter und den beinahe stolzen Blick seines *Nonno*. Was ging hier vor? Das war doch alles wieder ein abgekartetes Spiel!

»Was rätst du uns denn?«, fragte Alessandra. »Apartments oder Zimmer?«

»Das kommt drauf an, wie ihr euch die Vermarktung des *Albergo Pellegrini* in Zukunft vorstellt. Mit Zimmern könntet ihr je nach Auslastung die Kosten schneller wieder reinholen, mit Ferienwohnungen erweitert ihr das Gesamtangebot, und sie sind vor allem mit der Möglichkeit, ein Frühstück im Hotel dazuzubuchen, sehr interessant. Daher würde ich zu drei Ferienwohnungen raten.«

»Was denkst du, wann sich die Investitionen amortisiert haben?«

Franca lächelte entschuldigend. »Dazu müsste ich natürlich einen genaueren Einblick in eure Bücher erhalten. Es ging im ersten Schritt nur um die Frage, wofür sich das Gartenhaus eignet.«

»Wie sollen wir uns da bitte einigen? Und ohne Marcos Zustimmung läuft hier gar nichts.« Amerigo kreuzte die Arme und lehnte sich aggressiv über den Tisch in Francas Richtung. »Wie habt ihr euch das vorgestellt? Mein Sohn, der mit unserem Familienbetrieb nichts zu tun haben will, entscheidet, und wir zahlen? Was kommt als Nächstes?«

»Nichts zu tun haben *darf*«, murmelte Pellegrini vor sich hin, weiterhin um eine unbeteiligte Miene bemüht.

»Ich kann gern weitere Argumente für die eine oder andere Alternative liefern. Es ist, wie gesagt, auch davon abhängig, wie ihr euch in den nächsten Jahren aufstellen wollt.« Francas Tonfall blieb ruhig und geschäftlich. Zufällig sah Pellegrini, dass seine Mutter ihr unter dem Tisch unterstützend den Oberschenkel tätschelte.

Er wusste, worauf sie anspielte. Sein Vater weigerte sich, in irgendeine Richtung zu investieren. Das Hotel hatte keinen Renovierungsstau, die Zimmer waren gut in Schuss, aber dennoch in die Jahre gekommen. Dass er von Einträgen in

Buchungsportale nichts hören wollte, da er deren Provisionen für halsabschneiderisch hielt, war nur eines von vielen Beispielen. Aber die Stammgäste würden nicht mehr ewig kommen, es stand ein Generationswechsel an.

»Das kommt alles nicht infrage!«, donnerte Amerigo, als habe er Pellegrinis Gedanken gelesen. »Ich stecke keinen einzigen Cent in dieses Haus!«

»Du hast es doch gehört: Es muss etwas passieren«, sagte Carlo leise.

Amerigo schlug wütend mit der flachen Hand auf den Tisch und schüttelte wortlos den Kopf.

»Willst du warten, bis ein Gast von einem losen Dachziegel erschlagen wird? Wir brauchen eine Entscheidung: Renovierung oder Abriss.« Carlo lächelte seinen Enkel auffordernd an.

Pellegrini fühlte alle Augenpaare auf sich ruhen. Er hatte plötzlich das Gefühl, keine Luft mehr zu bekommen, schob den Stuhl mit einem lauten Quietschen nach hinten, stand auf und verließ den Tisch. Er ignorierte den empörten Ausruf seiner Mutter und den scharfen Befehl seines Vaters, ging ohne ein weiteres Wort durch den Zwischenflur die kurze Treppe hinab in die Küche.

Grunzende Laute, begleitet von schiefen Gitarrenriffs, empfingen ihn. Sergio nutzte die Gunst der Stunde, allein in der Küche zu sein, und hörte Heavy Metal.

»Sergio! Wo hast du deine Zigaretten?«

»Auf dem Regal neben der Hintertür. Nimm den Schlüssel mit, ich habe schon abgeschlossen!«

Pellegrini durchquerte die Küche und angelte den Schlüsselbund und die Zigarettenpackung aus dem Regal. Über einen weiteren Zwischenflur, von dem mehrere Lagerräume und ein Kühlraum abgingen, erreichte er eine zweite Tür, schloss auf und trat hinaus auf den Parkplatz, der von einer Laterne über der Tür und von einer zweiten in einiger Entfernung an der gegenüberliegenden Wand, dem Hintereingang zur Bar, erleuchtet wurde.

Bis zu diesem Moment hatte er sich zusammengerissen. Jetzt zitterte er vor Wut. Und das ausnahmsweise einmal nicht wegen seines Vaters. Wie konnte sie es nur wagen, diese falsche Schlange?

Erst beim dritten Versuch gelang es ihm, ein Streichholz und damit die Zigarette anzuzünden. Er inhalierte tief und blies den Rauch in die klare Abendluft. Dabei konzentrierte er sich auf den Anblick der parkenden Autos. Der Platz war eng, erforderte hohes fahrerisches Können, vor allem angesichts der immer breiteren Autos, weshalb die Familie im letzten Jahr die Plätze für Gäste um einen auf acht reduziert hatte. Den Rest beanspruchten eine Ape mit offener Ladepritsche, Marta Pellegrinis E-Smart, ein Mercedes Vito, mit dem Gäste und Gepäck vom Bahnhof abgeholt wurden, und zuletzt Alessandras alter Fiat Bravo, der für alles Mögliche herhalten musste. Pellegrini hörte Schritte hinter sich. Er fixierte das Nummernschild des Fiat.

»Marco. Was ist los mit dir?«

Allein dieser Tonfall. *Sei doch vernünftig, denk einmal in Ruhe darüber nach.* Sie sagte es nicht, doch sie meinte es. Er zog an der Zigarette, konzentrierte sich auf den ekelhaften Rauchgeschmack im Mund. Franca stellte sich neben ihn. Er wandte den Kopf ab und blies den Rauch aus. Wie erwartet trieb der Wind den Qualm zu ihr, und sie wedelte vorwurfsvoll mit der Hand.

»Du hättest mir nicht nachlaufen müssen. Ich habe zu der Sache nichts zu sagen!«

»Du denkst immer noch, ich hätte schon vor dem Gespräch mit deiner Mutter im Mai gewusst, um was es geht, und wäre dir in den Rücken gefallen. Aber das stimmt nicht!«

Er trat zwei Schritte zurück und bemühte sich, den Rauch von ihr fernzuhalten. »Wie würdest du das nennen, was du getan hast?«

»*Was* habe ich getan?«

»Du hast dich gleichzeitig gegen mich und meinen Vater gestellt. Das muss erst mal jemand schaffen!«

Völlig unvermittelt kam sie auf ihn zu und stach ihn mit dem Zeigefinger gegen die Brust. »Es geht nicht immer nur um dich! Meine Empfehlung war nicht für oder gegen dich, du Idiot! Sie war auch nicht für oder gegen deinen Vater. Sie ist nach rationalen Erwägungen und der Analyse der Zahlen der beste Rat, den ich geben kann. Deine Mutter bezahlt mich für eine Beratung. *I do my fucking job!*«

»Und das gibt dir das Recht, gegen mich zu arbeiten?«

»Du siehst das viel zu emotional!«

»Das Gartenhaus bedeutet dir also nichts?«

Sie starrte ihn an, öffnete den Mund und schloss ihn wieder, ohne etwas zu sagen.

Pellegrini versuchte vergeblich, seine Bitterkeit in Zaum zu halten. »Es ist meine einzige Verbindung zu diesem Betrieb hier.« Das war nur die halbe Wahrheit. Eigentlich ging es ihm viel mehr darum, dass Franca dabei war, endgültig ihre gemeinsame Zukunft zu zerstören.

»Wie bitte?« Sie riss erstaunt die Augen auf. »Auf einmal ist dir diese Verbindung wichtig? Du bist doch derjenige, der allen den Rücken gekehrt hat! Du wolltest von all dem nichts mehr wissen.«

»Das Gartenhaus ist das Einzige, über das ich entscheiden darf und kann. Bei allem anderen bin ich außen vor. Ich durfte kein Manager sein, meine Ausbildung an einer der besten Hotelfachschulen der Welt war in den Augen meines

Vaters nicht gut genug. Und für die Küche reicht es natürlich auch nicht. Vielleicht hätte ich kellnern dürfen oder die Bar übernehmen!«

»Marco, du verdrehst die Tatsachen, und das weißt du ganz genau!« Franca hob die Hände, eine aggressive Geste, bei der Pellegrini einige Mühe hatte, nicht zurückzuzucken. »Du hattest deinen Anteil, warst nicht bereit, dich deinem Vater unterzuordnen, und wolltest Veränderungen mit der Brechstange durchsetzen.«

Er schnaubte wütend, ignorierte ihren Einwurf. »Außerdem sollte das Gartenhaus *mein* Refugium werden, und das meiner Familie.« Und die Frau, die nicht bereit gewesen war, das gegen alle Widerstände mitzumachen, stand vor ihm. Wann war sie so kalt geworden? Hatte er ihr wirklich je etwas bedeutet?

»Dann mach etwas daraus, renovier es, zieh dort ein, statt in deinem kleinen Apartment zu versauern, zum Henker!«

»Du weißt genau, dass das nicht gut geht.«

»Aber irgendetwas muss passieren, Marco. Sei doch vernünftig.«

Jetzt hatte sie es doch gesagt. Er wandte sich abrupt ab, ließ die Zigarette fallen und zertrat sie wütend. Franca hatte wirklich Nerven. Natürlich war es vernünftig, das Nebengebäude nicht verfallen zu lassen. Aber darum ging es doch gar nicht.

»Was ist los mit dir?«, fragte sie etwas ruhiger, als er nichts mehr sagte. »Du wirkst angespannt.«

»Das kann dir doch egal sein. Geh rein und mach deinen Job.«

»Marco …«

»Ich denke, es ist alles gesagt. Gib deine Empfehlung ab, stell deine Rechnung, und dann mach, dass du mir nicht mehr unter die Augen kommst.« Er bereute seine Worte schon, bevor er sie ausgesprochen hatte, aber er war nicht fähig, sie zurückzuhalten.

Er hörte Franca eine saftige Verwünschung ausstoßen, als sie zurück ins Haus ging. In dem Moment hasste er sich selbst. Und ihm war, als materialisierten sich Schatten aus der Dunkelheit, die wie schwarze Monster über ihn herfielen, sein Innerstes zerrissen und nichts als Einsamkeit zurückließen.

4

Pellegrini wollte nicht warten, bis das nächste Familien-
mitglied kam, um ihm zu erklären, dass er vernünftig
sein sollte. Er verließ den Parkplatz über die Zufahrt zur
Straße und begann eine ziellose Wanderung durch Brunates
enge Gassen. Ihm war kalt, ohne Jacke oder Mantel. Der
Wind fegte kräftig die gepflasterten Straßen entlang, fing
sich heulend in Erkern und riss an spärlichen Weinranken,
deren Blätter vor den ockerfarbenen oder grauen Wänden
im Licht der Straßenlaternen rot glänzten.

Es war einfach lächerlich. Was sollte vernünftig daran sein,
eine so weitreichende Entscheidung wie die, was mit seinem
Besitz, seinem Erbe, passieren sollte, zwischen Nachtisch
und *caffè* zu fällen? So was musste in Ruhe abgewogen werden. Franca verstand ihren Job, daran hatte er wenig Zweifel. Aber bevor er einer Empfehlung von ihr folgen würde,
musste er mehr darüber wissen. Außerdem sollten sie ein für
alle Mal klären, wie sie zueinander standen. Jetzt war genau
das passiert, was er befürchtet hatte, sie knüpften nahtlos da
an, wo sie vor einigen Monaten nach wochenlangem Streit
in Sprachlosigkeit geendet hatten. Weil sie irgendwann immer nur dasselbe sagten und alles gesagt war.

Das stimmte nicht ganz. Eine neue, bittere Erkenntnis
hatte er heute gewonnen. Franca glaubte offenbar allen
Ernstes, dass ihm das Gartenhaus egal war. Wie kam sie
darauf? Ihrerseits schien die Sache ja klar zu sein, für sie war
es ein *fucking job*, mehr nicht. Wann hatte sie sich von der
warmherzigen Frau, in die er sich verliebt hatte und mit der

er den Betrieb seiner Eltern weiterführen wollte, in dieses geschäftsmäßige Monster verwandelt? Oder war sie immer schon so gewesen, und er hatte das nie sehen wollen? Was war er dann für sie? Wollte er es überhaupt wissen, wenn er sich die Wahrheit inzwischen denken konnte?

Hundegebell riss ihn aus seinen Gedanken. Eine Frauenstimme rief einen scharfen Befehl, und das Bellen verstummte. Pellegrini schaute über die Schulter und sah in der Dunkelheit eine Gestalt hinter sich. Ein schwarzer Hund tanzte neben ihr her.

Er wartete, bis die Gestalt näher gekommen war. Er hatte sich nicht geirrt. Ihm kam eine sportliche Frau in den Vierzigern entgegen. Sie hatte die schulterlangen braunen Haare zu einem Knoten aufgesteckt. Eine große modische Brille mit dickem Rahmen dominierte ihr rundes Gesicht mit der energischen Kinnpartie.

Pellegrini winkte zum Gruß. »*Ciao*, Felicitas. So spät allein unterwegs?«

Felicitas Folisi lachte. »Warum nicht? Sollte ich Angst haben?«

Der Hund neben ihr, ein drahthaariger Riesenschnauzer, stieß ein tiefes warnendes Grollen aus. Pellegrini ging in die Hocke und pfiff leise durch die Zähne.

»Geh schon, Pepper, den kennst du.« Sie stupste Pepper sanft mit der flachen Hand. Sie strolchte näher, gewährte Pellegrini die kurze Gnade, sie am Ohr kraulen zu dürfen, und lief zurück zu ihrem Frauchen.

Pellegrini erhob sich. »Ob du Angst haben solltest? Ich weiß nicht. Wir können nicht ausschließen, dass hier jemand herumläuft, der es auf *brunatesi* abgesehen hat.«

»Das halte ich für eine ziemlich fragwürdige Theorie. Begleitest du mich ein Stück?«

»Gern.«

Gemeinsam schlenderten sie weiter. Pellegrini beobachtete, wie Pepper hin- und herlief, an Hausecken schnüffelte, sich dabei jedoch nie weiter als wenige Meter von ihrem Frauchen entfernte.

»Schon gut, Marco.« Felicitas lachte grimmig. »Emilio sieht es auch nicht gern, wenn ich im Dunkeln rausgehe. Aber ich lasse mich nicht einsperren. Noch dazu würde ich niemandem empfehlen, sich mit Pepper anzulegen.«

»Und eure Tochter?«

»Das ist etwas anderes. Aber mal ehrlich: Sonia ist siebzehn. Sie wird nächstes Jahr anfangen zu studieren, sie will nach Bologna oder Florenz. Ich kann sie nicht ewig vor allem Übel der Welt beschützen.«

Pellegrini hörte den feinen Unterton, der ihm sagte, dass sie sich nach Kräften bemühte, an ihre eigenen Worte zu glauben, während ihr Mutterherz eine ganz andere Sprache sprach.

»Was ist denn deine Theorie?«, fragte er, um sie vom Thema Familie und mütterliche Sorge abzubringen. Darauf hatte er gerade gar keine Lust.

Felicitas zog eine Grimasse, doch ihre Miene war im trüben Licht der Straßenbeleuchtung nicht genauer zu deuten. »Eine, von der Emilio nichts hören will. Aber wenn ich recht habe, solltest du dir mehr um seine Sicherheit Gedanken machen als um meine. Vielleicht sogar um deine eigene.«

»Was meinst du damit?«

»Ich glaube, dass es jemand auf die Carabinieri abgesehen hat.«

»Wie bitte?« Pellegrini blieb stehen.

»Es gab zwei Vorfälle. Du kennst ja unser Frauenhaus in Civiglio, oder? Vor ein paar Wochen haben wir eine junge Frau mit ihren beiden Kindern dort untergebracht. Emilio hat uns begleitet, dienstlich und in Uniform. Als wir gingen, wäre er beinahe die Treppe hinuntergestürzt, weil er über ein herumliegendes Paar Schuhe gestolpert ist. Er konnte sich gerade noch am Geländer festhalten.«

»Offen gestanden klingt das nicht nach einem geplanten Anschlag.«

»Ja, das stimmt. Aber die zweite Sache war wesentlich merkwürdiger. Emilio und Salvatore sind ungefähr Mitte September auf den Friedhof gerufen worden. Es war spätabends, kurz vor Ende ihrer Schicht. Du kennst doch die riesige Kastanie am Eingang? Von diesem Baum hat sich ein Ast gelöst, der Emilio an der Schulter getroffen hat. Salvatore hätte es am Kopf erwischt, wenn er nicht zufällig stehen geblieben wäre.«

»Ich erinnere mich, Emilio hat morgens in der Bar einige Tage lang über Schmerzen geklagt.«

»Genau, das war der Ast.«

»Hast du das Maggiore Visconti erzählt?«

Felicitas schnaubte empört. »Habe ich. Dass der mich nicht ausgelacht oder als hysterisches Weibsbild bezeichnet hat, war auch alles. Es kann ja wirklich beides Zufall gewesen sein, was weiß ich? Es hat gestürmt an dem Tag, an dem die beiden auf dem Friedhof waren, da können schon mal Äste herunterkommen, oder nicht?«

Pepper war in eine dunkle Einfahrt gelaufen, kam schwanzwedelnd zurück zu Felicitas und umkreiste sie mehrmals. Sie gingen weiter.

»Du glaubst nicht, dass es Zufall war?«, fragte Pellegrini.

»Die Sache in Civiglio vielleicht. Auf dem Friedhof war niemand, als sie dort nachgesehen haben. Ein Dummejungenstreich, meinte Emilio später. Es gäbe Leute, die es lustig fänden, die Carabinieri – oder die Feuerwehr, den Notarzt, wen auch immer – bei so einem Wetter sinnlos vor die Tür zu jagen.«

Pellegrini rieb sich das Kinn. Natürlich passierte so etwas. Es war strafbar, aber solche *Spaßvögel* erwischten sie nur selten. »Sagen wir so: Wenn sich Zufälle häufen, lohnt sich oft ein zweiter Blick.«

»Warte, ich zeig dir noch was.« Felicitas blieb ein weiteres Mal stehen und kramte ihr *telefonino* aus der Hosentasche. Das Display leuchtete schmerzhaft grell in der Dunkelheit auf. Nach wenigen Augenblicken zeigte sie Pellegrini das Foto einer Allee mit riesigen alten Bäumen. Der Asphalt war mit einem Teppich aus fingerdicken Zweigen und Blättern bedeckt. Ab und zu lag ein dickerer Ast dazwischen.

»Hier, siehst du das? Das hat Sonia mir am Morgen nach dem Sturm geschickt. Der Ast, der auf dem Friedhof heruntergekommen ist, war mindestens doppelt so dick.«

»Er könnte morsch gewesen sein.«

»Ja, sicher. Könnte.«

»So etwas ließe sich überprüfen.«

»Wenn jemand es für wichtig erachten würde.« In Felicitas' Stimme schlich sich Wut.

Pellegrini konnte sich ungefähr ausmalen, wie Visconti sie behandelt hatte. Er hoffte, dass er selbst mit Stefania Bianchi besser umgegangen war, als sie ihr »Geständnis« abgelegt hatte.

»Der Ast liegt übrigens immer noch an der Friedhofsmauer«, sagte Felicitas beiläufig. »Habe ich bei der Beerdigung gesehen.«

»Vielleicht werfe ich mal einen Blick darauf. Ich bin sicher, dass es ein dummer Zufall war. Trotzdem ist es immer besser, einen Zusammenhang zwischen solchen Vorfällen sicher auszuschließen, statt sich auf Mutmaßungen zu verlassen.« Ob es nach mehr als drei Wochen noch möglich wäre zu erkennen, wie morsch der Ast gewesen war? Konnte ein

Biologe das oder ein Holzfäller? Und wenn ja, wo fand er so jemanden?

»Ich kann nicht versprechen, dass ich etwas herausfinde. Aber ich kümmere mich darum«, bekräftigte er.

Erfreut nickend steckte Felicitas ihr Handy in die Tasche. »Mehr will ich ja gar nicht. Und mir wäre es lieber, wenn es nur ein dummer Zufall war. Dann muss ich mir keine Sorgen um Emilio machen.«

Dienstag, 13. Oktober

I

Pellegrini schlief schlecht in dieser Nacht. In seinen Träumen verfolgten ihn wirre und zusammenhanglose Bilder von Bäumen, die im Nebel Jagd auf Menschen machten. Mehrmals wachte er auf, weil er glaubte, sein *telefonino* klingeln zu hören, doch jedes Mal, wenn er es in die Hand nahm, war da nichts. Niemand, weder seine Schwester noch seine Mutter, schienen es für nötig zu halten, sich bei ihm zu melden. Einerseits kam ihm das sehr gelegen, denn er brachte noch nicht die Gelassenheit auf, sich die Argumente anzuhören, von denen er im tiefsten Inneren wusste, dass sie tatsächlich *vernünftig* waren. Andererseits entsprach das nicht dem üblichen Verhalten Marta Pellegrinis. Sie war beständig darum bemüht – nicht immer erfolgreich, aber unbeirrbar –, die Familie zusammenzuhalten, zu vermitteln, immer und immer wieder das Gespräch zu suchen. Wenn nicht einmal sie sich meldete, was hatte das zu bedeuten?

Kurz nach halb sieben hielt es ihn nicht mehr im Bett. Er folgte seiner üblichen Morgenroutine, entschied sich für einen anthrazitfarbenen Anzug und verließ noch im Dunkeln sein Apartment. In der *Bar della Funicolare* hatte heute Lucia Dienst. Sie war schon Mitte sechzig, wollte jedoch von Ruhestand und Rente nichts hören und war neben Paolo die zweite Vollzeitkraft.

Sie begrüßte Pellegrini mit einem strahlenden Lächeln. »*Caffè?*«

»*Buongiorno*, Lucia. Was für eine Frage!«

»Hast du Ärger?«

Pellegrini stutzte. Sah man ihm seine Laune an? »Nein, keineswegs.«

»Ich dachte nur. Den Anzug trägst du meistens, wenn du einen öffentlichen Auftritt hast oder eine Gerichtsverhandlung.«

»Wirklich?« Das war ihm noch nie aufgefallen. Wenn er allerdings darüber nachdachte, stimmte das. Er hatte ein paar Anzüge, die er gerne bei besonderen Anlässen trug. »Aber du liegst nicht ganz falsch«, fügte er hinzu, während er Zucker in den *caffè* rührte, den Lucia ihm serviert hatte. »Ich wollte heute zum Gericht, allerdings ist es kein offizieller Termin.« Ganz im Gegenteil.

Lucia hatte viel zu tun, was ihm nur recht war. Ihm war nicht nach Gesprächen zumute. Seine Gedanken wanderten immer wieder zurück zum Familienessen. Er legte einen Euro auf die Theke und verließ die Bar durch die Hintertür. Der Parkplatz des Albergo war verlassen, die Lieferanten waren schon wieder weg.

Pellegrini hatte am Morgen festgestellt, dass er noch immer Sergios Zigaretten und den Schlüsselbund bei sich trug. Damit hatte er es sich vermutlich mit der nächsten Person verscherzt. Doch jetzt war es nun einmal passiert, und es war unerheblich, ob er den Schlüssel jetzt gleich oder in zehn Minuten ablieferte. Also nutzte er ihn und öffnete das Tor, das vom Parkplatz in den Hotelgarten führte, und ging hinunter zum Pool, der gereinigt und für den Winter abgedeckt worden war. Auch die Wiese war bis auf wenige Gartentische mit ein paar Stühlen leer, die Liegestühle und Sonnenschirme bereits eingelagert – im Erdgeschoss des Gartenhauses. Dorthin wandte sich Pellegrini.

Genau wie das Hotelgebäude, die große Villa, war das Gartenhaus in den Hang hineingebaut worden. Das Erdgeschoss besaß einen Eingang und Fenster zum See. Im ers-

ten Stock befand sich ein zweiter ebenerdiger Zugang, sozusagen die Hintertür. Die schloss Pellegrini auf und betrat
das Gebäude. Abgestandene Luft und Staubgeruch empfingen ihn. Er nutzte das Handy als Taschenlampe, durchquerte den winzigen Flur und betrat einen großen Raum.
Auch diese Fenster gingen zum See. Ein scharfer Wind zog
durch undichte Ritzen, weshalb es Pellegrini beinahe kälter
vorkam als draußen. Er stellte sich in die Mitte des Raums
und schaltete das Licht aus. Langsam drehte er sich einmal
um die eigene Achse. Allmählich gewöhnten sich seine Augen an das Dämmerlicht.

Franca hatte recht, wie hätte es anders sein können? Aus
dem Haus könnte man wundervolle Wohnungen machen.
Pro Geschoss eine Einheit mit offenem Grundriss. Wenn
man ein Schlafzimmer und ein Bad klug abteilte, waren die
Räume immer noch geräumig und luftig. In diesem und
dem Stockwerk darüber lief über die gesamte Länge des
Gebäudes ein Balkon mit Blick auf den See. Die Gäste hatten ihr eigenes Reich und mussten dennoch nicht auf die
Annehmlichkeiten eines Hotels verzichten.

Pellegrini starrte in eine Zimmerecke, wo sich schemenhaft ein Haufen Unrat abzeichnete. In einer weit zurückliegenden Vergangenheit war alles anders geplant gewesen.
Das hier hatte das Wohnzimmer seiner Familie werden
sollen, dazu eine großzügige Kochinsel. Im oberen Stockwerk die Schlaf- und Kinderzimmer. Das Erdgeschoss hätte
weiterhin als Lagerraum für die Gartenmöbel des Hotels
gedient.

Verlorene Träume.

Pellegrini brummte frustriert. Er hatte in seinem Leben keine andere Frau getroffen, mit der er sich vorstellen
konnte, hier zu leben und zu arbeiten. Und Franca hatte
ihm unmissverständlich klargemacht, dass sie nicht bereit

dazu war. Als guter Bekannter oder Freund mit Übernachtungsgelegenheit und gelegentlicher Bettgeschichte war er gut genug, als Ehemann und Vater möglicher Kinder kam er nicht infrage.

Außerdem ging Franca das Reisen über alles. Sie hatten zwar früher geplant, das Hotel nach und nach von seinen Eltern zu übernehmen und gemeinsam zu führen, doch im Grunde hatte Pellegrini schon damals geahnt, dass sie wie ein Vogel in einem Käfig eingehen würde, wenn sie nicht durch die Weltgeschichte reisen konnte. Es hatte Zeiten gegeben, in denen er sogar das akzeptiert hätte, doch das hatte er ihr nie gesagt. Bis heute wusste er nicht, woher ihr beständiges Bedürfnis, unterwegs zu sein, rührte. Ganz am Anfang hatte Franca behauptet, dass sie bereit gewesen wäre, Kompromisse einzugehen. Doch dann hatte er sich mit seinem Vater nach nur acht Monaten gemeinsamer Arbeit im Albergo überworfen, da war sie noch nicht einmal mit der Hotelfachschule fertig gewesen. So war es vorbei, bevor sie darüber hatten reden können.

Immer noch starrte Pellegrini auf den Müllhaufen in der Ecke des Raums, während seine Gedanken diese sinnlosen Schleifen über verpasste Gelegenheiten drehten, und über das, was hätte sein können.

Ein metallenes Schimmern erregte seine Aufmerksamkeit. Er leuchtete mit seinem Handy, ging zu dem Haufen und schob ihn mit der Fußspitze auseinander. Alte Zeitungen, eine Coladose, zwei Weinflaschen, eine Chipstüte. Eine Handvoll vertrocknete Blätter, ein paar Schlaufen rostiger Draht, die abgebrochene Armlehne eines Liegestuhls, ein paar Schritte weiter die zerfledderten Überreste eines blauweiß gestreiften Sonnenschirms.

Pellegrini konnte sich keinen Reim darauf machen. Wer vom Albergo würde sich hierher setzen und Wein trinken?

Er beugte sich hinab und nahm eine Zeitung. Sie trug das Datum des 3. Oktobers, war also gut eineinhalb Wochen alt. Rasch prüfte Pellegrini die anderen Zeitungen. Keine war älter als einen Monat. Er erhob sich und leuchtete den Raum ab. Erst jetzt entdeckte er weitere Flaschen, leere Konservendosen, einen Pizzakarton. Nichts davon schien schon lange hier zu liegen. Nachdenklich ging Pellegrini zurück zur Tür, untersuchte das Schloss und entdeckte Kratzer sowie einige Einkerbungen im hölzernen Türrahmen. Böses ahnend schloss Pellegrini die Tür ab, drehte den Knauf und drückte dagegen. Die Tür öffnete sich widerstandslos.

Er fluchte laut und zog die Tür mit einem kräftigen Ruck zu. Sein nostalgischer Trip hatte ihn offenbar zum Lager eines Obdachlosen geführt. Genau in der Zeit, in der den beiden Carabinieri auf dem Friedhof der Ast um die Ohren geflogen und Bianchi ermordet worden war. Ein Obdachloser, den Bianchi möglicherweise von der Straße hatte scheuchen wollen und der handgreiflich geworden war? Ein Außenstehender ohne Motiv, dafür betrunken und gewalttätig?

Widerstrebend rief Pellegrini in der Kaserne der Carabinieri in Como an. Vielleicht hatte das alles gar nichts mit dem toten Bianchi zu tun und war nur wilde Spekulation, dennoch sollte sich ein Team der Spurensicherung den Einbruch ansehen. Wie er am vorangegangenen Abend Felicitas Folisi erklärt hatte: Mögliche Zusammenhänge sollten anhand von Beweisen ausgeschlossen werden. Nebenbei schoss ihm der Gedanke durch den Kopf, dass Maggiore Visconti entweder Tobsuchtsanfälle bekam, weil dieser lästige Commissario aus Brunate ihm ständig Arbeit machte, oder sich heimlich die Hände rieb, weil die Ermittlungen vorangingen, ohne dass er einen Finger krumm machen musste.

Der diensthabende Carabiniere nahm seine Meldung zunächst lustlos auf, nachdem Pellegrini jedoch seine Vermutungen erklärt und sein Gegenüber begriffen hatte, um was es möglicherweise ging, wurde er munter und versprach, sofort alles in die Wege zu leiten und Maggiore Visconti persönlich zu benachrichtigen.

Pellegrini beendete das Gespräch. Er ging zurück zur Bar, übergab Lucia die Schlüssel und wies sie an, das Team der Spurensicherung zum Gartenhaus zu führen. Nach einem schnellen *caffè* erinnerte er sich an sein Versprechen, dass er Felicitas Folisi gegeben hatte. Er entschied sich, auf dem Friedhof einen Blick auf den Ast zu werfen, um herauszufinden, ob er von allein abgebrochen war oder jemand nachgeholfen hatte. So konnte er auch sicher sein, dass er weit genug weg war, um Amerigo Pellegrinis Wutanfall zu verpassen, den er sicherlich bekommen würde. Erst, weil jemand ins Gartenhaus eingebrochen war, und dann, weil Ermittler in seinem Garten herumtrampelten. Pellegrini war dafür nicht verantwortlich. Sollte sein Vater seine schlechte Laune an jemand anderem auslassen.

2

Pellegrinis Ausflug auf den Friedhof hatte keine neuen Erkenntnisse gebracht. Sofern jemand den Ast vorsätzlich abgebrochen hatte, konnte er das nicht erkennen. Während er die *funicolare* nach Como nahm und gemächlich zum Gerichtsgebäude schlenderte, überlegte er, wie er einen Fachmann finden konnte, der ihm in dieser Sache weiterhalf. Es war ein kühler, aber trockener und sonniger Herbsttag, viel zu schön, um zu arbeiten. Pellegrini fiel ein, dass er eigentlich Urlaub hatte. Vielleicht sollte er sich wirklich ein oder zwei Tage Auszeit erlauben. Rauf ins Engadin nach Silvaplana, ein wenig wandern und eine Nacht auf einer Schutzhütte verbringen. Die Temperaturen sollten das gerade noch zulassen.

Er seufzte leise, als das hässliche Gerichtsgebäude in Sicht kam. Jetzt, da er durch Comos Straßen ging, sehnte er sich nach den Bergen. Aber wenn er diesem Wunsch nachgeben und hinfahren würde, konnte er sicher sein, dass er, statt die Natur zu genießen, nur über Bianchis Tod sinnieren würde. Bevor die Tat nicht aufgeklärt und der Schuldige gefasst war, würde er keine Ruhe finden.

Pellegrini betrat das Gebäude. Mit einem Anruf in der Questura hatte er herausgefunden, dass Dottoressa Piera Cosio den Fall Bianchi betreute. Er erinnerte sich an sie als engagierte Anwältin, mit der er in der Vergangenheit sehr gut zusammengearbeitet hatte. Er fand ihr Büro im vierten Stock und klopfte an. Auf ihr »Herein« betrat er den Raum. Sie war allein und schien nicht allzu beschäftigt zu sein.

»Commissario Pellegrini. Was verschafft mir die Ehre?«
Sie erhob sich und kam um ihren Schreibtisch herum. Ihr
Händedruck war warm und angenehm kräftig.

»Dottoressa Cosio, vielleicht hätten Sie ein paar Minuten
für mich?«

Sie wandte den Kopf zu der dicken Akte auf ihrem
Schreibtisch und verdrehte theatralisch die Augen. »Auch
ein paar Minuten mehr. Alles ist besser als dieser Fall, ein
seit Jahren andauernder Erbschaftsstreit. Setzen wir uns.«
Sie wies auf eine kleine Sitzecke mit zwei Stühlen und einem
Tischchen, das kaum größer war als ein Tablett. »Wasser?«

»Danke, nein.« Er setzte sich. »Ich möchte gleich zur Sache kommen. Ich habe erfahren, dass Sie den Todesfall von
Carabiniere Bianchi bearbeiten.«

»Das ist richtig.« Als sie lächelte, bildeten sich auf ihren
Wangen kleine Grübchen. »Und Sie nicht.«

»Leider. Aber mich betrifft der Fall auf einer persönlichen
Ebene. Ich kannte Bianchi recht gut. Wir waren nicht direkt
befreundet, doch es gibt enge nachbarschaftliche Bindun-
gen. Sollte sich herausstellen, dass ein *brunatese* in diese
Angelegenheit verwickelt ist, würde mich das hart treffen.«
Er überlegte kurz, ob er erwähnen sollte, dass er am Fund-
ort der Leiche gewesen war, entschied sich jedoch dagegen.
Das war Sache der Ermittler, nicht der Staatsanwaltschaft.

»Ich verstehe. Was also kann ich für Sie tun?«

Pellegrini zog den Gefrierbeutel aus der Tasche. »Ich
habe hier die Faserprobe eines möglichen Verdächtigen. Ein
Mann, der in der *funicolare* war, die Bianchi erfasst hat. Es
wäre möglich, dass diese Fasern mit denen, die die Spurensicherung gefunden hat, übereinstimmen.«

Sie ignorierte den Beutel, den er ihr hinhielt, und maß ihn
stattdessen mit einem scharfen Blick. »Was wissen Sie über
Faserspuren am Tatort?«

Nicht am Tatort, wollte Pellegrini entgegnen, sondern unter den Fingernägeln der Leiche. Aber besser er gab so wenig wie möglich von dem preis, was er wusste, umso weniger würde er erklären müssen.

»Ich möchte Sie bitten«, erklärte er eine Spur förmlicher, »diese Probe der Spurensicherung zukommen zu lassen. Sollte sich eine Übereinstimmung ergeben, werde ich selbstverständlich eine vollständige Aussage machen. Wenn nicht, dann ist es nicht weiter wichtig, von wem Sie diese Probe erhalten haben oder woher sie stammt.«

In ihren Augen spiegelte sich noch immer Skepsis, doch sie nahm den Beutel und legte ihn auf den Tisch. »Ich werde sehen, was ich machen kann. Mir ist schon klar, dass Ihnen nicht an einer Zusammenarbeit mit Visconti gelegen ist, aber warum geben Sie die Probe nicht direkt ins Labor von Dottor Zanotti? Oder wählen den Umweg über El Gato, mit dem Sie, soweit ich weiß, auch recht gut zusammenarbeiten.«

Pellegrini schüttelte leicht den Kopf. »Offen gestanden habe ich zu Ihnen größeres Vertrauen, dass es unter uns bleibt. Zanotti redet manchmal schneller, als er denkt. El Gato habe ich gestern nicht erreicht.«

»Zanotti ist ein Klatschmaul, wie er im Buche steht, da haben Sie recht.« Sie lachte kurz auf, und wieder zeigten sich die beiden Grübchen. Sie verliehen Cosios Gesicht einen unschuldigen, wenn nicht gar naiven Ausdruck. Pellegrini mahnte sich in Gedanken, diese Frau niemals zu unterschätzen. Sie schien über vieles informiert zu sein, was nicht direkt ihre Arbeit betraf.

»Nun.« Sie schaute auf ihre Uhr. »Die Kantine macht gleich auf. Was halten Sie davon, mit mir Mittag zu essen? Es gibt Spinatlasagne, die ist ziemlich gut.«

»Ziemlich gut? Dazu sollten Sie wissen, dass mein Vater gelernter Koch ist. Und nicht der schlechteste.«

»Kommen Sie, das Essen ist wirklich in Ordnung. Ich habe leider nicht genug Zeit, um in die Stadt zu gehen.«

Pellegrini willigte ein und bereute es sofort, als er sich mit einem abgewetzten Plastiktablett in der Hand hinter Cosio in die Schlange an der Essensausgabe einreihte. Immerhin sah die Lasagne wie versprochen ganz annehmbar aus. Sie suchten sich einen Platz am Fenster. Pellegrini verkniff sich einen Kommentar, als er feststellte, dass ein Zinken seiner Gabel verbogen war.

»Ist essbar, oder?«, fragte Cosio nach den ersten Bissen.

Pellegrini spülte mit einem großen Schluck Wasser nach, bevor er antwortete. Dazu hielt er seine Gabel demonstrativ in die Höhe. »Wenn man darüber hinwegsieht, dass Spinat in heller Soße die Anmutung von einem Spülmaschinensieb hat, ist es in Ordnung.«

»Spülmaschinensieb?«

»Haben Sie keine Spülmaschine? Wenn Sie das Auffangsieb sauber machen, sieht das genauso aus.«

»Sie sind ekelhaft!« Sie lachte und aß unbeeindruckt weiter. »Wie gut, dass ich durch meinen Beruf abgehärtet bin. Mit unangenehmen Details, von denen ich nie etwas wissen wollte, kenne ich mich aus.«

»Ich weiß genau, was Sie meinen.« Er schob den halb vollen Teller von sich. »Ich will Ihnen übrigens nichts vormachen. Wenn ich etwas dazu beitragen könnte, den Mörder zu fassen, würde ich es sofort tun. Es ist nicht nur die persönliche Ebene, auch Bianchis Kollege aus Brunate hat mich gebeten, mich der Sache anzunehmen. Selbstverständlich inoffiziell.«

Sie hob das Wasserglas. »Gutes Plädoyer, Signor Commissario.« Sie machte eine Pause. »Visconti ist dagegen ein Volltrottel.«

»Das ist nun wirklich kein Geheimnis.«

Sie lachte wieder. Pellegrini fiel auf, dass sie keinen Ring trug. Sie beugte sich vertraulich ein wenig näher. Ein schwacher Hauch ihres Parfums stieg ihm in die Nase. Der Duft war angenehm herb, dennoch sinnlich, passte zu ihr.

»Es tut mir aufrichtig leid, Signor Commissario. Ich würde Ihnen sehr gern einige Dinge sagen, die ich Ihnen niemals sagen dürfte.« Er musste eine enttäuschte Miene gemacht haben, denn sie hob sofort entschuldigend die Hände. »Nein, verstehen Sie mich nicht falsch. Sie haben als Ermittler einen ausgezeichneten Ruf und gelten zudem als verschwiegen.«

»Das können andere besser beurteilen«, wiegelte er ab.

»Ich kann Ihnen nichts sagen, weil es nichts zu sagen gibt.«

Er konzentrierte sich auf ihre Worte, um nicht darüber nachzudenken, ob es jemanden in ihrem Leben gab, mit dem sie den Feierabend verbrachte.

»Visconti und sein Team tappen komplett im Dunkeln. Ich habe bisher keinerlei Anfragen für Durchsuchungen, Verhaftungen, nichts. Es gab nach meinem Kenntnisstand bisher nicht einmal ein offizielles Verhör.«

»Das klingt ja noch schlimmer, als ich befürchtet habe.«

»Die Faserprobe wäre neben der Bocciakugel die einzige Spur.«

»Dazu habe ich heute Morgen einen Einbruch gemeldet. Vermutlich hat ein Obdachloser im Gartenhaus des Albergo meiner Eltern übernachtet.« Wenn es so war, wie Cosio sagte, würde Visconti sich darauf stürzen wie ein Fuchs auf eine Hühnerschar.

Sie hob bedauernd die Schultern. »Hilft Ihnen dagegen nicht weiter, oder?«

»Wohl kaum. Auf jeden Fall danke ich Ihnen sehr für Ihre Unterstützung.«

»Noch einen *caffè*?«

Er nickte und wollte aufstehen, aber sie war schneller. Bevor er sich aus der unbequemen Plastikschale des Stuhls herausgearbeitet hatte, hatte sie bereits mit geübtem Griff beide Tabletts genommen und war verschwunden.

Sehr zu seinem Verdruss kehrte sie mit zwei *caffè* und einem Teller mit vier *tartufi dolci* zurück. Sie schob ihm den Teller zu und nahm eine Tasse.

»Warum gucken Sie so verstört, Signor Commissario? Sind Sie einer von den Männern, die es nicht verkraften, wenn eine Frau den *caffè* bezahlt? Essen Sie, Sie müssen doch hungrig sein. Es sind die guten aus dem Piemont.« Sie nahm sich einen Pistazientrüffel und schälte ihn aus dem giftgrünen Papier.

Pellegrini rührte ein Päckchen Zucker in seine Tasse. »Sie klingen wie meine Mutter.«

»Ihrem Tonfall nach ein eher zweifelhaftes Kompliment.«

Er prostete ihr mit der Kaffeetasse zu und ließ den heißen Schluck einen Moment auf der Zunge ruhen. Das Essen in dieser Kantine war eine Katastrophe, aber der Barista verstand sein Handwerk. Er widerstand noch ein paar Sekunden, dann nahm er einen schwarz eingewickelten *tartufo*.

»Es gibt einige wenige Dinge, in denen ich altmodisch bin, Dottoressa. Sie hätten mich den *caffè* holen lassen sollen. Das gehört sich einfach nicht.«

»Da muss ich Ihnen widersprechen. Ganz rational betrachtet ist das hier ein Arbeitsessen, keine Verabredung. Außerdem bekomme ich dreißig Prozent Mitarbeiterrabatt.«

»Ein gewichtiges Argument bei einem Euro pro Tasse.« Er angelte sich einen zweiten *tartufo*. Ihr Lächeln zeigte ihm, dass er mit seiner Antwort den richtigen Ton getroffen hatte. »Das heißt, wenn ich Sie förmlich zu einem Abendessen einlade, darf ich bezahlen?«

Sie neigte den Kopf, schien darüber nachdenken zu müssen. Pellegrini fürchtete schon, dass er zu weit gegangen war, doch dann lehnte sie sich ein wenig vor. »Ich habe heute Abend noch nichts vor.«

»Um neunzehn Uhr an der Piazza Cavour? Kennen Sie das *Come una volta*?«

»Eine ausgezeichnete Wahl. Ich werde da sein.«

Sie verließen die Kantine und verabschiedeten sich, als Pellegrini noch etwas einfiel. »Sagen Sie, noch eine Frage: Wie geht es Dottor Galimberti? Wissen Sie etwas?«

»So wie es aussieht, wird er in einigen Wochen in den Dienst zurückkehren.«

»Wie bitte? Ich dachte, er habe Krebs und um vorzeitige Pensionierung gebeten?«

»Prostatakrebs, um genau zu sein.«

»Das ist ja schrecklich!«

»Ach was. Das ist heutzutage kein Todesurteil mehr, im Gegenteil, die Heilungschancen sind ausgezeichnet.« Sie schmunzelte nachsichtig. »Interessanter wird sein, was er sagt, wenn er zurückkehrt. Er hat das Gericht als Todgeweihter verlassen.« Sie wedelte nachlässig mit der Hand, womit sie offenbar zu verstehen geben wollte, dass Männer bei Krankheiten gern übertrieben.

Pellegrini fand allerdings, dass sie die Sache ein wenig zu sehr herunterspielte. Die Diagnose Krebs war sicherlich immer zuerst ein Schock für die Betroffenen. Er fragte sich schon, ob es eine kluge Entscheidung gewesen war, sich mit Piera Cosio zu verabreden.

»Die Sorge, bis man das wahre Ausmaß kennt, kann aber sehr belastend sein. Das wünsche ich niemandem«, erklärte er unverbindlich.

»Das stimmt, es tut mir leid«, gab sie in nachsichtigerem Tonfall zu. »*Allora*, bis heute Abend.« Sie winkte und stieg in den Aufzug.

3

Zurück in Brunate begab Pellegrini sich zum Haus von Stefania Bianchi. Er wollte wissen, wie es ihr bei ihrer Aussage ergangen war oder ob es irgendwelche Neuigkeiten gab.

Das Anwesen lag im südöstlichen Teil des Ortes, Richtung Civiglio, wo die Häuser sich nicht ganz so eng an den Hang schmiegten und man den Blick über das hügelige Hinterland von Como Richtung Mailand schweifen lassen konnte. Es war ein heller zweistöckiger Bau aus den Sechzigern mit lachsfarbenen Fensterläden, umgeben von einer flachen Natursteinmauer und einer mannshohen Hecke aus Jasmin und Kirschlorbeer. An dem Fahnenmast neben der Haustür wehte eine italienische Flagge mit schwarzem Trauerflor. Kurz vor dem Gartentor kreuzte eine schwarze Katze Pellegrinis Weg. Reflexartig senkte er die rechte Hand gen Boden und streckte Zeige- und kleinen Finger aus. Mitten in der Bewegung hielt er inne. Machte er gerade allen Ernstes das Zeichen der *corna*, um das Böse abzuwehren? Was für ein Unsinn. Katzen in allen Farben rannten ständig über die Straßen Brunates, warum sollte ein schwarzes Exemplar eine besondere Bedeutung haben? Die Katze blickte kurz zurück und starrte ihn aus grünen Augen an. Dann verschwand sie unter einem Busch. Pellegrini brummte unzufrieden über sich selbst und ging zur Haustür. So ganz konnte er das Unbehagen nicht abschütteln.

Er klopfte und hatte Glück. Hocherfreut, ihn zu sehen, bat Stefania Bianchi ihn ins Haus. Kaum hatte Pellegrini das Wohnzimmer betreten, hatte er das Gefühl, sich auf eine Zeitreise begeben zu haben und in den späten Siebzigern gelandet zu sein – wobei der runde Glastisch und die Deckenlampe aus rechtwinkelig angeordneten Metallstreben durchaus wieder modern waren. Die abgenutzte Couch und der fadenscheinige Teppich ließen dagegen keinen Zweifel daran, dass es sich um Originale handelte. Auf einem Beistelltischchen stand unter dem voluminösen Lilienstrauß, den Stefania Bianchi gekauft hatte, als sie sich in der Stadt begegnet waren, ein goldgerahmtes Bild ihres Mannes, daneben eine brennende Kerze. Dazu überall Häkeldeckchen, Häkelkissen, Körbe mit Wolle, Katzenspielzeug sowie ein riesiger Kratzbaum, Stricknadeln und ein merkwürdiges Gestänge, das aussah wie ein Regenschirm ohne Bespannung.

»Das ist eine Wollhaspel. Setz dich. Möchtest du etwas trinken?«

»Eine was?« Pellegrini räumte mehrere Wollknäuel und eine Strickanleitung von der Couch und setzte sich.

»Dieses Ding da.« Sie zeigte auf das Gestänge. »Ich kaufe die Wolle meistens in Strängen, und die müssen in Knäuel gewickelt werden, ansonsten verheddern sie sich.« Stefania Bianchi zupfte am Saum ihrer – vermutlich ebenfalls selbst gestrickten – Weste herum, und Pellegrini erinnerte sich daran, wie sie bei ihrem Besuch in der Questura ständig ihre Handtasche geknetet hatte. Sie schien ein nervöser Charakter zu sein.

Er lächelte freundlich und – wie er hoffte – beruhigend. »Ich bleibe nicht lange. Ein Glas Leitungswasser, bitte.«

Während er wartete und sich weiter umschaute, fiel ihm auf, dass es keine Spuren von Salvatore Bianchi gab – oder er erkannte sie nicht. Aber dass der Carabiniere Handarbeiten gemacht hatte, hielt er für unwahrscheinlich. Das hier war ausschließlich Stefania Bianchis Refugium. Auf einem Wohnzimmerschrank vor alten gebundenen Büchern, die eher ungelesen und der Dekoration zu dienen schienen, reihten sich einige Dutzend Tier- und Menschenfiguren. Die Voodoo-Puppe war nicht darunter.

»Sind die für das nächste Gemeindefest?«, fragte er, als Stefania Bianchi sich ihm gegenüber auf einen Stuhl gesetzt hatte.

»Aber ja. Ich habe ungefähr ein Viertel davon gemacht, der Rest ist aus meinem Handarbeitskreis.« Sie lächelte und schien zu einer längeren Erklärung ansetzen zu wollen, doch Pellegrini beeilte sich, sie auf sein Anliegen zurückzubringen. Er hatte nur höflich sein wollen, dieser ganze Wollkram könnte ihm kaum gleichgültiger sein.

»Ich wollte mit Ihnen noch einmal über die letzten Tage vor dem Unglück sprechen«, begann er. »Vielleicht gibt es Hinweise, die Ihnen unwichtig erscheinen, die jedoch entscheidend sein können.« Er griff in die Innentasche seines Jacketts und holte ein Notizbuch heraus. Normalerweise schrieb er nicht mit, aber vielleicht gab ihm eine Änderung seiner Gewohnheiten neue Impulse.

Stefania Bianchi beschrieb ausführlich die letzten beiden Wochen mit ihrem Mann. Sie holte auch die Voodoo-Puppe hervor, legte sie auf den Tisch und wiederholte in epischer Breite ihr Zusammentreffen mit Madame Dornier, bis es Pellegrini endlich gelang, sie zu unterbrechen und auf mögliche Streitereien zwischen den Bocciaspielern zu sprechen zu kommen.

»Da muss ich dich enttäuschen«, sagte sie kopfschüttelnd. »Beim letzten Treffen haben sie sich darauf geeinigt, dass sie ihr Clubhaus, diesen Schuppen am Bocciaplatz, erweitern wollen, damit sie sich dort auch mal auf ein Glas Wein treffen könnten. Für das Baumaterial wollen sie Geld sammeln, aber da sie das meiste selbst machen werden, wird das keine große Summe. Ansonsten ist nichts vorgefallen.«

»Und da gab es keine verschiedenen Meinungen? Unstimmigkeiten?«

Stefania Bianchi schürzte die Lippen und dachte nach. »Nicht, dass ich wüsste. Ich gehe davon aus, dass Salvatore mir davon erzählt hätte.« Sie lächelte schüchtern. »Vielleicht auch nicht. Weil wir, wie gesagt, nicht mehr viel miteinander gesprochen haben. Trotzdem bin ich sicher, dass ich davon wüsste. Von der Rovelli, Umberto hätte ihr bestimmt etwas erzählt. Oder von deiner Mutter. Dein *Nonno* ist bei jedem Treffen dabei.«

Pellegrini nahm sich vor, ihn bei Gelegenheit danach zu fragen. Aber auf den ersten Blick schien es, als wäre das ein totes Ende. Bianchi hatte sein Bocciaset am Abend seines Todes dabei, und der Täter hatte ihn mit einer der Kugeln erschlagen. Es musste nicht zwingend einer der Spieler gewesen sein.

»Haben die Ermittler Ihnen eigentlich das Bocciaset zurückgegeben?«, fragte er.

»Bis auf die fehlende Kugel, mit der er ...« Sie stockte.

Pellegrini lächelte aufmunternd.

»Sie haben gesagt, dass sie nichts herausgefunden haben«, fuhr sie nach einem Moment fort. »Bisher weiß niemand, wie das Set ins Clubhaus gekommen ist. Es waren Fingerabdrücke von meinem Mann und mehreren anderen darauf. Ein paar konnten sie zuordnen, aber sie sind noch nicht weitergekommen.«

Oder sie behaupteten es nur. Hatte der Täter die Kugeln selbst ins Clubhaus gebracht? Deutete das darauf hin, dass er Ortskenntnis hatte? Oder war es nur logisch, ein herrenloses Set zu einer Bocciabahn zu bringen? Pellegrini nickte nachdenklich. Wäre er der Täter, hätte er den ganzen Koffer vielleicht in den See geworfen. Was bedeutete das? War der Täter sicher, nicht entdeckt zu werden? Die typische Selbstüberschätzung mancher Krimineller? Oder war er unbedarft und hatte nicht weiter nachgedacht? Letzteres wäre gut möglich, wenn das Ganze ein schrecklicher Unfall war und keine geplante Tat. Nach Pellegrinis Empfinden gab es erste Hinweise darauf, doch wäre es seine Ermittlung, würde er sich keinesfalls schon darauf festlegen.

Er ließ Stefania Bianchi noch ein wenig erzählen, verabschiedete sich nach einer angemessenen Zeit, schlenderte danach gemächlich durch die Gassen und genoss das freundliche Wetter. An vielen Häusern standen die Fensterläden weit offen, Wäsche flatterte auf den Leinen. In einer Seitengasse fiel Pellegrini ein zweistöckiges Haus auf, dessen dunkelgrauer Putz von grünlichen Flechten überzogen war und sich damit deutlich von seinen in gepflegten Ocker- oder Rottönen gestrichenen Nachbarn abhob. Die verblichenen Holzläden waren geschlossen, und an einem prangte ein weißes Schild mit der signalroten Schrift *Vendesi*. Wenn er solche Schilder sah, fragte Pellegrini sich immer, wer ein solches Haus kaufen und hierherziehen würde. Die Zeiten, in denen Touristen sich mit angeblichen Ferienhaus-Schnäppchen übers Ohr hauen ließen, waren vorbei, zu leicht ließ sich mit etwas Internetrecherche der wahre Wert einer Immobilie in Erfahrung bringen. Und für Einheimische waren sie nur dann interessant, wenn sie unmittelbar vor Ort arbeiteten. So schätzte er es zumindest ein, denn um in die Gewerbegebiete im Umland oder gar nach Mailand zu pendeln, war die Anbindung viel zu schlecht. Es war nicht einmal sicher, ob er hier wohnen würde, wenn er es nicht schon immer getan hätte.

Nach einer Weile entschied Pellegrini sich, an der Kirche vorbeizugehen und mit dem Pfarrer zu sprechen. Vielleicht brachte es ihm den einen oder anderen Pluspunkt in der Gunst seiner Mutter ein.

Nichts von dem, was Stefania Bianchi ihm erzählt hatte, schien ihn in irgendeine Richtung weiterzubringen. Doch der Anblick des Wohnzimmers hatte ihn auf eine neue Idee gebracht: Was, wenn Stefania Bianchi die Aussicht auf die dauerhafte Anwesenheit ihres Ehemanns doch als so schrecklich empfunden hatte, dass sie selbst aktiv geworden war? Traute er ihr das zu? Körperlich wäre sie kaum in der Lage gewesen, Salvatore über das Geländer zu stoßen. Aber was wusste er über ihre Familie? Hätte sie einem Cousin oder Neffen entsprechende Anweisungen geben können? Oder hatte sie sich vielleicht voller Wut über ihren Mann beschwert, und ein Verwandter hatte entsprechend gehandelt, um der alten Tante Stefania einen Gefallen zu tun?

Pellegrini hielt das für wenig wahrscheinlich, doch er hatte schon erlebt, dass Menschen für geringere Motive töteten. Das gesellschaftliche Zusammenleben, das sich oberflächlich als so gefestigt und funktionsfähig zeigte, war in Wahrheit viel fragiler, als die meisten sich eingestanden. Solange es keine Krisen oder Katastrophen gab, hielten normalerweise alle zusammen – im Kleinen, so wie im Leben des Einzelnen oder der Familie, und auch im Großen, so wie eine Region, sogar ein ganzes Land. Doch es gab diese Momente, die alle erschütterten, und dann brach das unzivilisierte Tier hervor.

Auf dem Kirchplatz musste Pellegrini einen Umweg um einen frisch ausgeschachteten Graben machen, der mit einem Bauzaun gesichert war. Neugierig las er das Schild an einem der Absperrgitter. Hier wurden Glasfaserkabel verlegt. Das war nicht schlecht. Sehr viele Touristen wollten heutzutage auch im Urlaub nicht mehr auf schnelles Internet verzichten. Alessandra hatte ihm erzählt, dass die ersten

Gäste im Albergo sogar versuchten, die Streamingdienste aus ihren Heimatländern zu benutzen, die schwache Datenleitung dies aber nicht hergab. Es war nicht verkehrt, wenn sich das bald änderte – auch wenn sein Vater das vermutlich wieder mal als völligen Quatsch abtun würde.

Um zum Wohnhaus des Pfarrers zu gelangen, das zwischen dem Gemeindehaus und dem Kirchengebäude von Sant'Andrea eingeklemmt war, musste Pellegrini den etwa drei Meter tiefen Graben überqueren. Dazu war eine breite Planke mit einem provisorischen Holzgeländer darübergelegt worden. Die gesamte Konstruktion machte einen recht stabilen Eindruck, doch Pellegrini vermutete, dass es sowohl bei Don Volpe als auch bei den betagteren Damen, die zum Gemeindehaus wollten, für reichlich Empörung gesorgt hatte. Nun, wer den Fortschritt wollte, musste auch mal Unannehmlichkeiten in Kauf nehmen, wobei Don Volpe vermutlich genauso wenig von schnellem Internet hielt wie Amerigo Pellegrini.

Pellegrini klopfte mehrmals am Wohnhaus des Pfarrers. Don Volpe schien unterwegs zu sein. Er wartete noch einige Momente und wandte sich dann ab. Umso besser, so blieb ihm der alte Pfarrer noch ein wenig erspart.

4

Die Gelegenheit, seinen *Nonno* Carlo wegen des Club-
hauses am Bocciaplatz anzusprechen, ergab sich
schneller, als Pellegrini erwartet hatte. Auf dem Rückweg
kam er am Albergo vorbei und sah, wie sein *Nonno* gerade
versuchte, mit einer Hand das eiserne Tor aufzuschieben,
während er sich mit der anderen zitternd auf seinen Stock
stützte.

»*Nonno*, warte, ich helfe dir!« Pellegrini eilte zu ihm und
lehnte sich gegen den Torflügel, der widerwillig so weit aufging, dass sie hindurchschlüpfen konnten.

»Was machst du da? Das Tor öffnet und schließt sich doch
elektrisch.«

»Eben nicht«, brummte Carlo wütend. »Irgendwas
klemmt da. Ich wollte nachsehen, da ist es einfach zugegan-
gen.« Er schnaufte. »Danke.«

Pellegrini musterte den alten Herrn. Er schien müde, ging
gebeugter als üblich und hielt die Augen halb geschlossen,
als müsste er sich anstrengen, um etwas zu erkennen.

»Geht es dir gut, *Nonno*? Vielleicht solltest du es mal mit
einem Rollator versuchen. Der alte Stock taugt wenig, wenn
ich mir das so ansehe.«

»Hör auf damit. Ich mag alt sein, aber ich bin noch nicht
gebrechlich.« Carlo schien mit dem Stock herumfuchteln
zu wollen, doch zu Pellegrinis Erleichterung überlegte er es
sich anders und schlurfte voran. Es stand außer Frage, dass
er seinen *Nonno* jetzt allein ließ, also ging er neben ihm her.
Der Weg erschien endlos.

»Sie haben übrigens den ganzen Tag unter den Bocciaspielern herumgefragt«, erzählte Carlo beiläufig. »Zu mir wollen sie morgen kommen.«

»Und? Ist etwas dabei herumgekommen?«

»Ich glaube nicht. Ich weiß doch auch nichts. Salvatore war ein sehr guter Spieler, er hat es häufig geschafft, mit den letzten entscheidenden Würfen seine Kugeln zu platzieren. Aber deswegen bringt ihn doch niemand um.«

»Keine Streitereien, Meinungsverschiedenheiten?«

»Nur zwischen Rovelli und Caligari, aber das war auch nichts Wichtiges. Sie sammeln gerade Geld für ein neues Clubhaus, und Rovelli meint, sie hätten genug, um mit dem Bau anzufangen. Das meiste machen sie ja ohnehin selbst. Caligari dagegen findet, dass wir warten sollten, bis die gesamte Summe zusammen ist.«

»Und Bianchi? Was meinte der?«

»Gar nichts, wirklich. Ich habe noch mit ihm darüber gesprochen, er hat sich in so was nicht eingemischt. Das hat er nie gemacht. Er hat immer gesagt, dass er es sich mit keinem verderben will, falls er ihn mal verhaften müsste. Dabei hat er gelacht, natürlich hat er es nicht ernst gemeint. Der hat doch noch nie einen aus Brunate verhaftet, nicht, soweit ich mich erinnere.«

Dem konnte Pellegrini nicht widersprechen. Alles klang danach, als wäre die Bocciakugel das Mordwerkzeug, ein Zusammenhang zu den Spielern war dagegen nicht erkennbar, genau wie er bereits vermutet hatte. Ein Streit zwischen einem der Spieler und Bianchi war ebenso wahrscheinlich wie ein Konflikt zwischen irgendeinem anderen *brunatese* und dem Carabiniere oder ein Zwischenfall mit einem Obdachlosen. Oder sonst wem. Pellegrini sah nicht, wo das hinführen könnte. In diesem Moment war er sogar ganz froh, dass es nicht seine Ermittlung war. Diese Ahnungslosigkeit, dieses Herumstochern ohne Richtung hätte ihn zur Weißglut getrieben. So machte es ihn zwar unruhig, aber die Verantwortung, die er sonst auf seinen Schultern spürte, war nicht da. Ob die Carabinieri eigentlich auch Leute höheren Ranges mit angeblich größerer Erfahrung aus Mailand hinzuholten, wenn Maggiore Visconti endgültig nicht weiterkam, so wie es ihm gelegentlich angedroht wurde, wenn er nicht schnell genug Ermittlungsergebnisse lieferte?

Sie näherten sich endlich der Treppe, als Pellegrini ein würziger Geruch in die Nase stieg.

Nonno Carlo lächelte vorfreudig. »Dein Vater und Sergio probieren etwas aus. Sie grillen hinter dem Haus.«

»Bei dem Wetter?« Pellegrini schluckte die aufkommende Übelkeit runter. Ihm schnürte sich die Kehle zu.

»Es soll eigentlich niemand mitbekommen, aber bei dem Aroma?« Carlo lächelte und hob den Kopf wie ein witterndes Kaninchen. »Möchtest du zum Essen bleiben?«

»Nein danke, das …«, Pellegrini schluckte krampfhaft, riss sich mit aller Kraft zusammen, »das ist sehr nett. Ich kann nicht.« Er bemühte sich, durch den Mund zu atmen, doch er hatte das Gefühl, dass sich der Geruch wie ein Film auf seine Zunge legte.

»Wie schade.«

»*Nonno*, ich muss gehen. Ich wünsche dir einen schönen Abend. Grüß *Papà*.« Er wartete seine Antwort nicht ab, sondern machte auf dem Absatz kehrt und hastete zurück. Kurz vor dem Tor spuckte er sauren Speichel aus. Ihm war heiß geworden. Erschöpft drückte er sich durch das halb offene Tor und hielt sich dann am eisernen Gitter fest, um mehrmals tief durchzuatmen. Es wurde langsam besser. Nach einigen Atemzügen wagte er sich endlich auf die Straße und konzentrierte sich darauf, gleichmäßige Schritte zu machen, einen nach dem anderen, bis er sein Wohnhaus erreichte. Er schloss die Tür auf und schleppte sich die Treppe zu seinem Apartment hoch. Erst als er die Wohnungstür geschlossen hatte und sich mit einem tiefen Seufzer dagegen lehnte, fühlte er sich wieder einigermaßen normal.

Niemand wusste, dass er kein gegrilltes Fleisch mehr essen konnte. Dass ihm allein vom Geruch speiübel wurde. Im Sommer, wenn in jedem zweiten Garten ein Grill qualmte, war es beinahe unerträglich. Irgendwann hatte er dann zwar immer das Gefühl, etwas abzustumpfen, doch sobald die nächste Grillsaison anstand, ging das Spiel von vorne los. Und wenn es ihn so kalt erwischte wie eben gerade, war es besonders schlimm. Dieses Problem verfolgte ihn seit dem Unfall seines Freundes Luca. Er war im Wagen verbrannt, bevor ihm jemand helfen konnte. Menschen, die verbrannten, rochen genauso wie andere Säugetiere. In seinen Anfängen bei der Polstrada hatte ein älterer Kollege einmal einen derben Witz gerissen. »Barbecue!«, hatte er gerufen, als sie sich einer Unfallstelle genähert hatten, an der zwei Menschen verbrannt waren, was zum Glück eher selten vorkam. Damals hatte es Pellegrini nichts ausgemacht, da war es ihm vielmehr peinlich gewesen, dass ihm das Wasser im Munde zusammengelaufen war, weil es so gut roch. Dass ihm jetzt schlecht wurde, hatte sicherlich psychische Gründe. Die Tatsache, dass es sein bester Freund gewesen war. Die ganzen Umstände.

Vielleicht sollte er sich doch einmal an den Psychologen wenden, der in der Questura für solche traumatischen Erlebnisse zur Verfügung stand. Aber wie sollte der ihm schon helfen?

Pellegrini drückte sich vom Türblatt ab und ging in den Wohnraum. Vielleicht sollte er es auch heute Abend statt seiner Verabredung mit der Staatsanwältin bei trockenem Brot und einem Glas Wasser belassen.

Mittwoch, 14. Oktober

I

Missmutig beobachtete Pellegrini, wie seine Mutter vor der *Bar della Funicolare* mit einer Nachbarin sprach und ihr Zeigefinger dabei immer wieder energisch den Verlauf der Straße nachzeichnete.

Er räumte die Spülmaschine aus, bereitete Cappuccini für zwei ältere Männer an der Bar zu, füllte zwei Schalen mit Salzchips und stellte sie auf die Theke. Dann wischte er über sämtliche Tische, verkaufte drei Schülern je ein *cornetto*, danach vier Lotterielose sowie einen *caffè* an Umberto Rovelli. Als dieser die Bar verließ, hielt er die Tür auf, und Marta Pellegrini betrat mit energischen Schritten und unheilvoller Miene die Bar.

Pellegrini hängte das Geschirrtuch über den Rand der Spülmaschine, strich es mit den Fingerspitzen sorgfältig glatt und wappnete sich innerlich gegen das unvermeidliche Donnerwetter.

»Einen *doppio*«, rief seine Mutter statt einer Begrüßung. Sie blieb am Tresen stehen und ließ ihren kritischen Blick durch die Bar schweifen. Und schwieg. Wenn jemand in der Familie vielsagend schweigen konnte, war das Marta Pellegrini. Das war schlimmer als jede Schimpftirade. Pellegrini wurde unbehaglich. Es wäre ihm mehr als recht, sie würde einen Makel finden, an dem sie ihre erste Empörung auslassen konnte.

Er brachte ein wenig überzeugendes Lächeln zustande und stellte ihr die Tasse hin. »*A Lei.*«

Sie zog die Tasse heran und trank.

Pellegrini nahm einen Lappen und wischte über den bereits blitzblanken Marmortresen.

Mit einem Klirren stellte Marta Pellegrini die leere Tasse ab. Saß schweigend da. Trommelte mit einem Finger lautlos auf die Theke. Pellegrini tat, als bemerkte er es nicht. Er wandte ihr den Rücken zu und schob scheinbar beschäftigt Aperol- und Campari-Flaschen hin und her, öffnete den Kühlschrank, schloss ihn wieder.

Gerade, als er dachte, seine Mutter würde einfach aufstehen und gehen, räusperte sie sich unvermittelt. »Franca ist heute Morgen in die Schweiz gefahren. Sie kommt Ende nächster Woche zurück.«

»So, so.«

»Mehr hast du nicht zu sagen?«

»Was erwartest du?«

»Wann entschuldigst du dich bei ihr?«

Pellegrini zog die Augenbrauen zusammen. »Ich? Bei ihr?«

»Die Familie muss zusammenhalten.«

»Franca ist deine Geschäftspartnerin. Mehr nicht!«

»Ich dachte, sie bedeutet dir etwas.«

Vier Touristen kamen herein und setzten sich an einen der Bistrotische. Obwohl in der Bar üblicherweise nicht bedient wurde, ging Pellegrini zu ihnen und nahm ihre Bestellung auf. Er ignorierte seine Mutter, als er hinter die Theke zurückkehrte, bereitete Cappuccini und Latte macchiato zu, holte Softgetränke aus dem Kühlschrank.

»Ich habe gehört, dass du gestern Abend mit einer anderen Frau unten in Como Essen warst.«

Pellegrini wäre beinahe die Coladose aus der Hand gerutscht. Verdammte Klatschmäuler! Er war niemandem begegnet, den er kannte, aber das hieß gar nichts. Viele Leute wussten, wer er war, und kannten jemanden, der jemanden kannte, der in Brunate lebte und seiner Mutter alles weitertratschen konnte.

»Sie ist Staatsanwältin. Das war beruflich«, presste er schmallippig hervor und stellte die Dose auf das Tablett.

»Im *Come una volta*?«

Er musste seine Mutter nicht ansehen, er konnte das triumphierende Lächeln aus ihren Worten heraushören. Wem wollte er etwas vormachen? Vermutlich wusste sie ohnehin schon, dass er Piera Cosio anschließend zu ihrer Wohnung begleitet hatte. Was dort geschehen war, blieb aber hoffentlich seine Angelegenheit.

Pellegrini brachte den Touristen die Getränke, kassierte bei den alten Männern die Cappuccini und wandte sich dann seiner Mutter zu. Es war offensichtlich mal wieder an der Zeit, die Sache klarzustellen.

»Franca und ich sind kein Paar. Noch einmal: Sie ist *deine* Geschäftspartnerin und der Familie Pellegrini lediglich freundschaftlich verbunden. Das gilt auch für mich. *Basta!*« Er pochte seiner Mutter mit dem Zeigefinger gegen die Brust.

Sie schnalzte abfällig mit der Zunge. »Weil du ihr nicht sagst, was sie dir bedeutet.«

»Sie ist eine Freundin. Das muss ich ihr nicht sagen, das weiß sie. Wir sind uns einig.« Streng genommen war sie im Moment nicht einmal das. Das war keine Freundschaft, sondern eher ein Kriegszustand.

Marta Pellegrini streckte sich über die Theke und ließ ihre Tasse klirrend ins Spülbecken fallen. »Sie war vollkommen geknickt, weil ihr wieder Streit hattet.«

»Das geht dich nichts an.«

Franca hatte *ihn* hintergangen, nicht umgekehrt. Seit Anfang des Jahres wurden im Albergo hinter seinem Rücken Fakten geschaffen. Franca behauptete zwar, sie wüsste erst seit den Gesprächen mit seiner Mutter im Mai über den geplanten Umbau Bescheid, aber er glaubte ihr inzwischen kein Wort mehr.

»Wie kannst du nur so herzlos sein! *Beddia maddri*, was habe ich bei deiner Erziehung falsch gemacht?«

Pellegrini hörte die verhaltene Wut, konnte ihr nicht länger in die Augen sehen. Er wandte sich hastig ab, ballte die Hände zu Fäusten. Es ging sie nichts an. Wieso ignorierte sie diese Tatsache und zwang ihn zu endlosen Diskussionen oder überhäufte ihn mit Vorwürfen?

»Marco, was soll mit dem Gartenhaus passieren?«

Er biss sich auf die Unterlippe, um eine bösartige Erwiderung zurückzuhalten. Normalerweise wäre ihm ein Themenwechsel recht gewesen, aber das? Er nahm erneut den Lappen und begann, die Regale mit den Flaschen auszuwischen, ebenfalls völlig unnötig.

»Zunächst sollte das Schloss der Eingangstür im ersten Stockwerk ausgewechselt werden«, erklärte er stoisch.

»Ich meine die Frage ernst.« Ihre Stimme wurde ungewöhnlich scharf.

»Was sagt der Familienrat?«

»Ich will deine Meinung hören.«

»Ich habe keine Meinung.«

Eine Handvoll Leute betrat die Bar. Die nächsten Minuten bereitete Pellegrini *caffè* zu, füllte die ersten Weißweingläser des Vormittags, verkaufte Tageszeitungen und weitere Lose. Diese Woche gäbe es einen Riesen-Jackpot, erklärte eine Kundin mit Glitzern in den Augen.

Er war dankbar für die Ablenkung, hatte gehofft, seine Mutter würde in der Zwischenzeit aufbrechen.

»Hast du heute nichts zu tun?«, fragte er, nachdem er die Tische abgeräumt und das Geschirr in die Spülmaschine geräumt hatte. Er bereute seine Worte sofort, als er ihre empörte Miene sah. Die Frage hatte aggressiver geklungen, als sie gemeint gewesen war.

Wieder ein Stoßseufzer, dazu eine gemurmelte sizilianische Verwünschung, mit der sie ihm vermutlich mindestens ein Dutzend Höllenhunde samt Pest und Cholera auf den Hals hetzte. Dazu legte sie geziert die Hände flach nebeneinander auf die Theke und betrachtete sie eingehend. Pellegrini folgte ihrem Blick und nahm verwundert wahr, wie faltig sie geworden waren. Seine Mutter hatte schlanke Finger, wodurch die Gelenke noch deutlicher hervortraten. Auf den Handrücken zeichneten sich Altersflecken ab.

Ein kalter Schauder lief ihm über den Nacken und den Rücken hinab. Wie viele Jahre sollte, konnte es eigentlich mit dem Albergo noch weitergehen? Was geschah, wenn *Nonno* Carlo, die vermittelnde Instanz zwischen den Generationen, starb?

»Mach drei schöne Ferienwohnungen daraus.« Seine eigene Stimme klang fremd in seinen Ohren. »Separate Eingänge, im ersten und zweiten Stock große Balkone zum See.«

Marta Pellegrini hob den Kopf. »Sieh zu, dass du dich mit deiner Franca wieder versöhnst. Streit gibt es in der Familie Pellegrini nicht.«

»Sie ist nicht …« Er gab auf. Es hatte keinen Sinn.

Seine Mutter wandte sich ab und ging Richtung Ausgang. Eine Frau, die Pellegrini vom Sehen aus der Nachbarschaft kannte, betrat die Bar.

»*Salve*, Marta, schön dich zu sehen!«

»Sara, gut siehst du aus! *Cara*, du musst aufpassen, die Straße runter nach Civiglio stehen die Carabinieri und machen Verkehrskontrollen. *Ciao*, Marco! *Baci!*« Sie winkte ihm fröhlich zu, als sei nichts gewesen, und verschwand.

Pellegrini schüttelte den Kopf. Dann griff er zu seinem *telefonino*, um Spagnoli anzurufen, damit sie herkam und er mit ihr reden konnte. Er musste jetzt unbedingt den Kopf freibekommen, und dazu brauchte es eine neutrale Gesprächspartnerin.

Kurz darauf sah Pellegrini einen älteren Mann aus Richtung der Seilbahnstation kommen, der sich mehrmals um die eigene Achse drehte und umschaute. Dann schien er gefunden zu haben, wonach er gesucht hatte, und hielt auf die Bar zu. Es dauerte einige Augenblicke, bis Pellegrini ihn erkannte: Alfredo di Pietro, Journalist bei *La Provincia*. Er hatte alle Artikel über Bianchis Tod geschrieben, die in der Zeitung erschienen waren.

Di Pietro lächelte breit unter seinem dicken Schnurrbart, als er an die Theke trat. »*Buongiorno*, Commissario Pellegrini.« Kaum hatte er sie ausgesprochen, stutzte er über seine Worte.

Pellegrini lachte. »Ich bin gerade nicht im Dienst. *Caffè*?«

»Sehr gern!« Di Pietro setzte sich, zog einen Block samt Kuli hervor und legte beides auf die Theke.

Pellegrini deutete mit dem Kinn darauf. »Ich habe letztens auch mal versucht, mir Notizen zu machen. Aber irgendwie ist das nichts für mich.«

»Eine Sache der Gewohnheit.« Di Pietro ließ seine Finger suchend über die Zuckertütchen wandern und nahm dann Süßstoff. Pellegrini erschauderte. Immer wenn er sah, dass jemand etwas anderes als Zucker in seinen *caffè* rührte, hatte er das Gefühl, dem Jüngsten Gericht einen Millimeter näher gekommen zu sein. Es war ein Sakrileg. Natürlich eines, dass in Zeiten von Diabetes als Volkskrankheit irgendwie nachvollziehbar war. Aber dennoch schrecklich anzusehen, wie eine winzige weiße Pille direkt durch die Crema sank. In manchen Bars gab es inzwischen auch schon Süßstoff in Pulverform. Pellegrini ließ den braunen Zucker auf seiner Tasse extra einen Moment länger auf der Crema ruhen, bevor er rührte, trank und genoss.

»*Allora*, was kann ich für Sie tun?«, fragte er dann.

Überraschend lächelte Di Pietro verlegen. »Ich bin mir nicht sicher, vielleicht ist es eher umgekehrt. Sie ermitteln nicht, habe ich recht?«

»Das sollte sich inzwischen herumgesprochen haben.«

»Richtig. Ich war schon letzte Woche hier und habe mit einigen Leuten gesprochen. Dabei habe ich – warten Sie, sind das *cannoli*?«

»Handgemacht von meiner Mutter, nach einem sizilianischen Familienrezept.«

Di Pietros Augen leuchteten. »Bitte geben Sie mir eins. Nein, zwei. Zum Teufel mit meiner Gesundheit.«

Während der Journalist in Ricottacreme mit Zimt schwelgte, bediente Pellegrini weitere Gäste.

»Köstlich, richten Sie das Ihrer Mutter aus.«

»Gerne.« Allmählich wurde Pellegrini unwohl. »Aber Sie wollen nicht über unsere Familienrezepte recherchieren.«

Di Pietro lachte auf. »Nein. Ich habe gezielt nach Ihnen gesucht, Signor Commiss… Signor Pellegrini. Ich hatte Sie nicht in der Bar erwartet, war erst am Albergo Ihrer Familie, wo Ihre Schwester mir sagte, dass ich Sie hier finde.«

»*Capito.*«

»Haben Sie meine Artikel gelesen?«

»Habe ich.«

Di Pietro beugte sich vertraulich näher. »Entsetzlich inhaltlos, oder? Ich hatte Mühe, die geforderte Menge an Zeichen zusammenzuschreiben.«

Pellegrini nickte verständnisvoll, ohne zu verstehen, worauf sein Gegenüber hinauswollte.

»Nun habe ich gerüchteweise gehört, dass der Leichnam des Toten bewegt worden war – und zwar von Ihnen?«

Pellegrini hörte sehr wohl, dass der letzte Teil des Satzes als Frage formuliert war, dennoch wurde ihm einen Moment lang flau im Magen. Er atmete tief durch.

»Woher haben Sie das?«

»Ich nenne keine Quellen. Das sollten Sie wissen.«

»Meinetwegen. Was wollen Sie jetzt hören?«

»Ob es stimmt.«

»Zu welchem Zweck?«

Di Pietro lächelte böse. »Um einen kleinen Skandal anzuzetteln. Die Leser sind sauer, weil sie nichts erfahren und das Gefühl haben, ihnen würden Informationen vorenthalten. Womit sie ja völlig recht haben. Und ich würde gerne etwas Stimmung machen.«

»Das ist doch gar nicht Ihr Stil.« Pellegrini war einigermaßen verwirrt. Er hatte di Pietro bisher immer als besonnen erlebt. Bei *La Provincia* arbeitete vielleicht nicht der Hochadel des Journalismus, aber sie hielten ausreichend großen Abstand zum Boulevard.

»Nein, das ist richtig.« Di Pietro lehnte sich zurück. »Ich mache das auch nur mit Ihrem Einverständnis. Überlegen Sie Mal: Übermorgen ist die Tat zwei Wochen her. Maggiore Visconti arbeitet schlampig. Das *ist* ein Skandal. Bestenfalls kommt etwas Bewegung in die Sache, wenn ich darüber berichte. Und dank Ihrer Aussage wüssten die Leser, dass ich die Wahrheit schreibe.«

»Es wirft allerdings kein gutes Licht auf mich. Ein erfahrener Commissario, der sich an einer Leiche zu schaffen macht, bevor die Spurensicherung kommt. So etwas gibt es allenfalls noch in schlechten Vorabendkrimis.«

»Warum haben Sie es getan?«

»Ich kann es Ihnen nicht genau sagen. Ich kannte Salvatore Bianchi. Als ich vor dem Toten stand, hatte ich eine böse Ahnung, dass er es ist. Ich musste sicher sein.«

»Das macht Sie sehr menschlich. Und genauso würde ich es darstellen, meine Leserinnen und Leser Ihre persönliche Betroffenheit spüren lassen. Haben Sie sich bereits gegenüber dem Ermittlerteam geäußert?«

»Ich habe es versucht.« Pellegrini lehnte sich gegen die Anrichte und verschränkte die Arme. »Ein Sottotenente weiß, dass ich am Fundort der Leiche war. Dann war ich letzte Woche in der Kaserne, wurde aber abgewimmelt. Und Sie müssen es ja auch von irgendwem erfahren haben.«

Hatte El Gato geplaudert? Oder gar Tenente Agostino, um seinem Chef eins auszuwischen? Sie waren die Einzigen, die außer diesem Carabiniere, der ihn an jenem Morgen des Bahnsteigs verwiesen hatte, davon wussten.

»Ich verspreche Ihnen, dass ich es sehr vorsichtig formulieren würde. Ich kann Ihnen meinen Artikel auch vorab schicken, und Sie geben mir dann das Okay oder nicht.«

»Also gut.« Pellegrini konnte nicht einschätzen, was di Pietro sonst beabsichtigte zu schreiben. Er machte nur seine Arbeit, und theoretisch musste er dabei gar keine Rücksicht auf Pellegrini nehmen. Und es konnte ja nie schaden, sich mit der Presse gut zu stellen.

»Ich danke Ihnen, Signor Commissario. Machen Sie mir noch einen *caffè*? Ich habe noch einige Fragen. Antworten Sie nur, wenn Sie möchten. Ich schicke Ihnen den Artikel heute Nachmittag per Mail, und Sie nehmen Ihre Korrekturen vor oder geben ihn frei.«

»Einverstanden.«

»Zunächst etwas Privates: Haben Sie nicht eine Ausbildung im Hotelmanagement gemacht? Warum arbeiten Sie überhaupt bei der *polizia*?«

»Woher wissen Sie das denn?«

»Gute Frage. Weiß ich nicht mehr.«

Zu Pellegrinis Erleichterung hakte er nicht nach.

»Und die Bar? Arbeiten Sie häufiger als Barista?«

»Nein, es gab nur einen personellen Engpass.«

»Ausgerechnet nachdem in der Nachbarschaft jemand ermordet wurde?«

»Es gibt solche Zufälle.«

»In der Tat. *Salute!*« Di Pietro hob die Tasse und trank.

Pellegrini lächelte wider Willen.

»Aber ich habe da noch eine andere Idee, was halten Sie von einer Kolumne? *Commissario Pellegrini und die caffè-Kultur.* Oder: *Die Lieblingsrezepte des Barista-Commissario?*«

Pellegrini senkte drohend die Augenbrauen und tat, als würde er mit dem Geschirrtuch zum Schlag ausholen.

»Ab jetzt passen Sie lieber auf, was Sie sagen.«

Di Pietro hob abwehrend die Hände und lachte. »Fangen wir mit der ernsthaften Arbeit an.«

Pellegrini war erleichtert, als Ispettrice Claudia Spagnoli eine gute Stunde später mit ihrem Motorrad an der Bar vorbeifuhr und einige Meter weiter unter einem Baum parkte. Das Interview war anstrengend, noch dazu war in der Bar viel los gewesen. Jetzt hoffte er auf jemanden, mit dem er endlich vernünftig reden konnte.

Sie nahm den Helm ab und winkte ihm kurz zu. Dann zündete sie sich eine Zigarette an und ging ein paar Schritte auf und ab, während sie rauchte. Mit dem Helm in der Hand betrat sie nach einigen Minuten die Bar und setzte sich mit einem breiten Grinsen an die Theke. »Dann zeig mal, was du kannst, Barista.«

Pellegrini war schon dabei, zwei *caffè* zuzubereiten.

»Ich hatte gehofft, wir könnten uns ein wenig austauschen. Ich finde keinen Ansatz, wer Schuld an Salvatore Bianchis Tod haben könnte und warum.«

Falls Spagnoli sich darüber wunderte, warum er diesen Gedanken so offen aussprach, wo er doch offiziell nur wegen eines personellen Engpasses in der Bar aushalf, ließ sie sich nichts anmerken.

Statt zu antworten, trank sie ihren *caffè* und nickte anerkennend. »Der ist gut.«

»Ich habe lange geübt.«

Sie bat um ein Wasser und zog ihre Jacke aus. »Weißt du, dass sie nach einem Obdachlosen suchen?«

Er lächelte spöttisch. »Wirklich? Sie folgen meinem Hinweis? Auf diese Möglichkeit habe ich gestern Morgen hingewiesen, als ich den Einbruch in unser Gartenhaus gemeldet habe. Gibt es einen Verdächtigen?«

»Ein Mann namens Pietro Formenti, Mitte fünfzig, ohne festen Wohnsitz. Er treibt sich in einem ziemlich großen Gebiet herum, meistens um Brescia. Schwer alkoholabhängig, mehrere Anzeigen wegen Hausfriedensbruch und Diebstahl. Es gibt Hinweise darauf, dass er zur Tatzeit hier in der Gegend war. Jetzt suchen sie nach ihm. Er wurde zuletzt vor zwei Tagen in Lecco gesehen.«

Pellegrini stützte sich auf den marmornen Tresen und nickte nachdenklich. Dann erzählte er Spagnoli von dem Einbruch im Gartenhaus und den Spuren, die er dort entdeckt hat. »Ein Obdachloser, Alkohol, ein Gerangel. So könnte es gewesen sein.«

»Du klingst nicht sehr überzeugt.«

»Ich kann mir nicht helfen, aber ich habe das Gefühl, dass es doch etwas Persönliches ist. Da gibt es diese Gerüchte, dass in der Tatnacht gestritten worden sein soll. Könntest du dich mal ein wenig umhören, ob du etwas über die Familie Bianchi herausfindest?«

Spagnoli wirkte verwirrt. »Warum machst du es nicht selbst?«

»Was meinst du, was passiert, wenn meine Mutter erfährt, dass ich in der Familie des Opfers herumschnüffele? Gar keine gute Idee – selbst wenn am Ende der Mörder darunter ist.«

»*Capito.*« Spagnoli lachte. »Ich schau mal, was ich tun kann.«

Pellegrini nickte zufrieden. Dann erzählte er ihr von di Pietros Plan. Sie fand das Vorgehen gut und war klug genug, sein Verhalten am Tatort nicht weiter zu kommentieren. Sie ahnte vermutlich, dass er sich ausreichend über sich selbst ärgerte. Danach kam er auf sein Gespräch mit Felicitas Folisi, den Spaßanruf, mit dem die beiden Carabinieri nachts auf den Friedhof gelockt worden waren.

»So was passiert immer wieder, oder?«, meinte Spagnoli gleich.

»Natürlich. Es muss nichts bedeuten.«

»*Allora*, soll ich mich auch um den Ast kümmern?«

»Hast du eine Idee?«

Spagnoli grinste breit. »Ich habe einen Bekannten, der beim *Corpo Forestale dello Stato* war. Seitdem die Forstbehörde aufgelöst wurde, arbeitet er bei der Feuerwehr. Wenn er keine Idee hat, wie wir den Ast untersuchen könnten, kennt er sicherlich jemanden.«

»Genau darauf habe ich gehofft, als ich dich vorhin angerufen habe.« Lächelnd zeigte Pellegrini auf die Espressomaschine.

Spagnoli reckte zustimmend einen Daumen in die Höhe. »Du hättest es auch Visconti melden können. So wie den Einbruch.«

»Das hat Felicitas Folisi schon getan. Erwartest du, dass er mir mehr glaubt als ihr?« Er hob die Hand, um sie von einer Antwort abzuhalten. »In seinen Augen sind wir hier ein Haufen Dorftrottel, die entweder hinter jedem Baum ein Monster sehen oder mit dem Täter unter einer Decke stecken.«

»Jetzt übertreibst du.«

»Ich war froh, dass Bianchis Witwe ihm nichts über ihren Voodoo-Zauber gesagt hat. Sie hält immer noch daran fest.«

»Dann lieber ein Obdachloser im Affekt.«

»Du sagst es.«

Spagnoli schwieg nachdenklich, während sie ihren zweiten *caffè* trank. Pellegrini räumte die Spülmaschine ein und bediente weitere Gäste. Er hatte eigentlich erwartet, dass die Ispettrice nach dem Gespräch aufbrechen würde.

»Claudia? Ist noch etwas?«

»Nein. Wieso?« Sie tat gelassen, aber ihr unsteter Blick und ein ungehaltenes Zucken im Mundwinkel verrieten sie.

Er sah sie fragend an.

»Ich habe ein bisschen Ärger, aber das krieg ich hin.«

Pellegrini runzelte die Stirn, doch sie schwieg. Dann kam ihm ein Gedanke. Er mahlte frischen Kaffee und stellte ihr eine weitere Tasse hin.

»Pass auf. Eigentlich bin ich ja gerade gar nicht dein Chef, sondern Barista in einer kleinen Bar in einem Nachbardorf von Como.«

Spagnoli blinzelte verwirrt, dann lächelte sie. »Guter Versuch. Aber dazu kenne ich dich zu gut. Nein, vergiss es einfach. Ich habe nichts gesagt.«

Sie trank den *caffè*, legte ein paar Münzen auf den Tresen und verabschiedete sich.

Sogar als sie längst mit dem Motorrad vorbeigefahren war, starrte Pellegrini ihr noch durch das Fenster hinterher. Was hatte sie gemeint? Er war sicher, dass der Ärger beruflicher Natur war, sonst hätte sie es nicht erwähnt. War sie mit dem Questore aneinandergeraten? Mit einem Kollegen? Das ging ihn als ihren Vorgesetzten durchaus etwas an, oder nicht? Sollte er nachbohren? Oder war es am Ende nur Wichtigtuerei, ein Heischen um seine Aufmerksamkeit? Das sähe Claudia Spagnoli eigentlich nicht ähnlich, aber kannte er sie wirklich gut genug, um das zu beurteilen? Lobte er sie zu wenig, hatte sie den Eindruck, dass er ihre Arbeit nicht wertschätzte? Er war sehr zufrieden mit ihr, aber zeigte er ihr das auch?

Mit einem frustrierten Brummen wandte er sich wieder der Espressomaschine zu. Ein wenig erinnerte seine Ispettrice ihn gerade an Franca. Offenbar war es ihm im Moment nicht gegeben, die Frauen zu verstehen.

3

Kurz vor Ende seiner Schicht dröhnte von draußen lautes Geknatter herein, das die Fensterscheiben erzittern ließ. Wenig später surrte der schwarze Schatten eines Hubschraubers dicht über die Häuserdächer. Pellegrini konnte sehen, wie sich am jenseitigen Straßenrand ein Baum unter dem Wind der Rotoren bog. Kurz darauf folgte ein zweiter Hubschrauber, dunkelblau mit der weißen Aufschrift *Carabinieri* an der Seite.

Paolo betrat die Bar. Statt einer Begrüßung schüttelte er nur heftig den Kopf. In der Ferne jaulten Polizeisirenen. »Man kommt nirgendwo durch, Wahnsinn! Sie haben alles abgesperrt. Ein Verkehrsunfall mit Fahrerflucht, es soll Verletzte gegeben haben, daher der Hubschrauber.«

»Immer dasselbe.« Pellegrini klappte die Spülmaschine zu und nahm seinen Mantel vom Haken.

»Nicht ganz.« Paolos sonst so unbeschwertes Lächeln fiel gequält aus. »Es soll auch einen Schusswechsel gegeben haben.«

»Ernsthaft? Woher weißt du das?«

»Keine Ahnung, ob das stimmt. Die Leute erzählen's. Du weißt ja, wie das ist.«

Pellegrini gab nicht viel auf solche Gerüchte. Trotzdem beschlich ihn ein ungutes Gefühl, als er sich verabschiedete und aus der Bar trat. Kalter, böiger Wind empfing ihn und prickelte auf den Wangen. Dunkle Wolken hingen tief am Himmel, es sah so aus, als dämmerte es bereits, dabei war es noch nicht einmal drei Uhr nachmittags. Der Sommer schien sich endgültig zu verabschieden und dem Herbst Platz zu machen.

Fröstelnd vergrub Pellegrini die Hände tief in die Manteltaschen. In einiger Entfernung echote das Knattern eines Hubschraubers wieder lauter, und wenig später hob die Maschine ab und flog Richtung Como. Pellegrini ging ein paar Schritte die Straße runter und lehnte sich an einem Aussichtspunkt gegen das Geländer. Der zweite Hubschrauber flog kurz darauf über ihn hinweg. Pellegrini sah ihnen nach, bis sich beide Hubschrauber als kleine schwarze Punkte zwischen den Häuserdächern Comos verloren. Wenn ihn nicht alles täuschte, hielten sie auf den südwestlich der Innenstadt gelegenen *Ospedale Sant'Anna* zu.

Unschlüssig blieb er stehen. Immer noch waren Sirenen zu hören, es mussten eine ganze Menge Fahrzeuge unterwegs sein. Pellegrini war hin- und hergerissen. Einerseits hasste er Schaulustige, die zu Unfallorten rannten, um zu gaffen. Andererseits aber erinnerte er sich daran, dass seine Mutter mittags Verkehrskontrollen erwähnt hatte. Und an Felicitas Folisis Theorie, jemand habe es auf die Carabinieri abgesehen.

Pellegrini atmete mehrmals tief durch und schüttelte sich, um den Kopf frei zu bekommen. Er sah Gespenster. Sein Gehirn konstruierte ungefragt Zusammenhänge, wo keine waren. Trotzdem schlug er den Weg zum Stützpunkt der Carabinieri ein. Mit etwas Glück würde er herausfinden, was geschehen war, und sich dann selbst einen Idioten schimpfen.

Gut zwanzig Minuten später sah er schon von Weitem mehrere uniformierte Personen, die sich vor dem Gebäude versammelt hatten. Ein Fiat Bravo parkte mit offenen Türen und blinkendem Blaulicht nahe der Häuserwand. Mehrere Passanten, vor allem Kinder, lungerten neugierig in der Nähe herum, ein paar machten Fotos.

Pellegrini hatte Glück. »Emilio«, rief er leise und winkte, als Folisi sich suchend umblickte.

»Marco! *Santa Madonna*, du glaubst nicht, was hier los ist.« Er hatte trotz der Kälte einen hochroten Kopf. Seine Haare klebten ihm an den Schläfen und am Hinterkopf. »Sie haben es gerade durchgegeben. Es gibt einen weiteren toten Kollegen.«

»Wie bitte?«

Folisi nahm die Mütze ab. Seine Hand zitterte. Er lehnte sich gegen die Hauswand. Pellegrini klopfte ihm unbeholfen auf die Schulter.

Folisi riss sich zusammen und holte Luft. »Es ist alles noch vollkommen unklar. Es gab in der ganzen Gegend Verkehrskontrollen, reine Routine. Angeblich hat heute Nachmittag jemand in einem schwarzen Auto versucht, einen Carabiniere umzufahren, der ihn rauswinken wollte. Hat einfach draufgehalten. Sein Kollege hat daraufhin auf ihn geschossen. Der Fahrer ... ich sage Fahrer, dabei ist es noch nicht einmal sicher, ob es ein Mann war. Jedenfalls hat das Auto mit Vollgas durchgezogen. Hat den einen voll erwischt und überfahren, den anderen ins Gebüsch geschleudert.« Folisi schluckte schwer. »Gaetano Milani, siebenundvierzig, zweifacher Familienvater, ist im Hubschrauber seinen Verletzungen erlegen. Im Krankenhaus haben sie noch versucht, ihn zu reanimieren.« Er fuhr sich mit der Hand über die Stirn. »Der andere ist Mario Volta, gerade mal sechsundzwanzig. Sie müssen ihn operieren. Mehrere Knochenbrüche und wer weiß, was noch. Der Junge ist Anwärter.«

Pellegrini klopfte ihm abermals auf die Schulter. »Ist das etwa der Sohn von Martina Volta, die drüben am Kirchplatz die *pasticceria* hat?«

»Genau der.«

»Du meine Güte. Ich wusste gar nicht, dass der schon so alt ist.« Die Zeit raste einfach so dahin. Dabei erinnerte sich Pellegrini lebhaft an einen nervtötenden kleinen Burschen, der ihm und seinen Freunden hinterhergelaufen war, wenn sie sich als Halbwüchsige heimlich hinter der Kirche getroffen hatten, um Dinge zu tun, von denen Erwachsene nichts wissen sollten.

Betroffen schwieg er.

»Ich dachte immer«, murmelte Folisi, »aus dem wird mal was.«

»Der kommt schon wieder auf die Beine.« Selbst in seinen eigenen Ohren klangen diese Worte hohl und verlogen, aber Pellegrini wusste nicht, was er sonst sagen sollte. »Gibt es Zeugen?«

Folisi zog eine Grimasse, als habe er gerade einen Tritt in die Eingeweide bekommen.

»Gaetano Milanis achtjährige Tochter. Sie hat im Wagen gesessen und ihrem *Papà* bei der Arbeit zugeschaut. Von ihr wissen wir, dass es ein kleines schwarzes Auto war. Vielleicht ein Fiat Punto oder so.«

»Das ist …«

»Natürlich ist es nicht erlaubt, seine Kinder mit zur Arbeit zu nehmen!«, fuhr Folisi dazwischen. »Aber sag mir jetzt nicht, das wäre riskant oder gedankenlos. *Oddio*, ich habe Sonia früher auch schon mal zu einer Bootsfahrt auf den See mitgenommen. Wir machen normalen Dienst am Bürger, wir sind nicht die Antimafia!«

»Aber ihr habt bei normalen Verkehrskontrollen die Maschinengewehre im Anschlag«, gab Pellegrini trocken zurück.

Folisi knurrte. »Das hat den beiden auch nichts genutzt. Das Auto hat vielleicht ein paar Löcher. Wir haben es zur Fahndung ausgeschrieben.«

Sein Tonfall verriet, wie gering er die Aussicht auf einen schnellen Erfolg einschätzte. *Klein und schwarz* traf sicherlich auf ein Viertel aller Autos in der Gegend zu, wobei die Unzuverlässigkeit der Augenzeugin hinzukam. Nicht selten waren die Erinnerungen an solche Details falsch, und was ein achtjähriges Mädchen als *klein* bezeichnete, wäre auch genauer zu definieren.

»Und jetzt?«, fragte Pellegrini.

»Ich weiß es nicht. Ich will gar nicht nach Hause. Felis wird außer sich sein. Am Ende sperrt sie mich in den Keller. Vielleicht wäre es doch besser, mich dienstuntauglich zu melden.« Er grinste schief. »Besser fürs Überleben, verstehst du?«

»Du glaubst also, es gibt einen Zusammenhang zwischen den beiden Vorfällen?«

Folisi setzte seine Mütze auf. »Du etwa nicht?«

Pellegrini stockte. Sein erster Impuls war, Nein zu sagen. Was hatten sie vorzuweisen? Da war der Obdachlose, den sie suchten und der im Moment ihre einzige Spur war. Wenig wahrscheinlich, dass der nun mit einem Auto weitere Carabinieri überfuhr. Wenn man den vorgetäuschten Notruf zum Friedhof hinzuzählte, waren es drei vollkommen unterschiedliche Herangehensweisen und die Opfer scheinbar wahllos – bis auf die Tatsache, dass sie Carabinieri waren.

Das alles ergab kein Bild.

»Ich bin mir nicht sicher«, erwiderte Pellegrini nach längerem Schweigen. »Wir wissen kaum etwas darüber, was in der Nacht passiert ist, als Bianchi starb. Ob es eine geplante Tat war oder im Affekt passiert ist, welches Motiv der Täter hatte.«

»Die üblichen Fragen.«

»Wir können technisch noch so große Fortschritte machen, Fasern oder DNA sicherstellen, über Täterprofile nachsinnen. Aber auch wenn wir immer mehr Details kennen: Welche Neuronen im Kopf eines Mörders am Ende des Tages den entscheidenden Impuls geben, das wissen wir nicht. Es ist selten so, dass es einen eindeutigen Auslöser gibt, viel häufiger ist es ein Konglomerat aus vielen einzelnen Puzzleteilchen.«

»Neuronen, Konglomerat«, wiederholte Folisi kopfschüttelnd.

Pellegrini merkte, dass seine Ausführungen zu theoretisch geworden waren. »Wann und warum wird ein Gedanke, eine Absicht zur Tat?«

»Keine Ahnung.«

»Eben. Ich auch nicht. Ich kann ein paar Zeichen deuten, Hinweisen folgen, mich auf die hervorragende Arbeit unserer Spurensicherung verlassen und auf die Indizien, die sie mir liefern. Aber selbst wenn die Mordabsicht im Nachhinein lückenlos rekonstruierbar ist, in den meisten Fällen geht geplanten Taten ein langes Zögern und Abwägen voraus. Bei Taten aus dem Affekt heraus müssen bestimmte Gegebenheiten zusammenkommen. Tausend Mal geht alles gut, aber beim tausendundeinsten Mal passt plötzlich alles, und es passiert.« Er drehte seine Handflächen nach oben und bewegte sie wie die Schalen einer Balkenwaage auf und ab. *»Tu ich es? Tu ich es nicht?* Der entscheidende Moment, in dem die Absicht über den Zweifel siegt und die Tat folgt, kann winzig sein. Für mich als Ermittler ist er aber entscheidend.«

Pellegrinis Vortrag schien Folisi ein wenig zur Besinnung gebracht zu haben. Er richtete sich etwas auf und hob den Kopf, schien sich entschlossen zu haben, sich nicht einschüchtern zu lassen.

»Weißt du was?«, erklärte er. »Du und ich, wir fahren morgen ins Krankenhaus. Und dann redest du mit dem

Jungen. Was passiert ist, kann man nicht mehr ungeschehen machen. Aber du, du kannst herausfinden, wann bei Salvatores Mörder oder diesem irren Fahrer der entscheidende Moment war, an dem sie durchgedreht sind. Mir egal, ob es einer oder zwei oder eine ganze Gruppe war. Finde sie!«

Pellegrini nickte verdrossen. »So machen wir es.« Er verabschiedete sich und machte, dass er davonkam. Folisis kleine Abschlussrede hatte den Druck nicht gerade genommen. Im Gegenteil. Er hatte sich noch nie so persönlich verantwortlich gefühlt, den oder die Schuldigen zu finden. Und das, wo er offiziell nicht einmal ermittelte.

Donnerstag, 15. Oktober

*P*ronto!«

»Dottor El Gato, Pellegrini hier. Ich habe eine kurze Frage: Hatte Salvatore Bianchi eigentlich Alkohol im Blut?«

»Darüber darf ich Ihnen selbstverständlich keine Auskunft geben. Warum fragen Sie?«

»Es gab Gerüchte, er wäre sturzbetrunken gewesen.«

»Interessant. Ich kann dazu nichts sagen. Aber ich habe mal gehört, dass Leute mit 0,6 Promille Alkohol im Blut noch recht passabel Auto fahren.«

»Ist das so?«

»Vielleicht auch nur ein Gerücht.«

»Sie haben was gut bei mir.«

»Wofür?«

Pellegrini meinte herauszuhören, dass El Gato lächelte. »Kommen Sie mal auf einen *caffè* rauf. *Ci sentiamo*, Dottore!«

»Sie machen das schon. Viel Erfolg, Signor Commissario.«

Pellegrini runzelte nachdenklich die Stirn. Bianchi hatte also einen Blutalkoholgehalt von 0,6 Promille gehabt. Das hieß, er war nicht mehr ganz nüchtern, sollte aber durchaus in der Lage gewesen sein, sich koordiniert zu wehren.

Er hielt sein *telefonino* noch in der Hand, als es klingelte. »*Pronto*, Piera.« Windgeräusche und Straßenlärm schallten ihm entgegen.

Piera Cosio klang gestresst. »Hör zu, ich habe nicht viel Zeit. Aber ich wollte dir wegen der Faserprobe Bescheid geben. Das ist leider eine Sackgasse.«

»Bist du ganz sicher?«

»Eindeutig negativ, keine Übereinstimmung. Ich muss jetzt ins Gericht, aber wie sieht es aus, hast du am Wochenende Zeit?«

Er zögerte kurz. »Ich denke schon. Ich melde mich morgen im Laufe des Tages.«

»Einverstanden. Bis dann!«

Pellegrini ließ das Handy sinken und starrte auf die Marmorplatte der Theke. Es war später Vormittag, eines dieser kleinen Zeitfenster, in der die *Bar della Funicolare* menschenleer war. Normalerweise würde er jetzt die Kaffeelieferung, die der Paketbote im Hof abgestellt hatte, ins Lager räumen. Doch ihm fehlte die Energie. Er hatte schlecht geschlafen, um kurz nach sechs im Stockfinstern eine Joggingrunde gedreht, endlos und viel zu heiß geduscht – nichts davon hatte geholfen. Dieser Fall um den toten Carabiniere lag ihm schwer im Magen. Und der Tod des zweiten machte es nicht besser, obwohl er ihn nicht persönlich gekannt hatte.

Normalerweise konnte er solche Geschehnisse abschütteln. Zu geringe emotionale Distanz war gar nicht gut für seine Arbeit. Das war eine Binsenweisheit, doch ihm wurde jetzt umso deutlicher bewusst, wie viel Wahrheit darin steckte.

Was war los mit ihm?

Er hatte ein schlechtes Gewissen. Er würde Piera Cosio morgen nicht anrufen, obwohl er am Wochenende Zeit hätte. Sie würde hoffentlich die richtigen Schlüsse daraus ziehen. Natürlich war es albern, sich schlecht zu fühlen. Er war ungebunden, niemandem gegenüber verpflichtet. Es war ein schöner Abend gewesen. Warum fühlte es sich dennoch so an, als hätte er Franca betrogen? Sie wollte nichts mehr von ihm wissen. Was gut so war. Er wollte nichts erklären, wo es nichts zu erklären gab. Im Nachhinein war ihm seine Reaktion am Montag peinlich, sowohl seiner Familie als auch ihr gegenüber. Er hätte sich alles anhören und um Bedenkzeit bitten sollen. Niemand hatte ein überstürztes »Ja« oder »Nein« von ihm erwartet. Er hatte sich lächerlich gemacht.

Pellegrini nahm einen Lappen und wischte mit gemächlich kreisenden Bewegungen über die Theke. Es half ihm beim Nachdenken. Seine Schwester hatte es mal spöttisch sein Bar-Yoga genannt, und so verkehrt lag sie damit gar nicht. Er hatte es auch mal in der Küche seines Apartments ausprobiert, war sich aber albern vorgekommen. Es funktionierte nur in der Bar.

Er wollte es sich nicht eingestehen, doch wenn er ganz tief in sich hineinspürte, war da ein unsicheres Vibrieren. Er würde nicht so weit gehen zu behaupten, er habe Angst. Aber eine Vorstufe. Er war nervös. Persönlich betroffen und nervös. Er wollte es nicht glauben, es gab keine Beweise. Aber inzwischen hielt er Felicitas Folisis Theorie, jemand habe es auf Carabinieri oder generell auf Polizisten abgesehen, für immer wahrscheinlicher. Und es beunruhigte ihn. Wenn sie stimmte, waren Menschen in Gefahr, die er schätzte, und sogar er selbst. Wie könnte er da gelassen bleiben?

Indem er sich sagte, dass es keine Beweise für diese Theorie gab. Das mochte sein. Aber an einen Zufall glaubte er ebenso wenig. Es gab einen Zusammenhang zwischen Bianchis Tod und dem Anschlag auf die Verkehrskontrolle. Nur welchen?

Piera Cosio hatte die Stoffprobe untersuchen lassen, die er von Luciano Cesaris Anzug genommen hatte. Sie stimmte nicht mit den Fasern überein, die unter Salvatore Bianchis Fingernägeln gefunden worden waren. Den *consulente* konnte er also von der Liste möglicher Verdächtiger streichen. Das erleichterte Pellegrini, denn der Mann war ihm nicht unsympathisch gewesen. Auf der anderen Seite hatte er keine andere Idee. Der Obdachlose war immer noch nicht gefunden, und so richtig glaubte Pellegrini auch nicht, dass er etwas damit zu tun hatte.

Kein Täter, kein Motiv.

Die Bertinis, Stefanias Bianchis Familie, die Männer im Bocciaclub, der Täter könnte unter ihnen sein. Allerdings war davon auszugehen, dass die Ermittler weder Verdächtige vernommen noch Anschuldigungen erhoben hatten, andernfalls hätte sich das in Windeseile herumgesprochen. Die Ermittler beziehungsweise er müssten tiefer graben, und das war leichter gesagt als getan. Wenn seine Mutter sogar mitbekam, dass er in Como mit einer Staatsanwältin ausging, wie sollte er dann Ermittlungen direkt vor Ort verheimlichen? Ganz sicher würde er kein weiteres Mal mit *Nonno* Carlo über den Bocciaclub sprechen können, ohne dass sie es mitbekam. Hinzu kam: Nicht nur Marta Pellegrini wusste immer eine ganze Menge Dinge, die sie nichts angingen, ihre Freundinnen waren keinen Deut schlechter darin, ihre Nasen in fremder Leute Angelegenheiten zu stecken.

Pellegrini hatte nie verstanden, dass sich inzwischen so viele Menschen freiwillig überwachen ließen, weil sie ja nichts zu verbergen hätten. Solche Leute sollten mal mit ihm den Platz tauschen. Die verschworene Dorfgemeinschaft Brunates war mindestens so effektiv wie Kameras oder Apps.

War es das, was ihm zu schaffen machte? Setzte er sich so unter Druck, den Fall aufzuklären, weil er um die Unfähigkeit des ermittelnden Maggiore Visconti wusste und befürchtete, bei den *brunatesi* in schlechtem Licht dazustehen? War ihm das nicht sonst herzlich egal? Er fühlte sich mal mehr, mal weniger dieser Dorfgemeinschaft zugehörig, aber er war keinesfalls ein Außenstehender. Seine Position war die eines teilnehmenden Beobachters. Alfredo di Pietro hatte ihn während des Interviews so bezeichnet und damit gut auf den Punkt gebracht, was ihm bisher gar nicht so bewusst gewesen war. Pellegrini war wirklich neugierig auf den Artikel gewesen, aber der Journalist hatte sich nicht mehr gemeldet, was allerdings nachvollziehbar war. Der Tod des zweiten Carabiniere und die Fahrerflucht bestimmten die Titelseite von *La Provincia* und allen anderen Zeitungen.

Pellegrini ließ die Wischerei sein, verließ die Bar durch den Hinterausgang, schulterte sich den ersten Karton mit Kaffee. Wäre er gläubig, wäre es jetzt an der Zeit für ein Stoßgebet, damit der Herrgott ihm eine Eingebung schickte.

2

Pellegrini war alles andere als wohl in seiner Haut, als er am frühen Nachmittag auf dem Rücksitz im Golf der Folisis saß, um ins Krankenhaus zu fahren. Er hatte sich in der Hoffnung, sich besser zu fühlen, für den Besuch des frisch operierten Anwärters extra einen Anzug angezogen, doch es hatte nichts geholfen. Die ganze Zeit dachte er nur darüber nach, was passierte, wenn Visconti davon erfuhr, wie sehr er sich in die Ermittlungen einmischte. Das war kaum noch länger zu leugnen. Pellegrini versuchte, sich abzulenken, indem er den Weg der Regentropfen verfolgte, die an den Seitenscheiben von vorn nach hinten wanderten. Es erinnerte ihn an früher, wenn er und Alessandra darum gewettet hatten, welche Tropfen schneller das Ende der Scheibe erreichten.

Emilio Folisi saß auf dem Beifahrersitz und war nicht weniger nervös. Beim Einsteigen hatte Pellegrini eine leichte Alkoholfahne gerochen, und während der Fahrt wischte er immer wieder mit den flachen Händen über seine Jeans. Einzig seine Frau Felicitas, die zu Recht darauf bestanden hatte zu fahren, schien einigermaßen gefasst. Hochkonzentriert steuerte sie den Wagen durch das Gewirr des Feierabendverkehrs. Die Verkehrsführung in Como war eine Katastrophe, die vielen Einbahnstraßen eng und oft überfüllt. Wenn die Autos in Zweierreihen im Stau standen, kamen weder Roller- noch Radfahrer durch, weshalb viele die Autos kamikazemäßig von allen Seiten überholten. Da es regnete, blieben sie heute immerhin von solchen Manövern verschont.

»Ist ja gut, dass es mal regnet, der Sommer war viel zu trocken«, brummte Emilio. »Aber muss das unbedingt jetzt sein?«

Felicitas setzte den Blinker und machte dann fluchend eine Vollbremsung, weil eine Ampel gerade wieder auf Rot sprang. »Vielleicht solltest du morgen auf deine Joggingrunde verzichten, Marco.«

Pellegrini hob den Kopf. »Wie meinst du das?«

»Ich meine, dass du in der Dunkelheit nicht gut genug siehst, wenn der Boden rutschig ist. Selbst wenn da draußen niemand ist, der es auf euch abgesehen hat ...«

»Würdest du bitte mit deiner durchgeknallten Theorie aufhören!«, fuhr Emilio dazwischen.

»... ist es trotzdem gefährlich. Gerade die *Strada Regia* ist ja nun eine ziemliche Holperpiste.«

»Ich fürchte, dein Spion hat dich falsch informiert, *cara*«, erklärte Pellegrini kühl. »Auf der *Strada Regia* bin ich Montag bei Tageslicht gelaufen. Heute Morgen bin ich auf den asphaltierten Straßen geblieben. Und in Brunate sind die Straßen elektrisch beleuchtet, ein Wunder der Zivilisation.«

»Spar dir deinen Sarkasmus, ich meine das ernst.«

»Ich auch.« Pellegrinis Stimme wurde eine Spur schärfer. »Ich denke nicht, dass mir irgendjemand in Brunate, Como oder ganz Italien vorzuschreiben hat, wann und wo ich jogge!« Wer hatte da geschwatzt? Bei den Bertinis hatte er heute Morgen im Badezimmer Licht gesehen, vielleicht hatte er das Flavia zu verdanken. Sie sah ihn oft laufen.

Den Rest der Fahrt ließ Pellegrini sich nicht mehr auf ein Gespräch ein. Stattdessen blickte er aus dem Fenster und betrachtete die Häuserzeilen Comos, die ihm heute schmuddelig und abweisend erschienen. Bauten aus den Sechzigern bis Achtzigern, Fassaden, an denen der Putz abblätterte und die mit Graffiti besprüht waren, Müllsäcke in den Einfahrten. Pellegrini wandte sich ab. Das war ziemlich ungerecht. Die Stadt war nicht überall schön, gerade an den Randgebieten, wo keine Touristen hinkamen und viele Menschen lebten, für deren Probleme sich niemand so recht interessierte. Aber das war fast überall auf der Welt so, zumindest fiel ihm kein Gegenbeispiel ein. Und jetzt gerade sah er nur das Schlechte.

Felicitas bog auf den Parkplatz des *Ospedale Sant'Anna* ein. Sie stiegen aus, hasteten durch den Regen und betraten schweigend das Gebäude.

»Ich warte in der *caffetteria* auf euch«, erklärte sie und verschwand hinter einer Glastür. Gemeinsam mit Emilio, der eine Schachtel von Mario Voltas Mutter bei sich trug, fuhr Pellegrini mit dem Aufzug in den dritten Stock. Er hätte nie gedacht, dass er sich in diesen Krankenhausfluren *noch* unwohler fühlen konnte. Ihm graute vor dem, was ihm bevorstand.

Seine Befürchtungen waren zunächst unbegründet. Mario Volta war bereits am Vormittag von der Intensivstation in ein normales Zimmer verlegt worden. Dort lag er allein, lediglich mit mehreren Schläuchen an eine Pumpe angeschlossen, die ihn mit einem Cocktail verschiedenster Schmerzmittel versorgte. Er döste, als sie das Zimmer betraten, und sah mit seinem blassen Gesicht auf dem weißen Krankenhauskissen sehr verletzlich aus. Doch er wurde sofort munter, nachdem sie ihn angesprochen hatten, und Pellegrini erkannte den Vierjährigen mit den wilden braunen Locken und blitzenden schwarzen Augen wieder, der ihm in seinen Jugendzeiten nachgelaufen war oder der seine Mutter begleitet hatte, wenn sie dem Albergo Brot und Kekse lieferte.

Emilio stellte die Schachtel auf dem Nachttisch ab. »Von deiner Mutter.«

»Noch mehr?« Mario verdrehte die Augen. »Ich habe mehr als genug, sie hat mir heute Vormittag erst … egal. Wollt ihr ein paar *dolci*?«

Pellegrini setzte sich auf einen der harten Plastikstühle und griff zu, denn er wusste nur zu gut, dass Maria Volta eine begnadete Bäckerin war. Emilio nahm auf dem leeren Nachbarbett Platz und lehnte ab. Er war zu angespannt, um etwas zu essen.

Seine Operationen, fuhr Mario mit einem erleichternden Grinsen fort, wären langwierig, aber zum Glück nicht kompliziert gewesen. Er habe eine Metallplatte in der Hüfte, weshalb er sich schon auf die nächste Sicherheitskontrolle am Flughafen freue. Pellegrini konnte die fröhliche Laune des jungen Mannes nicht ganz nachvollziehen, war jedoch erleichtert, wie gut er die ganze Sache wegzustecken schien. Zudem war er körperlich fit, sodass seine Brüche und Verletzungen vielleicht rasch ausheilten und wirklich kein Nachspiel hatten.

Pellegrini nickte aufmunternd, während er sich Kekskrümel vom Jackett wischte. »Mario, ich möchte ehrlich sein. Das hier ist nicht nur ein Krankenbesuch.«

»Habe ich mir schon fast gedacht.«

Pellegrini überlegte kurz, ob er Mario erklären müsste, dass er eigentlich nicht offiziell ermittelte, aber trotzdem Fragen stellen wollte. Er ließ es sein. Das machte die gesamte Angelegenheit nur komplizierter. Er hatte sich ohnehin schon viel zu weit vorgewagt.

»Ich möchte dich bitten, uns noch einmal den gesamten Ablauf zu erzählen. Was genau gestern passiert ist. Was du über den Wagen, über den Fahrer erzählen kannst.«

»Das ist aber jetzt kein offizielles Verhör, oder so?« Marios Blick wanderte unsicher von Pellegrini zu Emilio und zurück.

Pellegrini lächelte säuerlich. So viel zu seinem Vorhaben, sich eine umständliche Erklärung zu ersparen.

»Du kennst Marco doch, er ist ein Nachbar, genau wie ich.« Emilio war rot geworden und räusperte sich verlegen hinter vorgehaltener Hand. »Ich habe ihn darum gebeten mitzukommen, damit wir gemeinsam herausfinden, was passiert ist. Mit dir. Mit Salvatore und mit Gaetano.« Die letzten Worte hatte er immer leiser gesprochen, und danach versagte ihm endgültig die Stimme. Er ließ den Kopf auf die Brust sinken und starrte zu Boden.

»Das ist weder ein Verhör noch sonst etwas Offizielles«, ergänzte Pellegrini, bemühte sich um einen sanften und dennoch entschlossenen Tonfall. »Aber wenn ich ehrlich bin, will ich, dass die ganze Sache endlich ein Ende hat.«

»Das will ich auch. *Capito.*« Jetzt fiel Marios Lächeln deutlich gequälter aus. »Ich frage nur, weil ich den Kollegen gegenüber nicht ganz ehrlich war.«

Pellegrini entschied sich zu schweigen.

»Ich weiß nicht, wie ich es sagen soll. Es ging alles so schnell. Das Auto kam auf uns zu, Gaetano signalisierte ihm mit der Kelle, an den Straßenrand zu fahren, wie immer. Doch dann beschleunigte der Wagen plötzlich. Gaetano versuchte noch, zur Seite zu springen, aber es hat ihn voll mit dem Kotflügel erwischt und gegen die Leitplanke geschleudert.« Mario stockte und schluckte mehrmals. »Dann verschwimmt alles, ich habe nicht mehr klar denken können. Ich weiß, dass ich geschossen habe, aber es ist vollkommen verrückt. Ich höre noch die Schüsse, ich erinnere mich dagegen nicht mehr daran, was genau ich getan habe. Aber ich weiß, dass der Fahrer mich angeguckt hat. Er hat den Mund aufgerissen, vielleicht etwas geschrien.« Er brach ab.

Pellegrini versuchte das Gesagte einzuordnen. Diese Erinnerungslücken waren normal, es war eine Stresssituation gewesen, der Körper auf Reflexe, der Verstand auf seine Instinkte reduziert. Es konnte sein, dass Mario in ein paar Tagen wieder mehr darüber wusste, was vorgefallen war. Ebenso gut war es möglich, dass er die Lücken mit dem füllte, von dem er *glaubte*, dass es so passiert war. Das Gedächtnis ergänzte ungefragt Dinge, die zu der bewussten Erinnerung passten, und dann wurde daraus eine Geschichte, die nicht unbedingt stimmen musste, sich für den Augenzeugen jedoch unumstößlich richtig anfühlte. Das war ein vollkommen normaler kognitiver Prozess, gegen den sich niemand wehren konnte, ähnlich wie bei einer optischen Täuschung: Sie funktionierte sogar noch, wenn man wusste, dass es eine war. Echte und Pseudoerinnerungen waren auch mit den besten Absichten nicht voneinander zu unterscheiden, sie waren allenfalls durch externe Fakten wie Fotos, DNA-Spuren oder Dokumente widerlegbar. Das machte Zeugenaussagen so unzuverlässig und den Zeitpunkt der Befragung umso wichtiger. Was Mario Volta heute nicht erinnerte, war mit großer Wahrscheinlichkeit gar nicht oder völlig anders geschehen, als er in ein paar Tagen behaupten würde.

Entsprechend musste Pellegrini mit seinen nächsten Fragen äußerst vorsichtig sein, damit er dem jungen Mann weder Anreize gab, Lücken schließen zu wollen, noch ihm etwas in den Mund legte. Er sollte nur sagen, was er wirklich gesehen und erlebt hatte.

»Kannst du dich erinnern, was für ein Auto das war?«, fragte Emilio plötzlich in die entstandene Stille.

Pellegrini warf ihm einen warnenden Blick zu. Es fehlte gerade noch, dass Emilio jetzt die Fehler machte, die er selbst gerade zu vermeiden versuchte. Immerhin hatte er nicht gefragt, ob das Auto schwarz gewesen war.

»Nein, das vermischt sich alles. Kein besonderes, ein Kleinwagen, aber keine Ahnung, welcher. Dunkle Farbe.«

Wieder ein gequältes Lächeln. »Glaube ich.« Sein Blick verlor sich, und mit unterdrücktem Schnaufen versuchte er, seine Position zu wechseln. Dann drückte er mit einem entschuldigenden Blick auf die Schmerzpumpe.

Zum Glück schien Emilio begriffen zu haben, dass er sich in das Gespräch nicht weiter einmischen sollte. Pellegrini wartete geduldig, nickte Mario aufmunternd zu, als der endlich eine Position gefunden hatte, in der er einigermaßen schmerzfrei liegen konnte.

»Signor Commissario«, begann der junge Mann wieder zu sprechen. »Ich weiß, dass Sie sich jetzt fragen, *was* ich gesehen habe. Aber das ist es. Deshalb habe ich Maggiore Visconti gegenüber behauptet, mich an nichts zu erinnern. Ich habe *il diavolo* gesehen.«

»Du hast was?«

Mario drehte den Kopf zur Seite, konnte Pellegrinis Blick nicht standhalten. »Es ist mir unendlich peinlich. Aber das ist es, was ich erinnere: den Teufel. Eine rote Fratze, zwei Hörner, schwarze strähnige Haare, tiefe dunkle Augenhöhlen, in denen schwarze Kohlen glühen. Ein schwarzer Umhang. Ein zu einem höhnischen Lachen verzerrter Mund mit riesigen Zähnen. Eine Figur mitten aus einem Märchen entsprungen, die auf mich zuhielt. Dann kam ein greller Lichtblitz und danach nichts mehr.«

Mit einiger Mühe unterdrückte Pellegrini ein Aufstöhnen. Waren in Brunate jetzt alle verrückt geworden? Erst ein durchgedrehter Loa, den Stefania Bianchi beschworen haben wollte, und jetzt der Teufel persönlich. Was kam als Nächstes?

»Ich weiß, was Sie jetzt denken, Signor Commissario«, erklärte Mario mit leiser Stimme. »Ich denk's ja selbst: Bei mir sind wohl ein paar Sicherungen durchgebrannt. Ich glaube nicht an Dämonen oder den Teufel. Aber ich bekomme das

Bild nicht aus dem Kopf. Bitte sagen Sie niemandem etwas, vor allem nicht meinen Vorgesetzten. Die erklären mich für den Rest meines Lebens dienstuntauglich.«

»Schon gut. Wir behalten das für uns.« Pellegrini klopfte beruhigend auf die Bettdecke. Emilio nickte gedankenvoll und rieb sich mit der Hand über die Augen.

»Mario«, begann Pellegrini vorsichtig. »Hast du denn irgendeine Idee, was du wirklich gesehen haben könntest?«

»Nein, das ist es ja.« Er zog die Schultern hoch und machte sofort eine schmerzhafte Grimasse. »Ich wühle in meinen Erinnerungen, überlege, wie ich das zusammenbringen soll. Mir fällt nichts ein. Es tut mir so leid.«

»Das muss dir nicht leidtun.« Pellegrini atmete tief durch. »Der Verstand geht in Ausnahmesituationen schon einmal seine eigenen Wege. Das ist nur menschlich und nichts, wofür man sich schämen müsste.«

Es gab nichts mehr zu sagen. Pellegrini und Emilio blieben noch ein paar Minuten, bis sie merkten, dass Mario müde wurde. Kaum hatten sie sich verabschiedet und standen auf dem Krankenhausflur, da platzte es aus Emilio heraus: »Mich erinnert das an was. An etwas, das Sonia immer gesagt hat, als sie noch ein kleines Mädchen war. Aber es fällt mir nicht ein.«

Wider Willen musste Pellegrini lachen. »*Il diavolo* geht in Brunate um? Ich erinnere mich nur an diese alte Sage, die *Nonno* häufiger erzählt hat: von einem Wolf, der kleine Kinder geholt hat, wenn sie nicht artig waren, und der versteinert wurde. Deshalb nennen sie doch einen der Findlinge auf der *Strada Regia sasso del lupo*. Aber der Teufel ist mir noch nicht untergekommen.«

Emilio winkte ungeduldig ab. »Da ist Felis. Sag, erinnerst du dich, wovor Sonia Angst hatte, als sie klein war? Ihr war doch irgendjemand unheimlich, wer war das?«

Sie verließen das Krankenhaus und gingen zum Auto. Der Regen hatte nachgelassen und war in ein Nieseln übergegangen.

Felicitas kaute nachdenklich auf ihrer Unterlippe. »Don Volpe war ihr nicht geheuer. Meinst du das? Eine Zeit lang war es so schlimm, dass sie sich geweigert hat, mit in die Kirche zu kommen. Marco, kennst du die Harry-Potter-Verfilmungen?«

»Nur die älteren, die ersten drei. Wieso?«

»Da gibt es einen Lehrer namens Severus Snape. Eine unheimliche Figur in einem schwarzen Gewand und mit langen schwarzen Haaren. Sonia hat immer behauptet, Don Volpe sähe genauso aus. Sie war der festen Überzeugung, er wäre ebenfalls ein böser Zauberer.«

»Mich erinnert er in letzter Zeit eher an ein wandelndes Skelett«, meinte Pellegrini. »Der alte Knabe ist ganz schön abgemagert.«

Felicitas schnalzte wütend mit der Zunge. »Mit ihm stimmt etwas nicht. Ich glaube, dass er krank ist, aber er weigert sich, zum Arzt zu gehen. Er sagt einfach immer, seine Gesundheit läge in Gottes Händen.«

Nur dass dieser Gott, wenn es ihn nun gab, sich herzlich wenig um die Gesundheit seiner Schäfchen kümmerte. Pellegrini hielt es für besser, diesen Gedanken nicht laut auszusprechen. Felicitas engagierte sich sehr in der Gemeinde, und er wollte ihre religiösen Gefühle nicht verletzen.

»Skelett, böser Zauberer, Teufel«, murmelte Emilio. »Das ergibt ein Muster.«

»Was für ein Auto fährt Don Volpe?« Pellegrini versuchte, seine Frage beiläufig klingen zu lassen. Ihn überkam gerade eine ganz schlechte Vorahnung.

Felicitas sah ihn misstrauisch an. »Einen schwarzen Nissan Micra. Worauf willst hinaus?«

»Wisst ihr zufällig, ob Don Volpe und Salvatore sich am Abend vor seinem Tod gestritten haben? Es war von einem lauten Streit die Rede, und bisher gibt es keine Hinweise darauf, mit wem Salvatore sich gestritten haben könnte.«

Felicitas wurde blass. »Das ist jetzt nicht dein Ernst, Marco!«

»Ja, haben sie«, fiel Emilio seiner Frau ins Wort. »Und ehrlich gesagt dachte ich, das wüsstest du. Das weiß jeder. Dem Streit wurde nur bislang keine Bedeutung beigemessen. Salvatore und Don Volpe sind die Via Alessandro Volta entlang, an der Metzgerei vorbei und dann Richtung Kirche. Gegen sieben. Volpe hat gezetert wie eine Elster. Salvatore kam kaum zu Wort.«

»Weiß auch *jeder* außer mir, um was es dabei ging?«

»Um diese Sache mit dem Gast der Bertinis, diese französische Madame«, erklärte Felicitas, als wäre es das Selbstverständlichste der Welt. »Salvatore war der Meinung, dass Don Volpe eine Grenze überschritten hätte, als er die Frau hinausgeworfen hat. Jetzt guck mich nicht so an, ich war sowohl bei dem Rauswurf dabei als auch beim ersten Streit der beiden. Die Bertini hat ja versucht, den Pfarrer anzuzeigen, aber das war natürlich Quatsch. Diese Geschichte kennen hier nun wirklich alle.«

Sie hatten das Auto erreicht, und Felicitas setzte sich wieder hinters Steuer und fuhr los.

»Ehrlich, Marco, dein Schweigen gefällt mir nicht. Nur weil Volpe sauer auf Bianchi war …« Sie stockte entsetzt.

»Das ist der erste Hinweis, der einem Motiv nahekommt«, murmelte Pellegrini leise. Er war nicht sicher, ob Felicitas ihn gehört hatte. Sie konzentrierte sich ganz auf den Verkehr. Emilio hatte den Kopf an die Seitenscheibe gelehnt und die Augen geschlossen. Er sah aus, als müsste er sich gleich übergeben.

»Aber warum sollte er Gaetano und Mario überfahren?«, fragte Emilio irgendwann laut in die Stille hinein. »Gut, er ist ein lausiger Autofahrer, aber das gestern? Das war Absicht.«

Pellegrini schüttelte stumm den Kopf. Er fand den Gedanken, Don Volpe könnte Bianchi mit einer Bocciakugel erschlagen, ihn dann von der Brücke auf die Schienen gestoßen haben und zudem der Autofahrer sein, der zwei Carabinieri angefahren und Fahrerflucht begangen hatte, selbst viel zu absurd. Doch dann fiel ihm ein, wie häufig seine Mutter sich in letzter Zeit über Don Volpe beschwert hatte. Über seine unzusammenhängenden oder unvollständigen Predigten, die aufbrausende und zugleich fahrige Art. Und dass er nicht sehr gesund aussah, war sogar Pellegrini aufgefallen.

»Felicitas, was meinst du eigentlich mit *krank*?«

»Ich kann es dir nicht sagen, es ist ja auch nur eine Idee, dass er sich mal gründlich durchchecken lassen sollte. Er ist ziemlich verwirrt, manchmal vergesslich. Vielleicht hat er Alzheimer?«

»Also gut.« Pellegrini fasste einen Entschluss. »Ich weiß, dass das nicht leicht für euch ist, aber wir sollten der Sache nachgehen. Ich werde ihm gleich heute Abend einen Besuch abstatten und mit ihm reden. Emilio, kommst du mit?«

»Alles, was du willst. Wenn die Sache nur endlich ein Ende hat.«

3

Die Uhr von Sant'Andrea schlug gerade acht, als Pellegrini und Folisi die Baustelle auf dem Kirchplatz umrundet hatten und vor Don Volpes Haus standen. Der Regen hatte wieder kräftig zugelegt. Sie waren beide klatschnass, und keiner der beiden fühlte sich wohl bei ihrem Vorhaben.

»Es ist nur ein Gespräch, mehr nicht«, hatte Pellegrini zuvor betont. Folisi hatte es vorgezogen, diese Aussage nicht weiter zu kommentieren.

Pellegrini wollte gerade klingeln, als ihm etwas einfiel. »Weißt du, wo er sein Auto parkt?«

»Na klar.« Folisi rührte sich nicht. Dann blickte er Pellegrini unsicher an. »Soll ich nachsehen?«

»Bitte.«

Folisi verschwand. Pellegrini überlegte, ob er warten sollte, aber er hatte keine Lust, länger als nötig im Regen stehen zu bleiben, und klingelte. Im Hausflur ging Licht an, und kurz darauf öffnete Don Volpe die Tür. Pellegrini erschrak bei dessen Anblick. Der Vergleich von Sonia Folisi mit diesem Snape aus den Harry-Potter-Filmen war ziemlich treffend. Don Volpes Haare hingen in fettigen Strähnen runter, sein Gesicht war aus der Nähe betrachtet noch verhärmter, als Pellegrini es von der Beerdigung in Erinnerung hatte. Überhaupt sah der Mann aus, als hätte er im vorigen Jahrhundert zuletzt gelacht. Wenn Pellegrini es recht bedachte, hatte auch er früher Angst vor dem strengen Pfarrer gehabt, wäre damals jedoch eher im Boden versunken, als das zuzugeben.

Don Volpe betrachtete seinen ungebetenen Besucher wie ein lästiges Insekt. »Was willst du?«, fragte er statt einer Begrüßung.

Pellegrini zwang sich, höflich zu bleiben. »*Buonasera*, Monsignor Volpe. Ich würde mich gern mit Ihnen über ein paar Dinge unterhalten.«

Ein wütendes Stirnrunzeln war die einzige Antwort, doch dann, nach einer gefühlten Ewigkeit, öffnete der Pfarrer die Tür ein Stück weiter, sodass Pellegrini eintreten konnte.

»Warst lange nicht mehr in der Kirche.« Don Volpe würdigte ihn keines zweiten Blicks, sondern folgte einem schmalen Flur, von dem rechter Hand eine Treppe in den ersten Stock führte. Nach links gelangten sie durch eine schmale Tür in eine Küche, der man deutlich ansah, dass hier jemand lebte, der weder Wert auf seine Ernährung noch auf Sauberkeit legte. Die Luft war abgestanden, wirkte beinahe klebrig. Pellegrini stutzte. Gab es keine Haushälterin? Oder halfen ihm nicht Frauen wie Stefania Bianchi oder Flavia Bertini?

»Das ist nicht ganz richtig«, ging er auf die Frage des Pfarrers ein, während er sich aufmerksam umschaute. »Ich habe auf der Beerdigung von Salvatore Bianchi sogar den Sarg getragen.«

»*Der Herr ist mein Hirte*«, nuschelte Don Volpe und setzte sich an den Tisch, auf dem eine halb volle Tasse mit einer undefinierbaren rötlichen Flüssigkeit sowie ein Teller mit einem angebissenen *cornetto* standen. Falls dies sein Abendessen war, war es ziemlich erbärmlich.

»Wie geht es weiter, Marco?«

»Nun, ich wollte mit Ihnen über den Abend sprechen, an dem …«

»*Nichts wird mir fehlen. Er lässt mich lagern auf grünen Auen und führt mich zum Ruheplatz am Wasser.* Welcher Psalm?«

Pellegrini fehlten in zweifacher Hinsicht die Worte, nicht nur, weil er keine Ahnung hatte, dass es sich bei diesem Zitat überhaupt um einen Psalm handelte, sondern auch, weil ihm sonst keine gescheite Antwort einfiel. Er hatte nie Bibelunterricht bei Don Volpe gehabt, da er die Erste Heilige Kommunion in Deutschland empfangen hatte, und verspürte noch in diesem Augenblick große Erleichterung darüber. Als Junge hätte er sich bei diesem Tonfall, gepaart mit dem düsteren Blick, vermutlich in die Hosen gemacht.

Der Pfarrer beachtete ihn nicht weiter, sondern begann, das *cornetto* in kleine Fetzen zu reißen und sich diese in den Mund zu stopfen. Hilflos sah Pellegrini sich um, betrachtete die abgewetzten Möbel, die alten Zeitungen, das dreckige Geschirr. Ein säuerlich beißender Geruch stieg ihm in die Nase. Die Ursache entdeckte er in einer Schale, in der mehrere Mandarinen schimmelten. Diese Umgebung, das kümmerliche Essen, alles schrie nach Einsamkeit. Trotz allem gelang es Pellegrini nicht, Mitleid zu empfinden, denn in dem Moment, als er die vor Zorn gekrümmten, riesigen Hände des Pfarrers beobachtete, wusste er, dass der Täter vor ihm saß.

Er straffte entschlossen die Schultern, während ihm sich gleichzeitig die Nackenhaare aufstellten. »Monsignore, Sie hatten Streit mit Salvatore Bianchi. Was ist am Donnerstag vor zwei Wochen vorgefallen?«

»Der Herr ist unser Richter. Kein Mensch hat das Recht zu richten.«

War das jetzt auch ein Bibelzitat?

»Das sehe ich etwas anders. Unsere Judikative hat durchaus ihren Sinn. Bei allem Respekt, Monsignore, Sie stehen nicht über dem weltlichen Recht.«

Don Volpes Kopf fuhr vor. »Was erlaubst du dir? Ungläubiger Kretin!«

Pellegrini konnte nicht anders, als auf einen Krümel zu starren, der dem Pfarrer an der Lippe klebte.

»Genau wie dieser Emporkömmling!« Don Volpe stieß einen Zeigefinger anklagend in die Luft. »Keine Uniform erlaubt Salvatore, hier Recht zu sprechen. Das ist eine gottlose Anmaßung! Ich musste ihm ins Gewissen reden! Das ist meine Pflicht! Und dann schikaniert er seine Frau, dieses treue Weib.« Abrupt stand Don Volpe auf. »Sie hat das nicht verdient! Er ist dieses Weibes unwürdig! Ich habe ihm die Leviten gelesen, wie es meine Pflicht ist. Sturzbetrunken hat er in den Abgrund geblickt, so wahr mir Gott helfe!«

Pellegrini machte einen Satz zurück, doch Don Volpe schien ihn gar nicht wahrzunehmen. Ungläubig beobachtete er, wie der Pfarrer mit großen Schritten aus dem Raum ging. Unmittelbar darauf hörte er ihn die Treppe hinaufpoltern. In dem Moment klingelte es an der Haustür. Rasch durchquerte Pellegrini den Flur und öffnete. Folisi stand vor ihm, tropfnass und mit ernster Miene.

»Die gesamte hintere Stoßstange ist durchlöchert. Soll ich Visconti anrufen?«

Pellegrini nickte. »Don Volpe ist nach oben gegangen, wir sollten ihn festsetzen. Der ist nicht ganz bei sich.« Er ging die Treppe hinauf, während Folisi in der Diele blieb und telefonierte. In der oberen Etage war ein dunkler quadratischer Flur, von dem drei Türen abgingen. Pellegrini öffnete sie der Reihe nach. Ein Bad, in dem es nach Lösungsmittel stank, eine Abstellkammer, die vor lauter Müll und Gerümpel überquoll. Die dritte Tür war verschlossen. Er hämmerte dagegen.

»Verschwinde!«

»Ich denke nicht daran. Aufmachen, sofort!« Er rüttelte an der Klinke.

Hinter der Tür polterte es. Ein kalter Luftzug fegte unter dem Türspalt hindurch. Im Erdgeschoss knallte die Haustür zu.

»Aufmachen!« Pellegrini zögerte nicht länger. Er warf sich mit der Schulter gegen das Türblatt. Der Rahmen zitterte. Weiteres Poltern, etwas Schweres krachte auf den Boden. Nach dem vierten oder fünften Stoß flog die Tür auf. Pellegrini taumelte. Etwas prallte gegen ihn, und dann spürte er Don Volpes Hände, die sich wie Krallen in sein Jackett gruben und ihn nach hinten stießen. Sein Gesicht war eine wutverzerrte Grimasse. Er nuschelte Unverständliches, Speicheltropfen perlten von seinen Lippen. Pellegrini musste zwei Schritte zurückweichen, dann erst gelang es ihm, seine Arme zu heben und sich zu wehren.

»Loslassen! Ich werde Sie zur Verantwortung ziehen!«

»Verschwinde aus meinem Haus! Gott richtet mich! So redest du nicht mit mir, gottloser Hund!«

»Und Sie sind ein gottverdammter Mörder!« Pellegrini spürte eine Hand gegen seinen Hals drücken. Er würgte. Er machte einen weiteren Schritt rückwärts und trat ins Leere. Die Treppe. Panik ergriff ihn. Mit letzter Kraft warf er sich nach vorn, klammerte sich an seinen Gegner und fand sein Gleichgewicht wieder. Er ließ Volpe los und suchte mit der Hand nach Halt. Der Pfarrer gab ihm einen rüden Stoß und drängte sich an ihm vorbei.

»Folisi, halt ihn auf!« Pellegrini prallte gegen das Geländer. Das Holz ächzte und bog sich unter seinem Gewicht, doch es brach nicht. Dafür rutschte er von der Stufe und packte mit beiden Händen zwei Geländerstreben. Er knallte mit dem Kinn auf die Treppe, und seine Arme fühlten sich an, als würden sie aus den Gelenken gerissen. Dann kam er endlich wieder auf die Füße. Er schmeckte Blut. Er griff nach hinten an seinen Gürtel. Keine Waffe. Er war nicht im

Dienst. Ihm wurde einen Moment lang schwarz vor Augen. Mit einer Hand stützte er sich an der Wand ab. Der Schwindel verging, der Schmerz in den Armen blieb, sein Unterkiefer pochte.

Von unten drangen Kampfgeräusche herauf. Falls er noch Zweifel daran gehabt hätte, ob Don Volpe körperlich in der Lage gewesen wäre, Salvatore Bianchi über das Geländer auf die Trasse der Standseilbahn zu stoßen, wären die allerspätestens jetzt beseitigt. Der Mann war kräftig wie ein wütender Stier.

Pellegrini stolperte die Treppe hinab. Er war gerade am unteren Absatz angelangt, als Volpe sich von Folisi losriss und Richtung Haustür rannte. Die Tür krachte gegen die Wand, Fensterscheiben erzitterten.

»Hinterher!« Pellegrinis Arme kribbelten noch immer, doch er war wieder sicher auf den Beinen. Folisi rannte voraus. Regen schlug ihnen entgegen. Ein infernalischer Schrei hallte über den Kirchplatz.

Folisi deutete ins Halbdunkel. »Die Baugrube!«

In der Ferne erklangen Polizeisirenen.

Pellegrini spuckte Blut aus. Er hatte sich beim Sturz ordentlich auf die Wange gebissen. Er folgte Folisi zum Rand der Grube. Die Planke mit dem provisorischen Geländer war verschwunden.

»Das sieht gar nicht gut aus«, murmelte Pellegrini.

Folisi hatte bereits sein Handy hervorgekramt und leuchtete in die Grube.

Die Planke hing halb zwischen den erdigen Wänden, das Geländer war geborsten. Darunter konnten sie die Gestalt Don Volpes ausmachen. Er rührte sich nicht.

Hektisch blickte sich Pellegrini um und zeigte auf die Böschung der Grube ein paar Meter weiter. »Da vorn könnten wir runterklettern.«

Folisi nickte und steckte das *telefonino* ein. Zu zweit rissen sie den Bauzaun aus der Verankerung und sprangen in die Tiefe. Erdklumpen und Regentropfen rieselten auf sie herab. Sie wateten durch knöcheltiefes Wasser auf den Pfarrer zu. Über ihnen kamen die Sirenen näher, blaues Licht flackerte zwischen der Straßenbeleuchtung auf.

Sie blieben stehen. Folisi fluchte und bekreuzigte sich unwillkürlich. Sie waren umsonst gekommen. Das ganze Gesicht, der Mund, die Nasenlöcher des gestürzten Mannes waren voller Schlamm. Am Hals sickerte ein Rinnsal braunes Wasser in seinen Kragen. Der unnatürlich verrenkte Kopf und die verdrehten Augen sprachen eine eindeutige Sprache.

»Gott hat ihn gerichtet. Ganz, wie er es erwartet hat«, flüsterte Pellegrini. Er hob den Kopf und blickte unbehaglich in den pechschwarzen Himmel. In diesem Moment war er sich nicht mehr so sicher, ob es nicht doch eine höhere Instanz gab, die über sein Leben und das Schicksal der Menschen um ihn herum entschied. Doch falls dem so war, erkannte er die Zeichen nicht. Er sah nur den Toten.

Er bekreuzigte sich. »*Requiescat in pace.*«

Ihm war kalt.

Freitag, 16. Oktober

Ich danke Ihnen, Dottor El Gato. *Buon weekend* und Grüße an Ihre Frau.« Pellegrini beendete das Gespräch und starrte gedankenverloren auf die Marmorplatte des Tresens. Er saß allein auf einem Hocker in der *Bar della Funicolare* und erwartete nicht, dass sich das so schnell änderte, denn draußen fegte starker Wind den Regen eimerweise gegen die Fenster. Es war fast dunkel, obwohl es erst früher Nachmittag war. Gerade versprach der Wetterbericht im Radio, dass dies auch die nächsten Tage so bleiben würde. Musik erklang. Laura Pausini bat ihre Zuhörer, auf ihr Herz zu hören. Pellegrini wippte im Takt der Melodie mit. Natürlich kam ihm Franca in den Sinn, sie war ein Fan der Sängerin. Hörte sie auf ihr Herz? Sein Herz riet ihm gerade, diese Frau besser für alle Zeiten zu vergessen. Vielleicht sollte er sich doch mit Piera Cosio fürs Wochenende verabreden. Noch war es nicht zu spät.

»Und? Was sagt er?« Marta Pellegrini kam aus dem Durchgang in die Bar.

Pellegrini fuhr erschrocken zusammen. »*Mamma*, ich habe dich gar nicht kommen hören. Das war dienstlich.«

»Du hast heute noch Urlaub.«

»Trotzdem.«

Sie spannte den nassen Regenschirm auf, sodass in alle Richtungen Tropfen flogen, und stellte ihn neben den Durchgang.

Pellegrini lächelte spöttisch. »Es bringt Unglück, einen Regenschirm in geschlossenen Räumen aufzuspannen.«

»*Bah!* Sonst trocknet er nicht.«

Pellegrini hustete hinter vorgehaltener Hand, um sein Lachen zu verbergen. Das war so typisch für seine Mutter. Wie nannte sich das, was sie praktizierte? Pragmatischer Aberglaube? Er schielte auf die Uhr über der Espressomaschine. Offenbar hatte er über sein Gespräch mit El Gato nicht mitbekommen, dass Boris' Schicht zu Ende war und er die Bar verlassen hatte.

»Dein Telefonat gerade, das war wegen Don Volpe.« Sie schlug ein Kreuz.

Da er sie nicht anlügen wollte, schwieg er. Er sparte sich auch die Frage, woher sie das wusste. Für so etwas hatte seine Mutter einen siebten Sinn. Immerhin sprach sie in einem einigermaßen normalen Ton mit ihm, was nur bedeuten konnte, dass er nicht mehr ganz so sehr in Ungnade stand. Das lag mit Sicherheit daran, dass er recht gehabt hatte: Der Täter war jemand gewesen, den sie gekannt und geschätzt hatte. Dass sie sich entschuldigen würde, weil sie ihm vorgeworfen hatte, er würde Unschuldige verdächtigen und für Unfrieden unter den *brunatesi* sorgen, erwartete er nicht.

Sie langte nach den Espressotassen, stellte zwei in die Maschine und hielt dann inne, um sich umzudrehen und ihren Sohn streng anzusehen.

»Das war der Pathologe.«

»Es heißt Rechtsmediziner.«

»Dottor El Gato.«

»Woher weißt du das?«

»Du hast ihn vorhin am Telefon mit Namen angesprochen. Und du hast mir auf dem Friedhof erklärt, wer er ist und was er macht. Als wäre das eine Entschuldigung dafür, wie schrecklich du dich danebenbenommen hast.«

Pellegrini rutschte vom Hocker. »Ich gehe wohl besser.«

»Bei dem Wetter?«

»Ich hab's nicht weit.«

»Bitte, Marco. Sag mir, was mit Don Volpe los war.«

Er zögerte, setzte sich wieder, zeigte mit dem Finger auf die Espressomaschine. Seine Mutter drehte sich um und bereitete in Windeseile zwei *caffè* zu, stellte ihm die Tasse vor die Nase. Er ließ sich Zeit damit, den braunen Zucker hineinrieseln zu lassen, rührte umständlich um. Marta Pellegrini hatte ihre Tasse bereits geleert und spielte nervös mit dem Löffel.

Er unterdrückte den Impuls, mit der Zunge über die Stelle zu fahren, an der er sich bei seinem Sturz am Vorabend in die Wange gebissen hatte. Es tat weh, aber immerhin würde er von diesem Fall keine sichtbaren Schäden davontragen. Endlich hob er die Schultern.

»Bleiben wir bei der offiziellen Version. Ein fortgeschrittener Hirntumor, der ihm den Verstand geraubt hat. Das klingt doch plausibel und … ausreichend unschuldig.«

»Ich möchte die Wahrheit wissen.«

»Die Wahrheit ist nicht immer schön.«

»Ich weiß.«

»*Mamma*, bitte versteh mich nicht falsch. Aber wenn ich es dir sage, wirst du es Stefania weitererzählen. Und die Flavia, die wiederum Martina und die Umberto und der Emilio und Felicitas und so weiter.«

Marta Pellegrini legte die Stirn in wütende Falten. Ihre Schultern vibrierten vor Empörung, als sie die Arme vor der Brust verschränkte.

»Ist das deine Meinung von mir? Dass ich alles herumklatsche?«

»Nein, natürlich nicht. Aber ich weiß, wie das ist, ein Wort ergibt das andere.« Pellegrini hob in einer lahmen Geste die Hand und ließ sie wieder fallen. »Es wird eben geredet. Und jetzt behaupte nicht, dass das nicht stimmt.«

»Nein, das tue ich nicht. Aber ich kenne sehr wohl den Unterschied zwischen dem, was gesagt werden darf, und Dingen, über die besser geschwiegen werden sollte.«

Pellegrini nickte zögernd und versuchte, ihr zu glauben. Denn wenn er ehrlich war, wollte er sich seiner Mutter zu gern anvertrauen, trotz aller Bedenken. Die Wahrheit war zu groß für ihn allein, und sie quälte ihn mit Fragen, auf die er keine Antworten hatte. Er blickte auf. »Versprichst du mir, dass du niemandem etwas sagst? Vielleicht nicht einmal *Papà*.«

Sie legte die flache Hand auf das kleine Kreuz, das sie an einer Kette um den Hals trug. Ein uraltes verkratztes Ding aus billigem Gold und doch ihr wertvollster Besitz. Sie hatte es mit siebzehn von ihrem Verehrer Amerigo bekommen, als Zeichen seiner Zuneigung, hart erspart vom ersten mageren Lohn als Kochgeselle.

»Ich schwöre es bei der heiligen *Madonnuzza*. Wenn du darauf bestehst, sogar auf die Bibel.«

Pellegrini lächelte nachsichtig. »Schon gut. Ich bin gerade froh, dass du es nicht beim Leben deines Erstgeborenen schwörst. Das könnte schlecht für mich ausgehen.«

»Marco! Es reicht jetzt!«

Er hob lachend die Hand. »Schon gut. War nur ein Scherz. Ich glaube dir.« Er wurde schlagartig ernst. »Es war unbehandelte Syphilis im Endstadium. Sie hatte sein Gehirn angegriffen.«

»Syphilis?« Marta Pellegrini bekreuzigte sich. »Aber das ist doch eine Geschlechtskrankheit. Oder?«

»Das ist in der Tat ein Rätsel, das auch Dottor El Gato nicht lösen kann.«

Sie lehnte sich rücklings gegen die Anrichte. »Natürlich hat er sie nicht behandeln lassen. Er ging ja ohnehin nie zum Arzt. Und falls er geahnt hätte, was mit ihm los war, wäre er erst recht nicht gegangen.« Sie richtete einen stechenden Blick auf Pellegrini, der verwundert beobachtete, wie sie erst ein triumphierendes, dann ein verschwörerisches Lächeln aufsetzte, sich rasch umblickte und schließlich sogar den Zeigefinger auf die Lippen legte, obwohl weit und breit keine Ohren waren, die etwas hören konnten, das nicht für sie bestimmt war.

»Jetzt will ich dir ein Geheimnis verraten. Niemand weiß es. Auch dein Vater nicht.«

»Da bin ich gespannt.«

Sie lehnte sich über den Tresen und beugte sich ganz nah zu ihrem Sohn. »Ich weiß, wo er sich das geholt haben könnte.«

»Wie bitte?«

»Erinnerst du dich daran, dass ich, als wir gerade nach Brunate gezogen waren, an einer Wallfahrt nach Bulgarien teilgenommen habe?«

»Das ist ja ewig her … Nicht mehr so genau, wenn ich ehrlich bin.«

»Diese Fahrten gab es schon seit den Siebzigern. Wir sind zu verschiedenen Marienklostern gefahren, sogar bis an die rumänische Grenze.« Sie leckte sich nervös über die Lippen. »Einmal haben wir nicht in einem Kloster übernachtet, sondern in einer kleinen Pension an der Grenze zu Österreich. Und da gab es einen Straßenstrich.«

Pellegrini zog amüsiert die Augenbrauen hoch. »Und du willst mir jetzt sagen, dass Don Volpe dahin gegangen ist?«

Seine Mutter schlug die Augen nieder. »Mein Zimmer ging zu einem Hinterhof raus. Ich konnte nicht schlafen und habe am Fenster gestanden und mir angesehen, wie die Mädchen mit den Österreichern in einen Schuppen gegangen sind. Die, die mehr bezahlt haben, nehme ich an. Viel ist ja direkt im Auto …«

»Erspar mir die Details, ich kann es mir lebhaft vorstellen.« Pellegrini wunderte sich immer wieder über seine Mutter. Ihre Ausdruckweise konnte einem die Schamesröte ins Gesicht treiben. So sehr sie in vielen Dingen, insbesondere wenn es die Familie betraf, dem Klischee der italienischen Mutter entsprach, prüde war sie nicht. Selbst Alessandra war zurückhaltender, wenn es um Liebe, Sex und Zärtlichkeit ging.

Marta Pellegrini nickte energisch. »Jedenfalls glaube ich, dass ich gesehen habe, wie Don Volpe aus einem dieser Verschläge gekommen ist. Es war nachts um zwei, und im Hof war immer noch Betrieb. Ich war mir nicht hundertprozentig sicher, weil ich es mir natürlich nicht vorstellen konnte. Aber jetzt? Ich habe es keiner Menschenseele erzählt. Nie!« Sie reckte herausfordernd das Kinn.

Schweigen breitete sich aus. Der Regen war noch stärker geworden, das Wasser klatschte gegen das Fenster und übertönte sogar das Radio. Fröstelnd zog Pellegrini die Schultern hoch.

»Was denkst du, Marco?«

»Dass ich noch einen *caffè* brauche. Einen *doppio*.«

Seine Mutter drehte sich um und kam seinem Wunsch nach.

Pellegrini wartete mit einer Antwort, bis er die Wärme der kleinen Tasse zwischen seinen Fingern spürte. Nachdenklich betrachtete er die hellbraune Crema. Ihm fiel ein, dass an jenem Freitagmorgen, als er nach Bergamo aufbrechen wollte und noch nicht wusste, dass Salvatore Bianchi tot auf den Schienen der *funicolare* lag, Umberto Rovelli, der Metzger, sich über Marta Pellegrinis *caffè* beschwert hatte. Er hatte nicht unrecht. Sie machte bessere Getränke, sobald Milch im Spiel war, die sie aufschäumen konnte. Aber woran lag das? Die Espressomaschine war doch eigentlich immer gleich eingestellt. Wie auch immer, das war auch etwas, das Pellegrini niemandem gegenüber zugeben würde. Er trank und schwieg.

»Was denkst du?«, wiederholte seine Mutter ihre Frage. »Hat er sich da angesteckt? Vor so vielen Jahren?«

»Gut möglich«, sagte Pellegrini. »Sehr gut möglich«, wiederholte er leiser. So fiel auch dieses letzte Puzzleteil an seinen Platz. Denn es passte zu dem, was Dottor El Gato gesagt hatte: Die Ansteckung müsse Jahrzehnte zurückliegen. Die Krankheit wäre so weit fortgeschritten gewesen, dass es eigentlich an ein Wunder grenzte, dass Don Volpe noch unter den Lebenden geweilt hatte. Selbst wenn er nicht bei dem tragischen Sturz umgekommen wäre, zu einer Verurteilung wäre es nie gekommen, dazu wäre er zu krank gewesen.

»Das bleibt unser Geheimnis«, unterbrach Marta Pellegrini seine Gedanken. »Du kannst dich auf mich verlassen. Kein Wort, auch nicht zu Stefania.«

Bei der Erwähnung des Namens fiel Pellegrini noch etwas ein.

»Sag mal, Don Volpe hat behauptet, Salvatore habe seine Frau schikaniert. Kannst du dir das vorstellen?« Er zögerte kurz. »Über so etwas sollte niemand schweigen. Solche Dinge dürfen keine Geheimnisse bleiben.«

»Blödsinn!« Marta Pellegrinis empörter Ausruf riss ihn endgültig aus seiner Versunkenheit. »Salvatore war ein guter Mann, wirklich. Don Volpe hat das immer wieder behauptet, weil er Sorge hatte, Stefania könne sich aus der Gemeindearbeit zurückziehen, sobald ihr Mann im Ruhestand wäre. Sie war sehr engagiert, und ich bin mir sicher, dass da eine Art Eifersucht im Spiel war. Verstehst du, was ich meine? Sie hat ja beinahe alles gemacht.«

»Was für Abgründe …«

»Was meinst du damit?«

»Wenn ich dich gerade richtig verstanden habe, hat unser lieber Pfarrer so eine Art Besitzanspruch auf Stefania beziehungsweise ihre Arbeitskraft erhoben.«

»Das könnte man so sagen.« Sie wedelte unschlüssig mit der Hand.

Pellegrini rückte auf dem Hocker herum, bis er wieder eine bequeme Position fand. »Ich bin davon überzeugt, dass auch das eine Rolle gespielt hat. Aber ob es dieser Besitzanspruch, die angeblich schlechte Behandlung Stefanias oder vielmehr Salvatores vermeintliche Anmaßung war, sich in diese Sache mit Bertinis Gast einzumischen – wir werden nicht herausfinden, was der Tropfen war, der das Fass zum Überlaufen brachte. Er hat Bianchi in die Schranken verweisen wollen, und als das nicht genügte, hat er die Kugel in die Finger bekommen und zugeschlagen.«

»Meinst du, er hat das geplant? Oder zumindest auf eine Gelegenheit gewartet?«

»Das kann ich nicht beantworten. Bianchi ist tot, Don Volpe hat ihn erschlagen. Das sind die Fakten. Wir werden nie erfahren, was danach passiert ist, also ob Don Volpe Bianchi mit voller Absicht über das Geländer gestoßen hat oder er eher aus Versehen auf die Gleise gestürzt ist. Macht es am Ende einen Unterschied? Für Richter und Staatsanwalt wären die Antworten sicherlich hochinteressant, aber auch die werden es niemals herausfinden. Genauso ungeklärt wird bleiben, wie Bianchis Bocciaset ins Clubhaus kam. Ich vermute ja, dass Don Volpe es selbst dorthin gebracht hat. Auch wenn ich nicht verstehe, warum.«

Marta Pellegrini senkte den Kopf und lächelte reumütig. »Du und Alessandra, ihr habt damals ganz schön Angst vor ihm gehabt. Ihr wolltet beide nicht in die Kirche, aber wir haben euch das nicht durchgehen lassen. Das war damals einfach so. Würde ich heute auch nicht mehr machen.«

Pellegrini hob überrascht die Augenbrauen und nickte dann beifällig.

Seine Mutter räusperte sich. »In einem hatte Don Volpe allerdings recht: Salvatore wäre seiner Frau ganz schön auf den Wecker gegangen, wenn er den ganzen Tag zu Hause ist. Darüber habe ich mir auch schon Gedanken gemacht. Es wäre sicherlich anfangs nicht ganz friedlich gewesen, aber das liegt nicht allein an Salvatore, oder? Nein, das hätte sich schon gefunden.« Sie nickte resolut, das Thema war für sie beendet.

Pellegrini lächelte und dachte bei sich, dass es eben doch Geheimnisse gab. *Wie sehr* Stefania sich vor der Langeweile ihres Mannes gefürchtet hatte, wusste seine Mutter offenbar nicht, und er würde sich hüten, auch nur ein Wort darüber zu verlieren.

Denn letzten Endes war das, worüber sie gerade gesprochen hatten, das Gespräch eines Barista mit seinem Gast. Es blieb an der Theke.

Epilog

Ein sanfter Ruck, und die *funicolare* stand still. Nach wenigen Sekunden öffneten sich die Türen, und die Passagiere betraten den Bahnsteig der Bergstation. Die Einheimischen eilten zielstrebig in verschiedene Richtungen davon. Nur ein älteres Paar mit identischen blauen Outdoorjacken und Stirnbändern blieb stehen und sah sich mit dem neugierigen Blick der Touristen um. Pellegrini und sein Vater schlugen unisono ihre Mantelkrägen hoch und verließen den Bahnsteig über die schmale Treppe hinunter zur Straße. Der Vormittag war hell und sonnig, doch es war eiskalt. Dort, wo die Sonne den Boden noch nicht erreicht hatte, glitzerte Reif auf dem Asphalt. Atemwolken stiegen vor den Gesichtern der Menschen auf.

Amerigo Pellegrini blieb unschlüssig stehen, die Hände in die Manteltaschen vergraben, den Hut tief ins Gesicht gezogen. Er schaute in Richtung der *Bar della Funicolare*. »Was meinst du? Hast du noch Zeit für einen *caffè al banco*?«

»Die zwei Minuten habe ich.« Pellegrini grinste.

»Nun komm schon.«

Zu Pellegrinis allergrößtem Erstaunen packte sein Vater ihn am Unterarm und zog ihn in Richtung Bar. Das war schon fast so etwas wie ein Friedensangebot. Sie traten ein, und Amerigo Pellegrini nahm den Hut ab. Sie wurden von Boris empfangen, der gerade auf dem Weg hinter den Tresen war. Er begrüßte sie beide auf Deutsch mit einem »Guten

Tag, die werten Herren!« und einer Verbeugung, wobei er ein Geschirrtuch in weitem Bogen flattern ließ.

Pellegrini lachte und machte einen spöttischen Salut, während sein Vater sich rasch umschaute, ob Gäste diese Scharade empören könnte. Allein aus seiner Haltung konnte Pellegrini den Tadel ablesen. Aber in der Bar hatte er wenig zu sagen, hier regierten seine Frau und seine Tochter. Es war ohnehin niemand da, den das stören konnte, nur drei Schüler saßen an einem Bistrotisch und zeigten sich gegenseitig Handyvideos.

»Mach uns zwei *caffè*, Boris. Wo ist Valentina?«

»Die ist heute Morgen zur Hochzeit eines Verwandten nach Ligurien gefahren. Ich arbeite das ganze Wochenende.«

Amerigo Pellegrini schnalzte mit der Zunge und setzte sich an die Bar. Pellegrini öffnete den Mantel, legte den Schal ab und nahm neben ihm Platz. Sie schwiegen, bis die beiden leeren Espressotassen auf der Theke standen. Hinter ihnen rückte Boris die Stühle wieder ordentlich an die Tische. Das Radio dudelte einen Instrumental-Klassiker von Jean-Michel Jarre.

Aus heiterem Himmel schlug Amerigo Pellegrini mit der Faust auf den Tresen.

»Das war ein Fehler, mein Sohn!«

Pellegrini zuckte erschrocken zusammen.

»Wie bitte?«

Sein Vater richtete sich auf und sah ihn ernst an.

»Was wir da gerade getan haben. Das war ein Fehler.«

»Das … ich …« Pellegrini fand keine Worte. Vor einer guten Stunde erst hatte er mit seinen Eltern, Alessandra und Domenico sowie seinem *Nonno* in der Kanzlei des *avvocato* Ettore Santini gesessen und der Familie seinen Anteil am Gartenhaus des *Albergo Pellegrini* überschrieben. Damit hatte er eine wochenlang währende Diskussion beendet. Die gesamte Familie, sogar *Nonno* Carlo, hatte den Druck auf ihn sukzessive erhöht. Er hatte zwar seiner Mutter gegenüber gesagt, dass sie Francas Empfehlung folgen und Ferienapartments bauen sollten, doch die ganze Angelegenheit musste auch offiziell geregelt werden. Das hatte er zunächst nicht über sich bringen können. Zugleich war ihm natürlich bewusst, dass dringender Handlungsbedarf bestand. Bei einem Sturm Ende Oktober hatten sich an einer Außenwand mehrere Quadratmeter Putz gelöst.

So hatte Pellegrini sich entschieden, einen Schlussstrich zu ziehen. Die Familie kaufte ihm seinen Anteil ab und konnte mit dem Gebäude anschließend machen, was sie wollte. Er hoffte, wenn er gar nichts mehr damit zu tun hatte, würde es weniger schmerzhaft sein, dass in dem Haus, in dem er mit Frau und Kindern hatte alt werden wollen, nun Touristen wohnten. Ob diese Rechnung aufging, würde sich noch zeigen. Aber immerhin hatte er nun mit Franca offiziell und geschäftlich nichts mehr zu tun. Sie hatten seit jenem missratenen Familienessen kein Wort miteinander gewechselt, sich nicht einmal Nachrichten geschrieben. Und er versuchte immer noch vergeblich, sich einzureden, es mache ihm nichts aus. Daran hatte auch der heutige Termin beim Notar nichts geändert.

Noch weniger allerdings verstand er, was sein Vater ihm nun sagen wollte. Es hatte Pellegrini bereits gewundert, dass Amerigo so bereitwillig mit der *funicolare* mitgefahren war, während Alessandra die anderen mit dem Auto nach Hause brachte.

»Warum, Marco?«

»Warum was?«

»Warum hast du das gemacht?«

Einen Moment fragte Pellegrini sich, ob die Frage als Provokation gemeint war. Hatte nicht die ganze Familie ihn mehr oder weniger dazu gedrängt? Um was ging es seinem Vater jetzt, um die Ausgaben für die Renovierung oder um ihn, seinen Sohn?

Er entschied sich für eine diplomatisch nüchterne Antwort. »Es erscheint mir einfacher. Die Familie ist recht gut in der Lage, Entscheidungen zu treffen. Ich muss als Außenstehender nicht mitreden. Ich habe zu wenig Einblick, ich kenne weder Zahlen, um zu beurteilen, was wirtschaftlich vernünftig ist, noch die Philosophie, nach der ihr den Albergo ausrichten wollt.«

»Philosophie …« Amerigo Pellegrini betonte es wie ein Schimpfwort. »*Der Gast ist König*, was gibt es da zu verstehen?«

Das war so ein Moment, in dem absolut jede Antwort falsch gewesen wäre. Im Geiste sah Pellegrini sowohl Alessandra als auch Franca vor sich, wie sie bei diesem Ausmaß an Ignoranz Schnappatmung bekamen. Und sie hatten ja recht. Seine Ausbildung in der Schweiz lag inzwischen einige Jahre zurück, aber schon damals war dieses Motto nicht mehr genug gewesen. Reihenweise eroberten Designhotels die europäischen Metropolen, in den Marketing-Seminaren war die Rede von Alleinstellungsmerkmalen und ganzheitlichen Erlebnissen. Die Menschen übernachteten nicht mehr einfach nur, sie sollten emotional angesprochen werden, sich wohlfühlen, weiterempfehlen und wiederkommen.

»Jedenfalls«, sagte Pellegrini laut. »habt ihr nun eine Meinung weniger zu berücksichtigen. Ihr könnt schneller entscheiden und eure Entscheidungen zügiger umsetzen. *Nonno* sprach davon, dass die Umbauten je nach Wetter schon im Februar beginnen könnten.«

Sein Vater senkte den Kopf, begann mit den Fingern auf die Marmortheke zu trommeln. »Falsch«, murmelte er bei sich. »Falsch, falsch.« Er hielt inne, legte die Stirn in zornige Falten. »Ein Vater sollte nicht zulassen, dass sein Erstgeborener sich von der Familie abwendet.«

Pellegrini stutzte. Dann ging es seinem Vater tatsächlich um ihn? Dass er nun offiziell kein Teil des Familienbetriebs mehr war? Aber wenn er mit dem Verkauf nicht einverstanden gewesen war, warum hatte er bisher dazu kein Wort gesagt? In all den Jahren hatte er seinem Sohn immer nur das Gefühl gegeben, überflüssig oder inkompetent zu sein, ihm vorgeworfen, verschwenderisch zu wirtschaften oder zu hohe Risiken eingehen zu wollen. Und jetzt, da er sich zurückzog, war das auch wieder falsch?

»Aber das tue ich doch nicht«, erklärte Pellegrini schließlich, da sein Vater schwieg. »Ich bleibe hier wohnen. Ich helfe in der Bar aus. Ich bin da. Ich gehe nur anderer Arbeit nach.« Die war immer noch, von neuerlichen Reibereien zwischen Spagnoli und Cunego abgesehen, quälend langweilig. Eigentlich sollte er sich darüber freuen. Aber zurzeit kam er sich ziemlich überflüssig vor, ein überbezahlter Taugenichts.

Amerigo Pellegrini hielt inne, hob den Kopf und blickte seinen Sohn aus wütend funkelnden Augen an. »Es ist wegen deiner Franca, oder? Wenn die ganzen Vorschläge – Gott weiß, was sie taugen – nicht von ihr gekommen wären, hättest du anders entschieden, nicht wahr?«

Pellegrini verkniff sich eine giftige Erwiderung. Stattdessen zog er mit deutlich betontem Gleichmut die Schultern hoch. »Das lässt sich im Nachhinein nicht mehr beurteilen. Und ganz gleich, was du von ihr hältst, sie ist eine Expertin auf ihrem Gebiet. Ich kann dir nur raten, ihren Empfehlungen zu folgen.«

Es fiel ihm nicht leicht, aber er musste das ganz rational trennen. Und was er sagte, entsprach der Wahrheit. Ihr aus persönlichen Rachegelüsten dieses Geschäft mit seinen Eltern zu vermasseln, entspräche weder seinem Stil noch seinen Überzeugungen. Zugleich fragte er sich natürlich selbst, welchen Anteil Franca und ihre Vorschläge zur Nutzung des Gartenhauses an seiner eigenen Entscheidung hatten, dass ausgerechnet sie den Umbau plante und ihm damit den letzten Funken Hoffnung auf eine gemeinsame Zukunft nahm. Es gefiel ihm gar nicht, dass sein Vater das so unverblümt ansprach und ihn damit zwang, darüber nachzudenken – wieder einmal.

»*Buongiorno*, bitte verzeihen Sie, Signori. Ich suche das Gemeindehaus der Sant'Andrea Apostolo.« Die Worte waren fehlerfrei, jedoch langsam und sehr sorgfältig betont. Italienisch war nicht die Muttersprache des Mannes, der sie da ansprach.

Pellegrini und sein Vater drehten sich gleichzeitig um. Vor ihnen stand ein groß gewachsener Mann. Im Gegenlicht war nicht viel mehr als ein schwarzer Mantel und ein ebensolcher Hut zu erkennen.

»*Salve*«, sagte Amerigo Pellegrini. »Vor der Bar die Straße rechts und dann die schmale Treppe hinauf zur *funicolare*. Am Bahnsteig vorbei rechts hoch und dann sehen Sie die Kirche schon. Das Gemeindehaus ist jenseits des Platzes.«

»Kann ich etwas für Sie tun?«, fragte Boris und ging hinter die Theke.

»Sehr gern einen *caffè*.« Der Fremde trat zwei Schritte näher und legte einen Euro auf die Theke.

Jetzt konnte Pellegrini das Gesicht des Mannes erkennen. Es war tiefschwarz, mit einem krausen Vollbart, breiter Nase und jungen Augen unter dichten Augenbrauen. Der Fremde konnte höchstens dreißig sein.

»Verzeihen Sie«, sagte er und lüpfte seinen Hut. Ein herzliches Lächeln sprang von seinen Lippen auf die Augen über. »Ich habe mich nicht vorgestellt. Mein Name ist John Tumeini Amissah. Ich werde im Dezember die Gemeindearbeit in Brunate übernehmen.«

»Dann kann der Adventsbasar ja stattfinden«, rief Boris. »Erst heute Morgen war Signora Bianchi hier und hat mir ihr Leid geklagt, dass sie das allein nicht bewältigen könne. Sie kommen gerade rechtzeitig. *A Lei! Benvenuto*, Don Amissah!« Die Tasse klirrte, als er sie schwungvoll auf dem Tresen abstellte.

Verstohlen blickte Pellegrini zu seinem Vater, und ihre Blicke trafen sich. Hastig wandte Amerigo Pellegrini sich ab und unterdrückte ein Grinsen. Seine Gedanken gingen vermutlich in eine ähnliche Richtung: Ein Pfarrer aus Afrika. Das würde ein ganz schönes Gerede geben. Zugleich war Pellegrini ein bisschen stolz auf seine *brunatesi*, denn offensichtlich hatte *consulente* Cesari die Gemeinde als liberal und gastfreundlich eingeschätzt.

»Sehr guter *caffè*, vielen Dank!« Don Amissah neigte anerkennend den Kopf. »Sagen Sie, soweit ich informiert bin, wird das Wohnhaus meines Vorgängers noch renoviert. Können Sie mir ein Hotel empfehlen? Viele sind geschlossen, ich finde sicherlich in Como etwas, aber ich würde lieber schon hier oben wohnen.«

»Sie sind in unserem Albergo herzlich willkommen«, erklärte Amerigo Pellegrini. »Das ist hier die Straße runter auf der linken Seite. Wir haben zwar ebenfalls bis zum 15. Dezember geschlossen, aber wir bringen Sie gern unter. Meine Frau würde mir ein Dutzend Höllenhunde samt Pest und Cholera auf den Hals hetzen, wenn Sie in Como nächtigen würden.«

Don Amissah stutzte kurz und lachte dann aus vollem Hals. Allerspätestens jetzt war Pellegrini der neue Pfarrer von Herzen sympathisch. Vielleicht würde er es sogar über sich bringen, sich sonntags einmal eine Predigt anzuhören. Seine Mutter würde sich vor Freude gar nicht mehr einkriegen.

Amerigo Pellegrini hob mahnend den Zeigefinger. »Es könnte allerdings etwas lauter werden, wir nehmen eine Grundreinigung der Zimmer vor und renovieren den Speisesaal.«

»Das macht nichts. Ich nehme das Angebot mit einem herzlichen Dank an. Dann werde ich mir jetzt erst meine neue Wirkungsstätte ansehen und dann zum Albergo kommen.« Er hob grüßend die Hand und verließ die Bar.

»Ein schwarzer Prediger«, brummte Amerigo Pellegrini. »Na, das wird ja noch was.«

»Solange Stefania ihn nicht darum bittet, ihr Voodoo-Praktiken beizubringen …«

»Was hast du gesagt?«

»Nichts. Ich habe mit mir selbst gesprochen. Vor einem Monat war übrigens ein *consulente* hier, der sich Brunate im Auftrag der Kirche angesehen hatte. Er hatte sehr interessante Ansichten zur Missionierung. Er war der Meinung, dass nun die Schäfchen als Hirten zurückkehrten und darin eine feine Ironie läge.«

Boris zeigte auf die Tür und zwinkerte. »Ein schwarzes Schaf?«

Amerigo Pellegrini schüttelte vehement den Kopf. »Das war eher unser seliger Don Volpe. Auch wenn er nichts dafür konnte, wie wir jetzt wissen.«

Boris grinste breiter und sagte auf Deutsch: »Ein Fuchs im Schafspelz.«

»Nein, das ist falsch«, widersprach Amerigo Pellegrini. »Du sprichst doch sonst besser Italienisch als mein eigener Sohn.«

»Na hör mal, *Papà*!«

»Es heißt *Wolf im Schafspelz*. Im Deutschen wie im Italienischen. Don Volpe war …« Er stockte. »Ach, du meinst, wegen seines Namens.«

»Sage ich doch. *Il Volpe.* Der Fuchs.« Boris grinste.

Pellegrini schüttelte lächelnd den Kopf. »Sein Italienisch ist besser als meins? Darüber reden wir noch.« Er wurde ernst. »Aber ich danke dir. Ich glaube nicht, dass wir einen Fehler gemacht haben. Und falls doch, ist ja nichts unwiderbringlich.« Er war nicht sicher, ob er meinte, was er sagte. Denn diese Aussage könnte sich auch auf ihr Scheitern vor fünfzehn Jahren beziehen, auf ihren Streit und die Entscheidung, beruflich getrennte Wege zu gehen. Er glaubte nicht mehr, dass es in dieser Sache einen Weg zurück gab. Er hatte jetzt eine andere Ausbildung.

Er war Commissario.

Und das würde erst einmal so bleiben.